ELLIS PETERS

DES TEUFELS NOVIZE

Roman

Deutsche Erstausgabe

WILHELM HEYNE VERLAG

MÜNCHEN

HEYNE ALLGEMEINE REIHE
Nr. 01/7710

Titel der englischen Originalausgabe
THE DEVIL'S NOVICE
Deutsche Übersetzung von Jürgen Langowski

4. Auflage

ISBN 3-453-02566-0

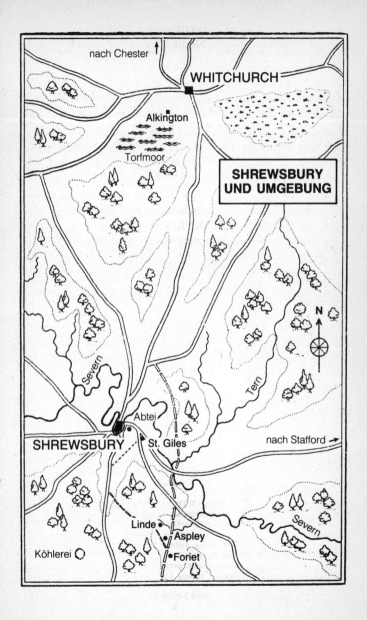

1

Mitte September im Jahre unseres Herrn 1140 entsandten zwei Lehnsherren aus dem Gutsbezirk Shropshire, einer aus dem Norden der Stadt Shrewsbury, der andere aus dem Süden, am gleichen Tage Boten zur Abtei von St. Peter und St. Paul und beantragten die Aufnahme der jüngsten Söhne ihrer Häuser in den Orden.

Einer wurde akzeptiert, der andere abgewiesen. Für diese unterschiedliche Behandlung gab es gewichtige Gründe.

»Ich habe euch zusammengerufen«, sagte Abt Radulfus, »bevor ich in dieser Angelegenheit eine Entscheidung treffe und bevor ich sie im Kapitel zur Beratung stelle; denn das hier greifende Prinzip ist im Augenblick in unserem Orden umstritten. Euch, Bruder Prior, und Euch, Bruder Unterprior, die ihr die Alltagslast von Haushalt und Familie tragt; Bruder Paul als Aufseher der Jungen und Novizen; Bruder Edmund als gehorsamen Diener des Herrn, der von Kindesbeinen an das Klosterleben kennt; und schließlich Euch, Bruder Cadfael, als Bekehrten, der in reifen Jahren und nach vielerlei Wagnissen den Weg zu uns fand, um für die Gegenpartei zu sprechen.«

Also, dachte Bruder Cadfael, der stumm und unbewegt in der Ecke des schlichten, nach Holz duftenden Sprechzimmers des Abtes auf einem Schemel hockte, also soll ich wieder einmal der Advocatus Diaboli sein, die Stimme der Außenwelt. Besänftigt durch siebzehn Jahre im Dienst des Herrn, doch immer noch eine scharfe Stimme für ein klösterliches Ohr. Nun, jeder dient nach seinen Fähigkeiten und in dem Maße, wie es ihm gegeben ist, und dieser Dienst mag so gut sein wie irgendein anderer. Er war mehr als nur ein wenig schläfrig, denn zwischen den vorgeschriebenen Andachten und Gebeten war er seit dem ersten Morgengrauen in den Obstgärten der Gaye und seinem eigenen Kräutergarten auf den Beinen gewesen; er war etwas trunken vom reichen Duft des feinen, üppigen Septembers und reif fürs Bett, sobald die Komplet vorüber war. Doch er war nicht so schläfrig, daß er nicht doch noch die Ohren spitzen konnte, wenn Abt Radulfus erklärte, daß er seines Rates bedurfte, daß er sogar dringend seinen Rat hören wollte, den er dennoch ohne Zögern verwerfen würde, falls ihm sein eigener, feuriger Geist eine andere Richtung wies.

»Bruder Paul«, sagte der Abt, indem er gebieterisch im Kreis herumblickte, »wurde ersucht, zwei neue Klosterschüler in unser Haus aufzunehmen, auf daß sie nach Gottes Willen zur rechten Zeit Kutte und Tonsur erhalten mögen. Der, über den wir hier zu beraten haben, stammt aus guter Familie, und sein Vater ist Anhänger unserer Kirche. Wie alt, Bruder Paul, ist er?«

»Er ist ein Kind, noch keine fünf Jahre alt«, sagte Paul.

»Und das ist der Grund für mein Zögern. Wir haben derzeit nur vier Jungen in solch zartem Alter bei uns, von denen zwei nicht ins Kloster aufgenommen, sondern nur erzogen werden sollen. Zu gegebener Zeit könnten sie sich wohl entscheiden, sich unserer Gemeinschaft anzuschließen, doch liegt diese Entscheidung bei ihnen, und sie werden sie treffen, wenn sie alt genug sind für eine solche Wahl. Die anderen beiden – kindliche Oblaten, die von ihren Eltern in Gottes Hände gegeben wurden – sind bereits zwölf und zehn Jahre alt und haben sich glücklich in unser Leben eingefunden, so daß es kein gutes Werk wäre, ihren Seelenfrieden zu stören. Doch ich kann mich nicht leicht überwinden, neue Oblaten in einem Alter aufzunehmen, in dem sie noch zu jung sind, um zu wissen, welches Opfer sie erbringen oder gar, was ihnen geraubt wird. Es ist eine Freude, einem wahrhaft ergebenen Herzen und Geist die Tür zu öffnen, doch der Geist eines Kindes, das kaum der Amme entwachsen ist, verlangt nach Spielzeug und dem Trost des mütterlichen Schoßes.«

Prior Robert zog zweifelnd seine silbergrauen Augenbrauen hoch, rümpfte seine Patriziernase und sagte: »Der Brauch der Kinderweihe ist seit Jahrhunderten bewährt. Die Regel gestattet ausdrücklich die Aufnahme von Oblaten. Jede Abweichung, jede neue Auslegung der Regel darf nur nach gründlicher Überlegung vorgenommen werden. Haben wir das Recht zu verwehren, was ein Vater seinem Kinde wünscht?«

»Haben wir — hat der Vater — das Recht, über einen Lebensweg zu entscheiden, bevor der unwissende Unschuldige noch die Stimme hat, für sich selbst zu sprechen? Wohl weiß ich, daß die Praxis altbewährt ist und nie in Frage stand, doch nun steht sie in Frage.«

»Indem wir sie aufgeben«, wandte Robert ein, »berauben wir eine zarte Seele ihres besten Zugangs zur Glückseligkeit. Schon in der Kindheit kann man einen falschen Weg beschreiten und den Zugang zur göttlichen Gnade verlieren.«

»Das gestehe ich Euch zu«, erklärte der Abt. »Doch ich fürchte, daß zugleich das Gegenteil wahr sein könnte und daß viele solcher Kinder, die besser geeignet wären für ein anderes Leben und eine andere Art, Gott zu dienen, in ein Kloster gesteckt werden, das ihnen wie ein Gefängnis erscheinen muß. In dieser Angelegenheit habe ich nur meine eigenen Gedanken als Hilfe. Hier haben wir Bruder Edmund, vom vierten Jahr an ein Kind des Klosters, und Bruder Cadfael, der erst in reifen Jahren nach einem aktiven und abenteuerlichen Leben bekehrt wurde. Und beide sind sich, wie ich hoffe, ihrer Berufung sicher. Sagt uns, Edmund, wie seht Ihr diese Angelegenheit? Habt Ihr je bereut, daß Euch verwehrt blieb, die Welt jenseits dieser Mauern kennenzulernen?«

Bruder Edmund, der Vorsteher der Krankenstation, war nur acht Jahre jünger als der robuste sechzigjährige

Cadfael und ein ernster, schön anzusehender und nachdenklicher Mann. Bewaffnet und auf einem Pferderükken hätte er eine ebenso gute Figur gemacht wie als Besitzer eines Landgutes, der ein wachsames Auge auf seine Vasallen warf. Er dachte tief über die Frage nach und antwortete gelassen. »Nein, ich habe es nie bereut. Doch ich lernte auch nie die Welt kennen, deren Verlust ich hätte bereuen sollen. Allerdings kannte ich einige, die sich auflehnten und diese Bekanntschaft machen wollten. Vielleicht stellten sie sich vor, da draußen eine Welt zu finden, die besser war als ihr Leben hier, und vielleicht geht mir diese Vorstellungsgabe ab. Vielleicht auch hatte ich nur das Glück, hier drinnen eine Arbeit zu finden, die meinen Wünschen und Fähigkeiten entspricht und mir keine Zeit für Unzufriedenheit ließ. Ich würde nicht tauschen. Und meine Wahl wäre dieselbe gewesen, wenn ich bis zur Pubertät hier erzogen worden wäre und meine Gelübde erst als Erwachsener abgelegt hätte. Doch ich habe Grund zur Annahme, daß andere sich anders entschieden hätten, wenn sie hätten wählen dürfen.«

»Deutlich habt Ihr gesprochen«, sagte Radulfus. »Bruder Cadfael, was meint Ihr? Ihr habt viel von der Welt gesehen, seid sogar im Heiligen Land gewesen und habt Waffen getragen. Ihr traft Eure Wahl spät und völlig frei, und ich glaube nicht, daß Ihr bedauernd zurückgeblickt habt. War diese kleine Einsiedelei wirklich ein Gewinn für Euch, nachdem Ihr soviel gesehen habt?«

Cadfael sah sich genötigt, lange nachzudenken, ehe er sprach, und unter dem behaglichen Gewicht eines ganzen Tages voller Sonnenlicht und körperlicher Arbeit war das Denken mühsam. Er war ganz und gar nicht sicher, was der Abt von ihm erwartete, doch er hatte keinen Zweifel über sein Unbehagen und seine Empörung, als er sich vorstellte, daß einem Kleinkind die Tracht, die er selbst freiwillig angelegt hatte, mehr oder weniger zwangsweise übergestreift wurde.

»Ich glaube, es war ein Gewinn«, sagte er endlich, »und noch mehr. Ich brachte eine Gabe, voller Makel und Schrammen zwar, doch eine bessere als jene, die ich früher in meiner Unschuld gebracht hätte. Denn ich räume freimütig ein, daß ich jenes Leben liebte und die Krieger, die ich kannte, und die schönen Orte und edlen Taten, die ich sah, hoch schätzte; und wenn ich mich in der Blüte meines Lebens entschloß, mich von alledem loszusagen und das Klosterleben allem anderen vorzuziehen, dann glaube ich, daß ich damit den Kopf so tief neigte, wie ich ihn nur neigen kann. Und ich kann nicht glauben, daß irgend etwas, das ich in Erinnerung behalten habe, mich ungeeignet macht, von diesem Treueid Zeugnis abzulegen; vielmehr hilft es mir, so gut zu dienen, wie ich es vermag. Wäre ich als Kind ins Kloster gegeben worden, so hätte ich mich als Mann aufgelehnt und meine Rechte verlangt. Der Kindheit entwachsen, konnte ich jedoch ohne Mühe meine Rechte opfern, als ich Weisheit erlangte.«

»Und doch würdet Ihr nicht bestreiten«, sagte der Abt, dessen scharfgeschnittenes Gesicht einen Augenblick von einem Lächeln erhellt wurde, »daß manch anderer durch seine Natur und die Gnade Gottes dazu bestimmt sein könnte, schon in jungen Jahren das Leben zu beginnen, das Ihr erst als reifer Mann entdecktet?«

»Auf keinen Fall würde ich es bestreiten! Ich denke, jene, die es aus Überzeugung taten, sind gewiß die besten, die wir haben. Sie trafen die Wahl aus eigenem Willen und folgten ihrem eigenen Licht.«

»Gut, gut«, sagte Radulfus, indem er das Kinn in die Hand stützte und mit tief beschatteten Augen grübelte. »Paul, habt Ihr einen Gedanken beizusteuern? Ihr seid für die Jungen verantwortlich, und ich weiß wohl, daß sie sich nur selten über Euch beklagen.« Denn Bruder Paul, ein gewissenhafter und sorgender Mann, der die Jungen hütete wie eine Glucke ihre eigenwillige Brut, war bekannt für seine Duldsamkeit ihnen gegenüber.

Zuweilen streng mit Lausbuben, war er doch ein guter Lehrer, der ihnen das Lateinische ohne große Pein einflößte.

»Es wäre mir keine Last«, sagte Paul bedächtig, »für einen kleinen vierjährigen Burschen zu sorgen und ihn zufriedenzustellen; doch würde ich keine große Freude und Erfüllung in einer solchen Aufgabe finden. Mir scheint, dies ist nicht, was die Regel verlangt. Ein guter Vater könnte dasselbe für seinen kleinen Sohn tun. Besser, der Novize kommt in vollem Wissen, was er tut, und mit einer Ahnung der Dinge, die er aufgibt. Mit fünfzehn oder sechzehn Jahren, gut erzogen...«

Prior Robert legte den Kopf zurück und behielt seine strenge Miene bei und überließ es seinem Vorgesetzten, die Entscheidung selbst zu treffen. Bruder Richard, der Unterprior, hielt die ganze Zeit über den Mund; in den Alltagsverrichtungen war er ein guter Mann, doch wenn es um anstehende Entscheidungen ging, hielt er sich nach Möglichkeit heraus.

»Seit ich die Argumentation von Erzbischof Lanfranc studierte«, sagte der Abt, »beschäftigt mich der Gedanke, daß unsere Ansichten über die Kinderweihe sich ändern müssen; und ich bin überzeugt, daß es besser ist, alle Oblaten abzuweisen, die zu jung und unfähig sind, selbst zu entscheiden, welchen Lebensweg sie anstreben. Deshalb, Bruder Paul, meine ich, daß Ihr angesichts der vorliegenden Umstände diesen Jungen abweisen müßt. Laßt seinen Vater wissen, daß der Junge in ein paar Jahren als Schüler unserer Schule willkommen sein wird, jedoch nicht als Oblat in den Orden aufgenommen werden kann. In einem angemessenen Alter kann er, so er es wünscht, in den Orden eintreten. Sagt dies seinem Vater.« Er atmete tief ein und rückte ein wenig auf seinem Stuhl herum, um anzudeuten, daß die Beratung beendet sei. »Wie ich höre, gibt es noch eine zweite Anfrage um Aufnahme?«

Bruder Paul war bereits aufgestanden und lächelte erleichtert. »In diesem Fall wird es keine Schwierigkeiten geben, Vater. Leoric Aspley von Aspley wünscht uns seinen jüngsten Sohn Meriet zu bringen. Doch der junge Mann hat bereits seinen neunzehnten Geburtstag gefeiert, und er kommt auf seinen eigenen, ernsten Wunsch. Bei ihm, Vater, brauchen uns keine Zweifel zu plagen.«

»Nicht, daß wir uns vor Neuzugängen nicht retten könnten«, räumte Bruder Paul ein, der mit Cadfael über den Klosterhof zur Komplet ging. »Im Grunde können wir es uns nicht erlauben, Postulanten abzuweisen. Dennoch bin ich froh, daß der Vater Abt so entschieden hat. Mit den kleinen Kindern war ich nie ganz glücklich. Gewiß, in den meisten Fällen werden sie uns in wahrer Liebe und Inbrunst gegeben. Doch manchmal fragt man sich... ein Mann muß sein Land beisammen halten, er hat schon einen oder zwei gesunde Söhne, und es ist eine profitable Art, den dritten loszuwerden.«

»Das«, sagte Cadfael trocken, »kann sogar noch geschehen, wenn der dritte ein ausgewachsener Mann ist.«

»Dann aber gewöhnlich mit seiner Zustimmung, denn das Kloster kann auch eine vielversprechende Karriere bieten. Doch Kleinkinder – nein, diese Möglichkeit wird viel zu leicht mißbraucht.«

»Glaubt Ihr, daß wir den jüngeren zu den Bedingungen des Vater Abtes in einigen Jahren bekommen werden?« grübelte Cadfael.

»Ich bezweifle es. Wenn er in unsere Schule gegeben wird, muß sein Vater für ihn zahlen.« Bruder Paul, der in jedem Teufelchen, das er unterrichtete, einen Engel entdecken konnte, war dennoch Skeptiker, wenn es um die Eltern ging. »Hätten wir den Jungen als Oblaten angenommen, wäre sein Unterhalt und alles andere zu unseren Lasten gegangen. Ich kenne den Vater. Ein durchaus anständiger Mann, aber leider sehr geizig. Doch seine Frau wird sicher froh sein, ihren Jüngsten zu behalten.«

Sie hatten den Eingang des Klosters erreicht, und das milde grüne Zwielicht der Bäume und Büsche, durchdrungen von einem ersten goldenen Schimmer, hing still in der süß duftenden Luft. »Und der andere?« sagte Cadfael. »Aspley — das ist, glaube ich, irgendwo im Süden am Saum des Großen Waldes. Ich habe den Namen gehört, doch mehr weiß ich nicht. Kennt Ihr die Familie?«

»Nur dem Hörensagen nach; doch was ich hörte, klang gut. Der Gutsverwalter berichtete mir; er ist ein bodenständiger alter Landmann, Sachse dem Namen nach — Fremund. Wie er sagte, ist der junge Mann des Lesens und Schreibens kundig, gesund und gebildet. In jedem Falle ein Gewinn für uns.«

Eine Schlußfolgerung, die zu bezweifeln in diesem Augenblick noch niemand Anlaß hatte. Der Bruderkrieg hatte nicht nur Chaos über das Land gebracht, sondern auch die Einnahmen der Klöster beschnitten. Pilger blieben ängstlich zu Hause hocken, und die Zahl der aufrichtigen Postulanten war stark zurückgegangen, während immer größere Scharen von verarmten Flüchtlingen in den Klöstern Schutz suchten. Die Aussicht, einen fast erwachsenen und des Lesens fähigen Postulanten zu bekommen, der darauf brannte, sein Noviziat zu beginnen, war eine ausgesprochen gute Nachricht für die Abtei.

Später gab es natürlich zahlreiche Neunmalkluge, die sich im Rückblick an ihre bösen Vorahnungen erinnerten, düster von Omen sprachen und dreist behaupteten, sie hätten es gleich gesagt. Solche späten Experten gedeihen nach jedem Schock und jedem Schicksalsschlag.

Bruder Cadfael wurde zufällig Zeuge, als der Postulant zwei Tage später eintraf. Nachdem das Wetter mehrere Tage klar und sonnig gewesen war — man hatte die Frühäpfel geerntet und das frisch gemahlene Mehl eingelagert – kam ein Tag mit schrecklichen Regengüssen, welche die Straßen in Schlammbäder und jedes Loch im Klosterhof in einen trügerischen Tümpel verwandelten. Die Kopisten und Zeichner arbeiteten dankbar in der Bücherei der Schreibstube an ihren Pulten. Die Jungen lungerten unzufrieden im Haus herum und vertrödelten ihre freie Zeit, und als das Tageslicht trüb wurde, sank den wenigen Patienten in der Krankenstation der Mut, und sie begannen zu klagen. Gäste gab es zu dieser Zeit nur wenige. Der Bürgerkrieg machte eine Atempause, die von beflissenen Kirchenleuten genutzt wurde, um die beiden Parteien zu einer Übereinkunft zu bringen; doch die meisten Menschen in England zogen es vor, daheim zu bleiben und mit angehaltenem Atem zu warten. Nur die, die keine andere Wahl hatten, ritten über die Straßen und suchten den Schutz der Gästehalle der Abtei.

Cadfael hatte die ersten Stunden des Nachmittags in seinem Holzverschlag im Herbarium verbracht. Dort hatte er eine Anzahl seiner Gebräue angesetzt und die herbstliche Ernte – Blätter, Wurzeln und Beeren – verstaut und anschließend eine gute Kopie von Aelfrics Liste der englischen Kräuter und Bäume in die Hände genommen. Das Buch war anderthalb Jahrhunderte alt und verlangte, in Frieden und Muße studiert zu werden. Bruder Oswin, dessen jugendlicher Eifer Cadfael in seinem kleinen Reich manchmal Trost spendete und häufig Sorgen machte, war entschuldigt, um seine Studien der Liturgie zu vervollkommnen, denn die Zeit seiner Gelübde rückte näher, und er mußte die Schriften auswendig lernen.

Der Regen, obwohl der Erde willkommen, erwies sich als störend und deprimierend für das menschliche Bewußtsein. Das Licht verdüsterte sich; das Blatt, das Cadfael studierte, verdunkelte sich vor seinen Augen. Er hörte zu lesen auf. Im Englischen bewandert, hatte er das Lateinische mühsam als erwachsener Mann gelernt, und obwohl er es inzwischen beherrschte, blieb es ihm eine fremde, unvertraute Spache. Er machte eine Runde zwischen seinen Gebräuen, rührte hier und dort ein wenig um, gab eine Zutat in einen Mörser und zerstieß sie, bis sie mit der Paste, für die sie gedacht war, verschmolz, und eilte schließlich, sein kostbares Pergament in der Brust der Kutte geschützt, hastig durch die nassen Gärten zum Hof zurück.

Er hatte den Schutz des Vordachs der Gästehalle erreicht und wollte Atem schöpfen, bevor er durch die Tümpel zum Kloster selbst hinüberplatschte, als drei Reiter durchs Haupttor hereinkamen und unter dem Bogengang des Torhauses anhielten, um den Regen aus ihren Mänteln zu schütteln. Der Pförtner kam eilig heraus, sie zu begrüßen, und huschte im Schutz der Wand hinüber. Aus den Stallungen kam ein Bursche mit einem Sack über dem Kopf platschend durch den Regen gerannt.

Das, dachte Cadfael, müssen Leoric Aspley von Aspley und der Sohn sein, der unser Gewand anlegen will. Er blieb noch einen Augenblick stehen und blickte hinüber, teils aus Neugierde, teils in der vergeblichen Hoffnung, daß der Guß nachließe und es ihm erlaubte, nicht übermäßig durchnäßt die Schreibstube zu erreichen.

Ein großer, aufrechter Mann, bekleidet mit einem dicken Mantel, ritt den Ankömmlingen auf seinem kräftigen grauen Pferd voraus. Als er die Kapuze abstreifte, entblößte er einen Kopf mit buschigem, leicht ergrautem Haar und ein langes, strenges, bärtiges Gesicht. Selbst auf diese Entfernung über den weiten Hof hinweg schien er gut auszusehen — ernst und ungebeugt, eine hohe, arrogante Nase und ein grimmig-stolzer Zug um Mund und Kiefer; doch sein Benehmen dem Pförtner und dem Stallburschen gegenüber, als er abstieg, war gemessen und höflich. Dieser Mann war nicht leicht zu nehmen und sicher kein leicht zufriedenzustellender Vater. Begrüßte er den Entschluß seines Sohnes oder nahm er ihn nur unter Protest und mit Mißbilligung hin? Cadfael schätzte ihn auf Mitte Fünfzig und hielt ihn somit für einen alten Mann. Sein eigenes Alter, über das er kaum je nachdachte, seine über sechzig Lebensjahre, vergaß er dabei.

Er achtete nun mehr auf den jungen Mann, der wohlerzogen und respektvoll einige Schritte hinter seinem Vater folgte; er war rasch von seinem Pony gesprungen, um seinem Vater das Zaumzeug zu halten. Beinahe übermäßig pflichtbewußt, und doch lag in seinem Betragen etwas, das an die strenge Selbstbeherrschung des älteren Mannes erinnerte — wie der Vater, so der Sohn. Der neunzehn Jahre alte Meriet Aspley war, als sie nun nebeneinander im Hof standen, fast einen Kopf kleiner als Leoric; ein gut gebauter, hübscher und kräftiger junger Mann, an dem es auf den ersten Blick eigentlich nichts auszusetzen gab. Dunkelhaarig war er, Locken klebten feucht auf seiner Stirn, der Regen strömte über seine glatten Wangen wie Tränen. Er stand mit ergeben gebeugtem Kopf und niedergeschlagenen Augen etwas abseits wie ein aufmerksamer Diener, der die Befehle seines Herrn erwartet; und als sie in den Schutz des Torhauses traten, folgte er auf dem Fuße wie ein gut erzogener Hund. Und doch besaß er etwas Abgerundetes, Einsames und sehr Eigenständiges, als brächte er diese Formalitäten hinter sich, ohne innerlich beteiligt zu sein — eine äußerliche, gewissenhafte Aufmerksamkeit, die sein Innerstes nicht berührte. Aus der Ferne betrachtet fand Cadfael sein Gesicht gefaßt und verschlossen, streng wie das seines Vaters, mit tiefen Grübchen in den Winkeln der vollen, leidenschaftlichen Lippen.

Nein, dachte Cadfael, diese zwei sind gewiß nicht ein Herz und eine Seele. Und die einzige Möglichkeit, die Kühle und Förmlichkeit zufriedenstellend zu erklären, bestand darin, zu seiner ursprünglichen Annahme zurückzukehren: Der Vater mißbilligte den Entschluß seines Sohnes und hatte wahrscheinlich sogar versucht, ihn davon abzubringen und ihm bittere Vorwürfe gemacht, als dieser sich nicht umstimmen ließ. Widerspenstigkeit auf der einen und Enttäuschung auf der anderen Seite entzweite sie. Nicht der günstigste Beginn einer Berufung, wenn man dem Willen eines Vaters trotzen muß. Doch jene, die durch ein zu starkes Licht geblendet sind, können nicht sehen und dürfen sich nicht erlauben, den Schmerz zu sehen, den sie anderen zufügen. Cadfael war nicht auf diese Weise ins Kloster gekommen, doch er kannte einen oder zwei Brüder, denen es so ergangen war, und er verstand die Zwangslage gut.

Sie waren im Torhaus verschwunden, um Bruder Paul und die formelle Aufnahme durch den Abt abzuwarten. Der Bursche, der auf einem zotteligen Hochlandpony hinter ihnen hereingeritten war, trottete mit den Pferden zum Stall, und der große Hof lag wieder leer unter dem gleichmäßigen Regen. Bruder Cadfael raffte seine Kutte hoch und rannte in den Schutz des Klosters hinüber, wo er das Wasser aus Ärmeln und Kapuze schüttelte. Kurz darauf machte er es sich im Schreibzimmer bequem und setzte seine Studien fort. Minuten später hatte er sich in das Problem vertieft, ob der ›Diptamdost‹ von Aelfric dasselbe war wie sein ›Diptam‹. Er dachte nicht weiter über Meriet Aspley nach, der so unbeugsam entschlossen war, ein Mönch zu werden.

Der junge Mann wurde am nächsten Tag im Kapitel vorgestellt, wo er in aller Form sein Bekenntnis ablegte und von denen begrüßt wurde, die seine Brüder werden sollten. In der Probezeit nahmen die Novizen nicht an den Diskussionen im Kapitel teil, doch sie wurden gelegentlich zugelassen, um zu lauschen und zu lernen, und Abt Radulfus achtete sehr darauf, daß sie von Beginn an mit brüderlicher Höflichkeit aufgenommen wurden.

In die ungewohnte Kutte gekleidet, bewegte Meriet sich etwas linkisch und wirkte seltsamerweise kleiner als

in seinen weltlichen Gewändern; Cadfael grübelte darüber nach und beobachtete ihn nachdenklich. Nun war
kein Vater mehr da, neben dem er in Feindseligkeit erstarrte; er brauchte sich nicht vor jenen in acht zu nehmen, die ihn freudig in ihrer Mitte begrüßt hatten, und
doch blieb er steif und stand mit niedergeschlagenen
Augen und fest zusammengepreßten Händen. Vielleicht
war er eingeschüchtert, nachdem ihm bewußt geworden
war, welchen Schritt er getan hatte. Er beantwortete die
Fragen mit leiser, flacher Stimme, rasch und unterwürfig. Sein von Natur aus elfenbeinbleiches Gesicht war
von der Sommersonne tief golden gefärbt, die Röte seiner glatten Haut war nur auf den hohen Wangenknochen zu sehen. Eine schmale, gerade Nase mit zierlichen
Nasenflügeln, die nervös zitterten, und dieser volle,
stolze Mund, der im Ruhen einen so entschlossenen Zug
hatte und beim Sprechen so verletzlich schien. Und die
Augen, die er ergeben verbarg: große Lider unter scharf-
geschnittenen, geschwungenen Augenbrauen, die
schwärzer waren als sein Haar.

»Du hast gut überlegt«, sagte der Abt, »und nun hast
du Zeit, abermals zu überlegen, ohne daß dir jemand einen Vorwurf macht. Ist es dein Wunsch, dich zu uns zu
gesellen und im Kloster zu leben? Ist es dein aufrichtiger
und ernsthafter Wunsch? Du kannst aussprechen, was
immer dein Herz bewegt.«

Die leise Stimme sagte, eher grimmig als fest: »Es ist
mein Wunsch, Vater.« Er schien beinahe über seine eigene Heftigkeit zu erschrecken, und er setzte vorsichtiger
hinzu: »Ich bitte Euch um Aufnahme, und ich verspre-
che Euch Gehorsam.«

»Dieser Eid kommt später«, sagte Radulfus mit einem
leisen Lächeln. »Für den Augenblick wird Bruder Paul
dein Lehrer sein, dem du hiermit anvertraut bist. Für jene, die erwachsen zum Orden kommen, ist eine einjäh-
rige Probezeit üblich. Dir bleibt genug Zeit, Versprechen
abzugeben und zu erfüllen.«

Der ergeben geneigte Kopf fuhr auf diese Worte plötzlich hoch, die Augenlider hoben sich von großen, klaren Augen, die haselnußbraun und grün gesprenkelt waren. So selten hatten sie ins volle Licht geblickt, daß ihr Strahlen erschreckend und beunruhigend war. Und seine Stimme klang höher und schärfer, fast entsetzt, als er fragte: »Vater, ist das wirklich nötig? Kann die Zeit nicht verkürzt werden, wenn ich fleißig studiere und mich verdient mache? Das Warten ist schwer zu ertragen.«

Der Abt musterte ihn gleichmütig und zog seine geraden Augenbrauen zu einem Stirnrunzeln zusammen; die Geste verriet eher Nachdenklichkeit und Verwunderung als Mißfallen. »Die Frist kann verkürzt werden, wenn uns ein solcher Schritt geraten scheint. Doch Ungeduld ist kein guter Ratgeber und Hast kein guter Fürsprecher. Wenn du früher bereit bist, wird es nicht übersehen werden. Doch strebe nicht zu hastig nach Vollkommenheit.«

Es war offensichtlich, daß der junge Meriet alle Nebenschwingungen von Wort und Tonfall aufnahm. Er schlug die Augenlider wie Läden vor das Strahlen und betrachtete seine gefalteten Hände. »Vater, ich will mich führen lassen. Doch ich wünsche von ganzem Herzen, mich ganz und gar hinzugeben und Frieden zu finden.« Cadfael glaubte, daß die beherrschte Stimme einen Augenblick zitterte. Doch damit erschien er für Radulfus sicher nicht in einem schlechten Licht; der Abt hatte Erfahrung mit leidenschaftlich Begeisterten auf der einen Seite und auf der anderen mit jenen, die langsam wie Lämmer zur Schlachtbank der Hingabe gezogen wurden.

»Du magst dich verdient machen«, sagte der Abt sanft.

»Vater, das werde ich!« Ja, trotz der glatten Antwort hatte seine Stimme ganz kurz geschwankt. Die strahlenden Augen hielt er bedeckt.

Radulfus entließ ihn mit freundlicher Zurückhaltung

und schloß nach seinem Abgang das Kapitel. Ein bei-
spielhafter Eintritt? Oder eine Spur zu nahe an der fie-
bernden Inbrunst, die einen so gewitzten Abt wie Radulfus mißtrauisch machen mußte und ihn bewog, sie zu er-
forschen und mit Sorge zu beobachten? Doch ein begei-
sterter, ernster Junge, der in den Hafen seiner Träume
einlief, mochte leicht übereifrig und in unziemlicher Eile
sein. Cadfael, dessen kräftige Füße stets fest verankert
auf der Erde gestanden hatten, selbst als er sich entschied, den langen Rest seines Lebens in diesem sicheren Hafen zu verbringen, empfand viel Sympathie für
die feurige Jugend, die alles übertreibt und bei einem
Vers oder einem Musikstück leidenschaftlich entbrennt.
Einige, die auf diese Weise Feuer fangen, brennen hell
bis zu ihrem Todestag, spenden vielen anderen Licht
und ziehen eine strahlende Fährte für die späteren Generationen. Andere Feuer gehen aus Mangel an Brennstoff nieder, doch ohne irgend jemand zu schaden. Die
Zeit würde zeigen, wie sich die verzweifelte kleine Flamme des jungen Meriet entwickelte.

Hugh Beringar, der stellvertretende Sheriff von Shropshire, kam von seinem Gut Maesbury nach Shrewsbury
herunter, um in Vertretung des Statthalters Gilbert
Prestcote den Befehl zu übernehmen. Prestcote war abgereist, um König Stephen zum Michaelistag in Westminster zu treffen und den zweimal im Jahr fälligen Bericht über seine Grafschaft und die Steuereinnahmen zu
erstatten. Die zwei hatten den Bezirk stabil und gut verwaltet und einigermaßen frei vom Zerfall gehalten, der
das ganze Land quälte; die Abtei hatte allen Grund, ihnen dankbar zu sein, denn viele Schwesternhäuser in
den walisischen Marschen waren geplündert, ausge-
raubt, evakuiert oder in bewaffnete Festungen verwandelt worden; einige sogar mehr als einmal, ohne daß
Linderung in Sicht war. Ganz abgesehen von den Arme-
en König Stephens und seiner Cousine, der Kaiserin —

die für sich schon schlimm genug waren −, zogen Privat-
armeen wie kleine oder größere Raubtiere durchs Land
und verschlangen alles, was sie fanden, wo immer sie
sahen, daß der Arm des Gesetzes zu schwach war, um
ihnen Einhalt zu gebieten. In Shropshire war dem Gesetz bislang mit starker Hand Genüge getan worden,
und der Bezirk konnte gut auf sich selbst achtgeben.

Nachdem er seine Frau und seinen kleinen Sohn bequem in seinem Stadthaus nahe der Kirche St. Mary's
untergebracht und sich überzeugt hatte, daß die Garnison auf der Burg wachsam war, machte Hugh wie
gewohnt zunächst seine Aufwartung beim Abt. Überdies verließ er die Enklave nie, ohne Bruder Cadfael in
seinem Holzverschlag im Garten aufzusuchen. Sie waren alte Freunde, einander näher als Vater und Sohn,
und nicht nur durch die unbelastete, freimütige Bezie-
hung zweier Generationen verbunden, sondern auch
durch gemeinsame Erlebnisse, die aus ihnen Bundes-
genossen gemacht hatten. Sie schärften aneinander ihren Geist und bemühten sich, die Werte und Institu-
tionen zu schützen, die in einem so erschütterten und
zerrissenen Land mit jedem Tag mehr des Schutzes
bedurften.

Cadfael fragte nach Aline und lächelte schon erfreut,
als er ihren Namen aussprach. Er hatte gesehen, wie sie
im Kampf gewonnen worden war und wie sein junger
Freund dazu ein hohes Amt erworben hatte, und nun
fühlte er fast großväterlichen Stolz für ihren erstgebore-
nen Sohn, dem er in den ersten Tagen dieses Jahres als
Taufpate zur Seite gestanden hatte.

»Blendend«, sagte Hugh höchst zufrieden, »und sie
läßt nach Euch fragen. Wenn es Eure Zeit zuläßt, werde
ich eine Gelegenheit finden, Euch zu entführen, damit
Ihr selbst sehen könnt, wie sie aufgeblüht ist.«

»Die Knospe war in der Tat schon edel«, sagte Cadfael. »Und das Teufelchen Giles? Du liebes bißchen, mit
neun Monaten wird er wie ein kleiner Hund durch Euer

Haus tollen! Die Kinder sind schon auf den Beinen, ehe sie noch richtig aus den Armen sind.«

»Auf allen Vieren ist er fast genauso schnell«, erklärte Hugh stolz, »wie seine Amme Constance auf zweien. Und er packt zu wie ein geborener Schwertkämpfer. Doch möge Gott ihm dies noch lange Jahre ersparen; seine Kindheit wird mir ohnehin viel zu kurz vorkommen. Und mit Gottes Willen werden wir diese unruhigen Zeiten hinter uns haben, ehe er zum Manne wird. Es gab eine Zeit, da England in Recht und Gesetz lebte, und es wird wieder eine solche kommen.«

Er hatte ein ausgeglichenes, unverwüstliches Wesen, doch wenn er an sein Amt und seinen Treueid dachte, warfen die Zeiten auch über sein Gesicht einen Schatten.

»Was hört man aus dem Süden?« fragte Cadfael, der die kurze Umwölkung wohl bemerkte. »Wie es scheint, hat Bischof Henrys Konferenz letztlich doch herzlich wenig bewirkt.«

Henry von Blois, der Bischof von Winchester und päpstlicher Legat, war der jüngere Bruder des Königs und dessen treuer Verbündeter gewesen, bis Stephen die Kirche, namentlich gewisse Bischöfe, heftig angegriffen, vor den Kopf gestoßen und beleidigt hatte. Was nun aus Bischof Henrys persönlicher Verbundenheit geworden war, blieb der Spekulation überlassen, denn seine Cousine, die Kaiserin Maud, war in England gelandet und hatte sich mit ihrem Gefolge im Westen, vornehmlich in der Stadt Gloucester, eingenistet. Als außergewöhnlich fähiger, ehrgeiziger und praktisch denkender Kirchenmann mochte er für beide Seiten einige Sympathie und erheblich mehr Verzweiflung empfinden; und es entsprach dieser Situation, daß er, zwischen Blutsverwandten hin- und hergerissen, über die ganzen Frühjahrs- und Sommermonate des Jahres nach Kräften versucht hatte, die beiden zu einer vernünftigen Übereinkunft zu bewegen. Für den Fall, daß es tatsächlich dazu kam, hatte er bereits einige Vorschläge ausgearbeitet, mit denen beider Ansprüche beruhigt, wenn auch nicht vollauf befriedigt würden, so daß England wieder eine glaubwürdige Regierung und einige Hoffnung darauf bekam, daß dem Gesetz wieder Geltung verschafft wurde. Er hatte sein Bestes gegeben und es vor einem Monat sogar geschafft, in der Nähe von Bath Gesandte beider Parteien zu einem Treffen an einen Tisch zu bekommen. Doch es war nichts dabei herausgekommen.

»Allerdings haben, wenigstens für eine Weile, die Kämpfe aufgehört«, sagte Hugh sehnsüchtig. »Aber nein, Früchte gibt es nicht zu ernten.«

»Wie wir hörten«, sagte Cadfael, »war die Kaiserin bereit, einen Richtspruch der Kirche über ihren Anspruch anzuerkennen, und Stephen nicht.«

»Kein Wunder!« sagte Hugh und grinste kurz bei dem Gedanken. »Er ist an der Macht, sie nicht. Wenn er sich einem solchen Richtspruch unterwirft, hat er alles zu verlieren. Für sie aber steht nichts auf dem Spiel, doch sie kann viel gewinnen. Praktisch jedes Urteil würde beweisen, daß sie nicht dumm ist. Und mein König, Gott schenke ihm Vernunft, hat die Kirche beleidigt, deren Vergeltung nie lange auf sich warten läßt. Nein, dort gab es nichts zu hoffen. Bischof Henry müßte inzwischen schon nach Frankreich unterwegs sein; er hat die Hoffnung nicht aufgegeben, sondern sucht die Unterstützung des französischen Königs und des Herzogs Theobald von der Normandie. Er wird in den nächsten Wochen damit beschäftigt sein, Vorschläge für den Frieden auszuarbeiten, und er wird bewaffnet zurückkommen und die beiden Feinde abermals zur Rede stellen. Um die Wahrheit zu sagen: Er hoffte auf mehr Unterstützung, als er je bekam, vor allem aus dem Norden. Doch sie hielten den Mund und blieben daheim.«

»Chester?« fragte Cadfael vorsichtig.

Ranulf von Chester war ein starker, seine Unabhängigkeit hütender Pfalzgraf im Norden, verheiratet mit der Tochter des Grafen von Gloucester, Halbbruder der

Kaiserin und ein entscheidender Faktor in diesem Krieg; doch er hatte gegen beide Seiten Vorbehalte und hatte bisher in seinem Reich umsichtig Frieden gehalten, ohne seine Waffen der einen oder anderen Partei zur Verfügung zu stellen.

»Er und sein Halbbruder, William von Roumare. Roumare hat große Besitzungen in Lincolnshire, und die zwei sind eine Macht, mit der man rechnen muß. Sie haben da oben wohl das Gleichgewicht gehalten, doch sie hätten mehr tun können. Nun, wir müssen selbst für einen vorübergehenden Waffenstillstand schon dankbar sein. Und wir können hoffen.«

Hoffnung war in diesen harten Jahren in England ein Gut, das nicht eben großzügig gespendet wurde, grübelte Cadfael wehmütig. Aber um gerecht zu sein, Henry von Blois tat sein Bestes, aus dem Chaos Ordnung zu schaffen. Henry war ein guter Beweis dafür, daß man in der Welt eine großartige Karriere machen konnte, wenn man die Kutte früh überstreifte. Mönch in Cluny, Abt in Glastonbury, Bischof in Winchester, päpstlicher Legat — ein Aufstieg, so abrupt und prächtig wie ein Regenbogen. Allerdings war er ein Neffe des Königs und verdankte seinen raschen Aufstieg nicht zuletzt dem alten König Henry; die fähigsten Söhne unbedeutenderer Familien, die sich fürs Kloster entschieden, konnten nicht unbedingt erwarten, eines Tages die Mitra zu tragen. Zum Beispiel dieser spröde junge Mann mit dem leidenschaftlichen Mund und den grün gesprenkelten Augen — wie weit würde er auf der Straße der Macht vorankommen?

»Hugh«, sagte Cadfael, indem er die Glut in seinem Kohlenbecken mit Torf bedeckte, um sie leise am Brennen zu halten, falls er sie später noch brauchte, »was wißt Ihr über die Aspleys von Aspley? Unten am Rande des Großen Waldes, glaube ich; nicht weit von der Stadt entfernt, aber einsam gelegen.«

»Gar nicht so einsam«, sagte Hugh, etwas überrascht

durch die Frage. »In der Nähe sind drei Besitzungen, die alle aus einem Gut hervorgegangen sind. Sie waren Gefolgsleute des Grafen, und heute folgen sie der Krone. Er hat den Namen Aspley angenommen. Sein Großvater war Sachse bis in die Fingerspitzen, doch ein standhafter Mann, und Graf Roger schenkte ihm seine Gunst und gab ihm das Land. Sie sind immer noch Sachsen, doch nachdem sie sein Brot gegessen hatten, blieben sie ihm treu und folgten dem Grafen, als er König wurde. Der Herr nahm eine normannische Frau, und sie brachte ein Anwesen mit, irgendwo im Norden hinter Nottingham, doch Aspley ist immer noch sein ganzer Stolz. Warum? Was bedeutet Aspley Euch?«

»Bisher nicht mehr als eine Gestalt zu Pferd im Regen«, sagte Cadfael einfach. »Er hat uns seinen jüngsten Sohn gebracht, der Himmel und Hölle in Bewegung setzt, um ins Kloster aufgenommen zu werden. Ich frage mich warum; das ist alles.«

»Warum?« Hugh zuckte lächelnd die Achseln. »Ein wenig Ehre und ein älterer Bruder. Für ihn gibt es kein Land, wenn er nicht gerade zur Kriegskunst neigt und sich ein Stück nimmt. Und Kloster und Kirche bieten keine schlechten Aussichten. Ein kluger Junge könnte da weiter kommen, als wenn er sein Schwert verleiht. Wo ist das Geheimnis?«

Und nun sah Cadfael vor seinem geistigen Auge sehr lebhaft das Bild des noch jungen, kraftvollen Henry von Blois, wie er seinen Richtspruch verkündete. Aber war dieser steife, zitternde Junge wirklich der Stoff, aus dem Regenten sind?

»Wie ist der Vater?« fragte er, indem er sich neben seinen Freund auf die breite Bank an der Rückwand seines Verschlages setzte.

»Aus einer älteren Familie als Ethelred und stolz wie der Teufel selbst, obwohl nicht mehr als zwei Anwesen seinen Namen tragen. Ein Prinz auf seinem kleinen Gut. Es gibt im Hügelland und in den Wäldern wohl noch einige solcher Häuser. Ich glaube, er ist einige Jahre über Fünfzig«, sagte Hugh, der müßig über die Ländereien und Herren nachdachte, die in diesen unruhigen Zeiten seiner Wacht unterstanden. »Sein Ruf und Wort stehen hoch im Kurs. Die Söhne sah ich nie. Sie müßten fünf oder sechs Jahre auseinander sein, glaube ich. Wie alt ist Euer Neuzugang?«

»Neunzehn, wie man hört.«

»Was stört Euch denn an ihm?« fragte Hugh, der ungerührt, doch aufmerksam war; er warf einen kurzen Seitenblick über die Schulter und betrachtete geduldig Cafaels kantiges Profil.

»Seine Gefügigkeit«, sagte Cadfael und ermahnte sich, seiner Fantasie nicht zu sehr die Zügel schießen zu lassen. »Denn von Natur aus ist er wild«, fuhr er entschlossen fort. »Ein durchdringendes Auge hat er wie ein Falke oder Fasan, und Augenbrauen wie überhängende Felsen. Und dabei faltet er die Hände und schlägt die Augen nieder wie eine gescholtene Magd!«

»Er übt sein Handwerk«, sagte Hugh scherzend, »und beobachtet seinen Abt. Kluge Jungen tun das. Ihr habt sie kommen und gehen sehen.«

»Das habe ich.« Einige waren untüchtige, ehrgeizige junge Männer gewesen, nur fähig, bis zu einem bestimmten Punkt zu gehen und nicht weiter, die dennoch weit über ihre Fähigkeiten spielten. Bei diesem hatte er kein solches Gefühl. Dieser Hunger, die hoffnungslose Begierde nach Anerkennung, schien ihm wie ein Selbstzweck, geboren aus Verzweiflung. Er bezweifelte, daß die Falkenaugen wirklich alles durchdrangen oder einen Horizont außerhalb der engen Mauern der Enklave sahen. »Jene, die eine Tür hinter sich schließen wollen, Hugh, müssen entweder in die Welt im Innern oder vor der Welt da draußen fliehen. Es ist ein Unterschied. Aber wißt Ihr eine Möglichkeit, das eine vom anderen zu unterscheiden?«

2

In diesem Jahr gab es in den Obstgärten im Gaye eine schöne Ernte von Oktoberäpfeln, und da das Wetter seit kurzem unberechenbar geworden war, mußte man die drei aufeinanderfolgenden schönen Tage in der Mitte der Woche nutzen und die Früchte ernten, solange es trocken blieb. So wurden alle Hände aufgeboten, alle Brüder und Laienbrüder und alle Novizen bis auf die Schulkinder. Doch besonders für die Jungen war es eine angenehme Arbeit, denn sie durften nun mit Billigung der Älteren in den Bäumen herumklettern und, eine kurze Rückkehr in die Kindheit, ihre Kutten bis zu den Knien hochgürten.

Ein Händler aus der Stadt hatte in der Gaye, nahe an einer Ecke der Ländereien der Abtei, eine Hütte, wo er Ziegen und Bienen hielt, und man hatte ihm erlaubt, unter den Obstbäumen Futter für seine Tiere zu schneiden, da sein eigenes Weideland nicht sehr groß war. Er war an diesem Tag mit einer Sichel unterwegs und schnitt zum letztenmal in diesem Jahr das lange Gras dicht vor den Baumstämmen, wo es gefährlich gewesen wäre, eine Sense zu benutzen. Cadfael verbrachte den Tag in seiner angenehmen Gesellschaft und setzte sich mit ihm unter einen Apfelbaum, um die müßigen Artigkeiten auszutauschen, die einer solchen Begegnung angemessen waren. Es gab nur wenige Bürger der Stadt, die Cadfael nicht kannte, und dieser gute Mann hatte eine ganze Horde Kinder, nach denen er fragen konnte.

Cadfael nahm es später auf sein Gewissen, daß es sehr wohl seine nachbarliche Aufmerksamkeit gewesen sein konnte, die seinen Gefährten veranlaßte, die Sichel unter dem Baum abzulegen, wo er sie vergaß, als sein jüngster Sohn, ein munterer Dreikäsehoch, herangehüpft kam, um seinen Vater zur Mittagspause mit Brot und Bier zu rufen. Wie dem auch war, jedenfalls ließ er die Sichel im dichten Gras an den Stamm gelehnt liegen. Und Cadfael regte sich etwas steif und machte sich wieder an die Apfelernte, während sein Gesprächspartner seinen ständig plappernden Jüngsten hüpfend zur Hütte zurückführte.

Die Weidenkörbe waren inzwischen schon gut gefüllt. Es war nicht die größte Ernte, die Cadfael je in seinem Obstgarten eingebracht hatte, doch auf jeden Fall eine willkommene. Ein milder, leicht dunstiger, zuweilen sonniger Tag; der Fluß strömte still und ruhig zwischen ihnen und der hohen Silhouette der Stadt mit ihren Türmen; und der reiche Ernteduft, zusammengesetzt aus Früchten, Heu, verblühten Pflanzen und sommerwarmen Bäumen, die schläfrig auf die Winterruhe warteten, lag schwer und süß in der Luft und in der Nase. Kein Wunder also, daß Zwänge vergessen waren und die Herzen hoch flogen. Die Hände arbeiteten, und der Geist war mit sich im Frieden. Cadfael sah Bruder Meriet eifrig arbeiten. Er hatte die schweren Ärmel über die runden, braunen, wohlgestalteten Arme hochgekrempelt, das Gewand über glatte braune Knie hochgerafft, die Kapuze locker über die Schultern gebreitet, und das Haar, das noch keine Tonsur hatte, hob sich zottig und dunkel und lebhaft vom Himmel ab. Sein Profil war deutlich zu sehen, die Haselnußaugen waren weit offen und unverhüllt. Er lächelte. Es war kein vertrauliches Lächeln mit einem anderen, sondern ein Ausdruck seiner Zufriedenheit, und dies vielleicht nur einen kurzen, verletzlichen Augenblick lang.

Cadfael verlor ihn aus den Augen, als er sich gemächlich wieder seinen eigenen Aufgaben zuwandte. Es ist leicht möglich, beim Äpfelernten ein stilles Gebet zu sprechen, doch er war sich nur zu gut bewußt, daß er völlig in den Sinnesfreuden des Tages versank, und soweit er Bruder Meriet gesehen hatte, galt für den jungen Mann dasselbe. Und es paßte gut zu ihm.

Es war ein Unglück, daß der schwerste und unbeholfenste der Novizen sich ausgerechnet jenen Baum zum Besteigen aussuchte, unter dem die Sichel lag, und gewiß noch unglücklicher, daß er sich zu weit hinausbeugte, um einige Früchte zu erreichen. Der Baum war von einer Sorte, die die Früchte an den Astspitzen tragen, und die Äste waren durch die schweren Früchte bereits belastet. Unter dem zusätzlichen Gewicht brach ein Ast, und herunter kam der Kletterer in einem Sturm aus fallenden Blättern und krachenden Zweigen und landete direkt auf der nach oben weisenden Schneide der Sichel.

Es war ein spektakulärer Sturz, und ein halbes Dutzend seiner Gefährten hörte das Krachen und kam herbeigerannt. Cadfael war einer der ersten. Der junge Mann lag reglos in seiner wirren Kutte, Arme und Beine weit von sich gestreckt. In der linken Seite seines Gewandes klaffte ein langer Schnitt, und ein heller Blutstrom besprenkelte seinen Ärmel und das Gras unter ihm. Wenn je ein Mann nach einem plötzlichen und gewaltsamen Tod aussah, dann er. Kein Wunder, daß die unerfahrenen Jungen entsetzt herumstanden und kleine, erschreckte Schreie ausstießen.

Bruder Meriet war etwas entfernt gewesen und hatte den Sturz nicht gehört. Er kam unschuldig zwischen den Bäumen heran und schleppte einen großen Korb mit Früchten zum Weg am Fluß. Sein Blick, offen und sorglos wie selten, fiel auf die liegende Gestalt, die aufgeschlitzte Kutte, das sprudelnde Blut. Er scheute wie ein angeschossenes Tier und stolperte einige Schritte zurück. Der Korb fiel ihm aus den Händen, und die Äpfel kollerten über den Rasen.

Er gab keinen Ton von sich, doch Cadfael, der neben dem gestürzten Novizen kniete, blickte, vom Früchteregen erschreckt, in ein Gesicht auf, das sich aus Leben und Tageslicht in die steinerne Stille des Todes zurückgezogen hatte. Die gebannten Augen waren grünes Glas ohne Flamme dahinter. Sie starrten und starrten den Mann an, der wie ein Erstochener scheinbar tot im Gras lag. Alle Linien der Maske vertieften und verschärften sich und wurden bleich, als könnten sie nie wieder zum Leben erweckt werden.

»Dummer Junge!« rief Cadfael wütend, als er sich solchem Schrecken und solcher Aufregung gegenübersah, da er doch schon einen dummen Jungen vor sich liegen hatte. »Sammle deine Äpfel auf und verschwinde mit ihnen und geh mir aus dem Licht, wenn du schon nicht helfen kannst. Siehst du nicht, daß dieser Bursche nicht mehr erlitten hat, als sich den Hohlkopf am Stamm anzuschlagen und die Haut über den Rippen mit der Sichel zu schneiden? Mag er bluten wie ein abgestochenes Schwein, doch er lebt und wird weiterleben.«

Und wirklich, der Verunglückte bewies es, indem er benommen ein Auge öffnete und in die Runde starrte, als suchte er den Feind, der ihm dies angetan hatte. Dann begann er wortreich über seine Verletzungen zu klagen. Die erleichterten Gefährten schlossen sich enger um ihn und boten Hilfe an, und Meriet blieb es überlassen, in steifem Gehorsam, ohne ein Wort und geräuschlos einzusammeln, was er verstreut hatte. Die starre Maske taute nur langsam, die grünen Augen waren schon verschleiert, ehe das Licht hinter ihnen wieder aufflammte.

Die Wunde des Verletzten erwies sich, wie Cadfael gesagt hatte, als unangenehmer, doch flacher Schnitt, und die Blutung war bald mit einem Hemd, das ein Novize opferte, und dem daraus gefertigten starken Stoffband gestillt und verbunden. Der Schlag auf den Kopf hatte eine Beule wachsen lassen, und der Bursche hatte Kopfschmerzen, doch nichts Schlimmeres war geschehen. Er wurde in die Abtei zurückgeführt, sobald er sich in der Lage fühlte, aufzustehen und seine Beine zu belasten. Er wurde von zwei Gefährten begleitet, die groß und stämmig genug waren, um mit verflochtenen Händen und Handgelenken einen Sitz für ihn zu formen, falls er strauchelte. Vom Unglück blieb nichts zurück außer dem von vielen Füßen zertrampelten Gras um einen trocknenden Blutfleck und der Sichel, die ein erschreckter Junge schüchtern zurückverlangte. Er hielt sich in der Nähe, bis er sich allein an Cadfael wenden konnte, und er war froh und erleichtert, als er erfuhr, daß nichts Schlimmes geschehen war und daß man seinem Vater wegen dessen unglücklicher Nachlässigkeit keinen Vorwurf machen würde. Unfälle geschehen immer wieder, auch ohne die Hilfe eines vergeßlichen Ziegenhüters und eines tolpatschigen und übergewichtigen Jungen.

Sobald er die Hände wieder frei hatte, kümmerte Cadfael sich um das einzige noch ungelöste Problem. Und da war er, eine schwarzgekleidete Gestalt unter den anderen, genau wie die anderen gleichmäßig arbeitend; doch er hielt das Gesicht abgewandt, und während alle anderen schrill über den Vorfall sprachen und die nachlassende Aufregung sich zwischen ihnen setzte wie eine zwitschernde Schar Sperlinge, sprach er kein Wort. Seine Bewegungen waren etwas eckig, als wäre die Holzpuppe eines Kindes zum Leben erwacht; und immer drehte sich die hohe Schulter weg, wenn jemand in die Nähe kam. Er wollte nicht beobachtet werden; zumindest nicht, bis er sein Gesicht wieder in der Gewalt hatte.

Sie trugen ihre Ernte nach Hause, wo sie auf Regalen im Dachboden der großen Scheune gelagert werden würde. Diese späten Äpfel würden sich bis Weihnachten halten. Auf dem Rückweg — es wurde langsam Zeit für die Vesper — schob Cadfael sich neben Meriet und hielt sich den Rest des Weges in gelassenem Schweigen bei ihm. Er war darin geübt, Menschen zu beobachten, während er scheinbar kein Interesse an ihnen hatte außer der stillen Freude darüber, daß sie in der gleichen Welt waren wie er.

»Soviel Aufregung«, sagte Cadfael in beinahe ent-
schuldigendem Ton, der für den anderen etwas überraschend war, »wegen einem kleinen Kratzer. Bruder, ich
habe in der Hast grob mit dir gesprochen. Vergib mir! Er
hätte auch so schlimm verletzt sein können, wie du es
befürchtetest. Ich sah diese Vision ebenso deutlich vor
mir wie du. Doch nun können wir aufatmen.«

Der von ihm abgewandte Kopf fuhr rasch herum, und
Meriet starrte ihn besorgt über die Schulter an. Das Flak-
kern der grüngoldenen Augen war wie ein ganz kurzer
Blitz, der energisch ausgelöscht wurde. Mit leiser, erschreckter Stimme sagte er: »Ja, Gott sei Dank! Und
Dank sei Euch, Bruder!« Cadfael empfand das Wort
›Bruder‹ wie einen pflichtschuldigen, verspäteten Nach-
gedanken, doch er freute sich trotzdem darüber. »Ich
war unnütz, Ihr hattet recht. Ich... ich bin nicht gewöhnt an...« sagte Meriet lahm.

»Nein, Junge, wie solltest du auch? Ich bin mehr als
doppelt so alt wie du, und ich legte im Gegensatz zu dir
die Kutte erst spät an. Ich sah den Tod in vielen Gestalten, ich war Soldat und Seemann; im Osten, auf dem
Kreuzzug, und noch zehn Jahre, nachdem Jerusalem gefallen war. Ich habe gesehen, wie Männer im Kampf getötet wurden. Und ich habe auch selbst Männer im
Kampf getötet. Ich habe es nie genossen, daran kann ich
mich wohl erinnern, doch ich schreckte auch nie davor
zurück, denn ich hatte ein Gelübde abgelegt.« Neben
ihm geschah etwas; er spürte, wie der junge Körper sich
spannte und aufmerkte. Vielleicht war es die Erwäh-
nung eines anderen als des mönchischen Gelübdes? Ein
Gelübde, bei dem es um Leben und Tod ging? Cadfael
gab weiter müßiges Geplauder von sich wie ein Fischer
mit einer scheuen, gewitzten Beute vor der Leine. Er be-
schwichtigte Mißtrauen, weckte Interesse und entblößte, wie er es nur selten tat, die Jahre seines weltlichen
Lebens. Das Schweigen, das der Orden in dieser Hinsicht gebot, durfte nicht seinen größeren Zielen im Weg

stehen, denn eine Seele quälte sich am Rande des Gelöbnisses. Ein schwatzhafter alter Bruder, der sich über seine bewegte Vergangenheit ausließ, die ihn durch die halbe bekannte Welt geführt hatte – was konnte harmloser und entwaffnender sein?

»Ich war bei Robert von der Normandie, und ein bunter Haufen waren wir: Briten, Normannen, Flamen, Schotten, Bretonen – was du willst, alle waren dabei! Nachdem die Stadt befriedet und Baldwin gekrönt war, gingen die meisten in den nächsten zwei oder drei Jahren nach Hause, doch ich ging zur See und blieb dabei. An jenen Küsten wüteten Piraten, so daß wir immer zu tun hatten.«

Der junge Bursche neben ihm sog jedes Wort auf. Er zitterte wie ein junger, untrainierter Hund von edler Abstammung, der das Jagdhorn hört; doch er schwieg.

»Und am Ende kam ich heim, einfach, weil es das Heim war und weil ich es brauchte«, sagte Cadfael. »Ich diente eine Weile hier und dort als freier Söldner, und dann war ich reif, und es war Zeit. Aber ich war meinen Weg durch die Welt gegangen.«

»Und nun, was tut Ihr nun hier?« fragte Meriet.

»Ich ziehe Kräuter und trockne sie und mache Heilmittel für all die Kranken, die uns aufsuchen. Ich verarzte außer denen im Kloster noch viele andere Seelen.«

»Und das befriedigt Euch?« Es war ein verstümmelter Protestschrei; er wäre damit nicht zufrieden gewesen.

»Menschen heilen, nachdem ich sie lange Jahre verletzte? Was könnte passender sein? Ein Mann tut, was er tun muß«, sagte Cadfael behutsam, »ob er nun die Pflicht übernommen hat zu kämpfen oder arme Seelen aus den Kämpfen zu retten; ob er tötet oder stirbt oder heilt. Viele werden dir sagen wollen, was deine Pflichten sind, doch es gibt nur einen, der die vielen Ansprüche bewerten und die Wahrheit finden kann. Und das bist du selbst, es ist dein Licht, das dir den Weg zeigen wird. Weißt du, was mir von allem, das ich hier gelobte, am schwersten fällt? Gehorsam. Und ich bin alt.«

Und ich habe meine Runde gedreht, und es war wild, dachte er dazu. Und was will ich nun? fragte er sich. Ihn warnen, nicht zu früh zu verpfänden, was er nicht geben kann, was er gar nicht besitzt?

»Es ist wahr!« sagte Meriet unvermittelt. »Jeder Mann muß tun, was ihm auferlegt ist, und soll keine Fragen stellen. Ist das Gehorsam?« Und plötzlich wandte er sich zu Bruder Cadfael um; ein sehr junges, inbrünstiges und begeistertes Gesicht, als hätte er gerade, wie Cadfael es einst getan hatte, den Griff seines Dolches geküßt und sein Lebensblut einem Ziel verpfändet, das für ihn ebenso heilig war wie die Befreiung der Heiligen Stadt.

Cadfael dachte den ganzen Tag über Meriet nach, und nach der Vesper vertraute er Bruder Paul das Unbehagen an, das er bei der Erinnerung an das Unglück fühlte; Paul war bei den Kindern zurückgeblieben, und die Berichte, die ihn erreicht hatten, hatten sich nur um Bruder Wolstans Sturz und Verletzung gedreht und nicht um den unbegreiflichen Schrecken, der in Meriet aufgebrochen war.

»Nicht, daß etwas Seltsames daran wäre, wenn jemand vor einem Mann, der in seinem Blut liegt, zurückschreckt; alle waren erschüttert. Doch er — was er fühlte, war gewiß sehr extrem.«

Bruder Paul schüttelte zweifelnd den Kopf; er fand keine leichte Antwort. »Alles, was er fühlt, ist extrem. Ich sehe in ihm nicht den Frieden und die Gewißheit, die mit einer wahren Berufung einhergehen sollten. Oh, er ist die Gewissenhaftigkeit selbst, er tut, was immer ich ihm auftrage, erfüllt alle Pflichten, die ich ihm auferlege, und er ist begierig, schneller zu laufen als ich ihn führe. Ich hatte nie einen gewissenhafteren Schüler. Doch die anderen mögen ihn nicht, Cadfael. Er meidet sie. Die, die sich ihm nähern wollten, sagen, daß er sich abwandte und grob und kurz angebunden eine Entschuldigung suchte. Er will lieber allein bleiben. Ich sage Euch, Cadfael, ich habe noch nie einen Postulanten gesehen, der sein Noviziat mit so viel Leidenschaft und so wenig Freude ableistete. Habt Ihr ihn auch nur einmal lächeln gesehen, seit er zu uns kam?«

Ja, einmal, dachte Cadfael; an diesem Nachmittag, bevor Wolstan stürzte, als er im Obstgarten Äpfel pflückte; das erste Mal, daß er die Enklave verließ, seit ihn sein Vater brachte.

»Meint Ihr, es wäre gut, ihn ins Kapitel zu bringen?« sagte er zweifelnd.

»Ich habe etwas Besseres getan; jedenfalls hoffe ich es. Ich will nicht den Eindruck erwecken, daß ich mich beklage, wo ich keinen Grund zur Klage habe. Ich habe mit dem Vater Abt über ihn gesprochen. ›Schickt ihn zu mir‹, sagte Radulfus, ›und macht ihm klar, daß ich für jeden da bin, der mich braucht, für den jüngsten Knaben genauso wie für jeden Klosterbruder, und er kann sich mir ohne Furcht nähern wie seinem eigenen Vater.‹ Und ich schickte ihn und sagte ihm, er könnte vertrauensvoll seine Gedanken offenbaren. Und was kam heraus: ›Ja, Vater, nein, Vater, das will ich tun, Vater!‹ Und kein Wort, das wirklich aus dem Herzen kam. Das einzige, das seine Lippen mühelos öffnet, ist die Vermutung, daß es ein Fehler gewesen sein könnte, daß er zu uns kam, und daß er es noch einmal überdenken sollte. Wenn er diese Worte hört, ist er im Nu auf den Knien. Er bittet darum, seine Probezeit zu verkürzen und um Erlaubnis, seine Gelübde schon bald abzulegen. Der Vater Abt hielt ihm einen Vortrag über Demut und den richtigen Gebrauch des Novizenjahres, und er nahm es sich zu Herzen, wenigstens schien es so, und versprach Geduld. Doch immer noch drängt er. Er verschlingt die Bücher schneller, als ich sie heranschaffen kann, und er will um jeden Preis bald seine Gelübde ablegen. Die Langsameren mögen ihn deshalb nicht. Die, die mit ihm

Schritt halten können und ihm zwei oder mehr Monate voraus sind, sagen, daß er sie verachtet. Daß er sie meidet, habe ich selbst gesehen. Ich kann nicht leugnen, daß ich mir Sorgen um ihn mache.«

Cadfael fühlte genauso, wenn er auch nicht sagte, wie tief seine Unruhe ging.

»Ich kann mich nur wundern...« fuhr Paul nachdenklich fort. »Sagt ihm, er soll zu mir kommen wie zu seinem Vater, ohne Furcht, wie der Abt sagt. Was für ein Trost für einen jungen Burschen, der gerade von zu Hause gekommen ist. Habt Ihr sie gesehen, als sie kamen, Cadfael? Die beiden zusammen?«

»Ich sah sie«, sagte Cadfael vorsichtig, »doch nur für einen Augenblick, als sie vom Pferd stiegen und den Regen abschüttelten und hineingingen.«

»Wann brauchtet Ihr schon länger als einen Augenblick!« sagte Bruder Paul. »Wie zu seinem eigenen Vater, wirklich! Ich war die ganze Zeit dabei und sah sie scheiden. Ohne Träne, wortkarg und hart ging sein Vater davon und überließ ihn mir. Ich weiß, viele haben sich so verhalten, weil sie den Abschied genauso fürchteten wie die Kinder selbst, vielleicht noch mehr.« Bruder Paul hatte nie ein eigenes Kind gezeugt, getauft, gepflegt und gehütet, doch er besaß eine Wesensart, die der alte Abt Heribert — weder ein feinsinniger noch ein sehr weiser Mann — dennoch entdeckt hatte; er gab die Jungen und Novizen in seine Obhut, und sein Vertrauen war nie enttäuscht worden. »Doch ich sah noch nie einen Vater ohne den Kuß gehen«, sagte Paul. »Noch keinen. Nur Aspley.«

Im Dunkel des langen Dormitoriums kam beinahe zwei Stunden nach der Komplet das einzige Licht von der kleinen Lampe, die über der schmalen Treppe zur Kirche brannte, und die einzigen Geräusche waren das gelegentliche Seufzen eines Schläfers, der sich umdrehte, oder das unbehagliche Sichregen eines schlaflosen Bruders. Am Ende des großen Raumes hatte Prior Robert seine Zelle, von der aus er die ganze Länge des offenen Flures zwischen den beiden Zellenreihen überblicken konnte. Es hatte Zeiten gegeben, da einige der jüngeren Brüder, denen der alte Adam noch nicht ganz ausgetrieben war, sehr erfreut über den gesunden Schlaf des Priors waren. Manchmal war auch Cadfael aus Gründen, die er für berechtigt genug hielt, über die kleine Treppe hinausgeschlüpft. Seine ersten Begegnungen mit Hugh Beringar, bevor der junge Mann seine Aline gewonnen und sein Amt erworben hatte, hatten nachts stattgefunden und ohne Ausgang. Und er hatte es nie bereut! Was Cadfael nicht bereute, fiel ihm bei der Beichte kaum noch ein. Hugh war ihm damals ein Rätsel gewesen; ein ehrgeiziger junger Mann, der Freund oder Feind sein konnte. Später besiegelte Beweis auf Beweis ihre Freundschaft, und nun war er sein engster und teuerster Freund.

In der Stille der Nacht nach der Apfelernte lag Cadfael wach und dachte ernsthaft nach; nicht über Hugh Beringar, sondern über Bruder Meriet, der mit so verzweifeltem Entsetzen vor dem erdolchten Mann im Gras zurückgefahren war. Der verletzte Novize lag jetzt schlafend im Bett, drei oder vier Zellen von der Meriets entfernt; vielleicht fand er mit seinen angekratzten und wunden Rippen keine rechte Ruhe, doch er gab kein Geräusch von sich; schlief er wohl doch tief und fest. Ob Meriet nur halb so gut schlief? Und wo hatte er schon einmal einen toten Mann in seinem Blut gesehen, oder warum sonst hatte der Anblick ihn so erregt?

Die Stille war nun, mehr als eine Stunde vor Mitternacht, umfassend und tief. Selbst die unruhigen Schläfer ruhten friedlich. Die Jungen schliefen auf Anordnung des Abtes von den älteren Brüdern getrennt in einem kleinen Zimmer am Ende des Dormitoriums, und Bruder Paul bewohnte die Zelle, die ihren Raum abschirmte. Abt Radulfus kannte und verstand die unverhofften

Gefahren, die zölibatären Seelen, wie unschuldig sie auch waren, im Hinterhalt auflauerten.

Bruder Cadfael schlief und schlief doch nicht, wie er es so viele Male im Lager und auf dem Schlachtfeld oder unter den Sternen des Mittelländischen Meeres, in seine Seemannsdecke gehüllt, getan hatte. Sein Vortrag hatte ihn in den Osten und die Vergangenheit zurückgeführt, und nun wappnete er sich selbst dort vor Gefahren, wo sicherlich keine drohen konnten.

Der Schrei durchbrach schrill die Dunkelheit und die Stille, als hätten zwei dämonische Hände mit roher Gewalt den Schlaf aller Brüder und das Gewebe der Nacht selbst zerfetzt. Er hob sich zum Dach und flatterte heulend zu den Deckenbalken hoch, von denen Echos wie flatternde Fledermäuse zurückhallten. Es waren Worte, doch nicht zu verstehen; ein Geplapper und Geraune wie eine Verwünschung, unterbrochen von schluchzenden Pausen zum Atemholen.

Cadfael war schon aus dem Bett, ehe der Schrei seinen Höhepunkt erreichte, und tastete sich durch den Gang in die Richtung, aus der er kam. Inzwischen waren alle erwacht, er hörte aufgeregte Stimmen murmeln und das fiebrige Plappern von Gebeten; und Prior Robert verlangte träge und schläfrig zu wissen, wer es wagte, die Nachtruhe zu stören. Hinter Bruder Pauls Zelle fielen Kinderstimmen in die Kakophonie ein; die beiden Jüngsten waren aufgefahren und brüllten ihre Angst heraus. Kein Wunder − noch nie war ihr Schlaf so grob gestört worden, und der jüngste war kaum sieben Jahre alt. Paul stürmte aus der Zelle und eilte, sie zu trösten. Der Lärm und das Klagen gingen weiter, laut und schmerzlich, abwechselnd drohend und bedroht. Heilige im Streit mit Gott. Mit wem stritt aber diese grimmige, gewaltige Stimme? Gegen wen redete sie, und in welcher Sprache von Schmerz und Zorn und Trotz?

Cadfael hatte seine Kerze mit hinaus genommen und wollte sie an der Lampe über der Treppe entzünden. Er drängte sich duch die bebende Dunkelheit und schob einige ziellos irrende, aufgeregte Körper, die im Gang herumstolperten und ihm den Weg versperrten, zur Seite. Der Lärm, die Flüche und das Klagen, immer noch in der unzusammenhängenden Sprache des Schlafs, hämmerten ihm die ganze Zeit in die Ohren, und die Kinder heulten erbärmlich in ihrem kleinen Zimmer. Er erreichte die Lampe, und sein Docht flammte auf und brannte gleichmäßig und beleuchtete starrende Gesichter mit offenen Mündern und aufgerissenen Augen und die Balken hoch droben unter der Decke. Er wußte bereits, wo er den Störenfried finden konnte. Er schob die zur Seite, die ihm in den Weg stolperten, und trug seine Kerze in Meriets Zelle. Weniger zuversichtliche Seelen kamen schüchtern hinterher, umringten ihn und starrten und hatten Angst, zu nahe zu kommen.

Bruder Meriet saß kerzengerade im Bett, er zitterte und plapperte, die Hände in die Decke gekrallt, den Kopf zurückgeworfen und die Augen fest geschlossen. Das war einigermaßen beruhigend, denn wie schlimm er auch gequält wurde, er schlief noch, und wenn die Art seines Schlafes verändert werden konnte, mochte er unbeschadet erwachen. Prior Robert stand jetzt hinter den Gaffern und zögerte nicht, die erste greifbare Schulter zu schütteln, um seinem Mißfallen einen handfesten Ausdruck zu geben. Cadfael legte vorsichtig einen Arm um Meriets gespannte Schultern und zog ihn an sich. Meriet schauderte, und sein verzweifeltes Weinen erstarb mit einem Glucksen. Cadfael stellte seine Kerze ab und legte dem jungen Mann die Hand auf die Stirn, um ihn sachte auf sein vergessenes Kopfkissen zurückzudrücken. Das haltlose Weinen hatte sich in das unsichere Wimmern eines Kindes verwandelt, und nun kam es immer zögernder und hörte ganz auf. Der steife Körper gab nach, entspannte sich und glitt ins Bett. Als Prior Robert neben das Bett trat, lag Meriet schon in seliger Unschuld tief im Schlaf, von seinem Quälgeist befreit.

Bruder Paul brachte ihn am nächsten Tag ins Kapitel, um Anleitung für die rechte Behandlung eines Menschen zu bekommen, der so eindeutig in schlimmem seelischem Aufruhr war. Paul hätte sich gern damit zufriedengegeben, den jungen Mann einen oder zwei Tage lang aufmerksam zu beobachten und von ihm zu erfahren, welche inneren Probleme einen solchen Alptraum erzeugt hatten, und besondere Gebete für seinen Seelenfrieden zu sprechen. Doch Prior Robert wollte keinen Aufschub. Gewiß, der Novize hatte am vergangenen Tag, als sein Gefährte verunglückte, ein schockierendes und erschreckendes Erlebnis gehabt; doch das galt auch für alle anderen, die im Obstgarten gearbeitet hatten, und keiner von ihnen hatte in der Nacht geheult und das ganze Dormitorium geweckt. Robert hielt solche Manifestationen, selbst wenn sie im Schlaf geschahen, für willkürliche Äußerungen des Selbst, die durch einen tief im Leib sitzenden, hartnäckigen Dämon angeregt wurden, und am besten könnte man das Fleisch durch die Geißel vom Teufel befreien. Bruder Paul war gegen eine unmittelbare Züchtigung. Also mußte der Abt entscheiden.

Meriet stand mit niedergeschlagenen Augen und gefalteten Händen mitten im Kapitelsaal, während sein unbeabsichtigter Frevel vor seinen Ohren diskutiert wurde. Er war wie die anderen, die nach der Störung ihren Frieden wiedergefunden und weitergeschlafen hatten, am Morgen erwacht. Die Glocke, die zur Morgenmette rief, hatte ihn geweckt, und da auf dem Weg über die Treppe in die Kirche alle geschwiegen hatten, wußte er nicht den Grund dafür, daß sich so viele Augen besorgt auf ihn richteten, und er wußte nicht, warum seine Gefährten so ängstlich darauf bedacht waren, ihm nicht zu nahe zu kommen. Das hatte er gesagt, als er schließlich über sein Fehlverhalten aufgeklärt wurde, und Cadfael hatte ihm geglaubt.

»Ich bringe ihn vor Euch; nicht als einen, der bewußt eine Schuld auf sich geladen hat«, sagte Bruder Paul,

»sondern als einen, der eine Hilfe braucht, die ich allein nicht zu geben vermag. Es ist wahr, wie Bruder Cadfael uns erklärte — ich selbst war gestern nicht dabei —, daß der Unfall unseres Bruders Wolstan uns alle erschreckte, und Bruder Meriet kam ohne Vorwarnung dazu und erlitt einen schweren Schock, als er fürchtete, daß der arme junge Mann tot sei. Es mag sein, daß dies allein in seinem Geist haften blieb und als Traum wiederkam und seinen Schlaf störte; in diesem Fall wäre nichts weiter nötig als Ruhe und Gebet. Ich bitte um Anleitung.«

»Wollt Ihr mir sagen«, fragte Abt Radulfus, indem er nachdenklich die ergebene Gestalt vor ihm betrachtete, »daß er die ganze Zeit über geschlafen hat? Nachdem er das ganze Dormitorium weckte?«

»Er schlief die ganze Zeit«, sagte Cadfael fest. »Ihn in diesem Zustand wachzurütteln, hätte ihm großen Schaden zufügen können, doch er wachte nicht auf. Als er vorsichtig besänftigt war, sank er noch tiefer in Schlaf und wurde aus seiner Verzweiflung erlöst. Ich bezweifle, daß er sich, falls er geträumt hat, an seinen Traum erinnern kann. Ich bin sicher, daß er weder wußte, was geschah, noch die von ihm verursachte Aufregung bemerkte; erst heute morgen wurde es ihm gesagt.«

»Das ist wahr, Vater«, sagte Meriet und blickte kurz und ängstlich auf. »Man hat mir gesagt, was ich tat, und ich muß es glauben, und Gott weiß, daß es mir leidtut. Aber ich schwöre, daß mir mein Vergehen nicht bewußt ist. Wenn ich Träume hatte, böse Träume, so erinnere ich mich nicht an sie. Ich weiß keinen Grund, warum ich das Dormitorium so stören sollte. Es ist mir ebenso ein Rätsel wie jedem anderen. Ich kann nur hoffen, daß es nicht wieder geschieht.«

Der Abt dachte stirnrunzelnd nach. »Es ist kaum anzunehmen, daß sich eine so tiefe Aufregung ohne Grund in deinem Geist erhebt. Ich glaube vielmehr, daß der Anblick von Bruder Wolstan, der in seinem Blut lag, die Ursache einer solchen Verzweiflung sein kann. Aber daß du so wenig Kraft hast, es zu akzeptieren und deinen Geist zu beherrschen – spricht das, mein Sohn, für eine wahre Berufung?«

Es war die einzige Drohung, die Meriet erschüttern konnte. Er sank abrupt und erregt, doch in einer Anmut, die sein weites Gewand fliegen ließ wie einen Mantel, vor dem Abt auf die Knie und hob sein angespanntes Gesicht und die bittenden Hände dem Abt entgegen.

»Vater, helft mir, glaubt mir! Es ist mein aufrichtiger Wunsch, ins Kloster einzutreten und in Frieden zu leben und alles zu tun, was die Regel von mir verlangt. Und ich will alle Bande abschneiden, die mich an meine Vergangenheit fesseln. Wenn ich gesündigt habe, wenn ich mich vergangen habe, willentlich oder nicht, bewußt oder nicht, dann heilt mich, bestraft mich, erlegt mir jede Buße auf, die Ihr für geeignet haltet, aber werft mich nicht hinaus!«

»So leicht verzweifeln wir nicht an einem Bewerber«, sagte Radulfus, »und wir wenden uns auch von keinem ab, der unsere Geduld und Hilfe braucht. Es gibt Arzneien, die einen allzu feurigen Geist beruhigen können. Bruder Cadfael verwahrt sie. Doch sind dies Hilfsmittel, die nur in wirklicher Not benutzt werden sollten, bis du im Gebet und in der Übung der Selbstbeherrschung eine bessere Heilung findest.«

»Ich könnte mich besser zurechtfinden«, sagte Meriet heftig, »wenn Ihr meine Probezeit verkürzen und mich Euer Leben in seiner Ganzheit erfahren lassen könntet. Dann gäbe es keinen Zweifel mehr und keine Angst...«

Und keine Hoffnung? grübelte Cadfael, der ihn beobachtet hatte; und er grübelte weiter, ob der Abt nicht denselben Gedanken gehabt hatte.

»Die Ganzheit dieses Lebens«, sagte Radulfus scharf, »muß verdient werden. Du bist noch nicht bereit, die Gelübde abzulegen. Du mußt wie wir noch etwas Geduld üben, ehe du dich uns anschließen kannst. Je heißblütiger du drängst, desto weiter wirst du zurückfallen.

Vergiß das nicht und zügle deine Ungeduld. Für den Augenblick werden wir nur abwarten. Ich glaube dir, daß du nicht willentlich gehandelt hast, und ich vertraue darauf, daß du nie wieder an einer solchen Plage leiden und nie wieder solche Unruhe verursachen wirst. Geh nun; Bruder Paul wird dir unsere Entscheidung für dich mitteilen.«

Meriet warf einen unsteten Blick in die Runde der nachdenklichen Gesichter und ging hinaus, während die Brüder diskutierten, was mit ihm geschehen sollte. Prior Robert kam in Fahrt; er sah eine Demut, in der mehr als nur ein wenig Hochmut verborgen war, und er glaubte, daß die Geißelung des Fleisches, sei es nun durch harte Arbeit, Beschränkung auf Wasser und Brot oder Kasteiung, einem Geist in Nöten wohl helfen könnte, sich zu sammeln und zu läutern. Einige schlugen das Naheliegendste vor: Da der Junge nichts Falsches beabsichtigt hatte, jedoch eine Bedrohung für die anderen war, verdiente er keine Strafe; doch man mußte überlegen, ob im Interesse des allgemeinen Friedens eine Absonderung von seinen Gefährten geraten war. Doch auch dies könnte ihm wie eine Strafe erscheinen, hielt Bruder Paul dagegen.

»Es ist gut möglich«, sagte der Abt schließlich, »daß wir uns unnötige Sorgen machen. Wie viele von uns hatten schon eine schlimme Nacht, in der sie von Alpträumen gequält wurden? Einmal ist keinmal. Niemand ist zu Schaden gekommen, nicht einmal die Kinder. Warum sollen wir nicht darauf vertrauen, daß das erste auch das letzte Mal war? Zwischen dem Dormitorium und den Jungen können wir zwei Türen schließen, falls es je nötig werden sollte. Und falls es nötig wird, können wir immer noch weitere Maßnahmen ergreifen.«

Drei Nächte vergingen ungestört, doch in der vierten gab es in den frühen Morgenstunden abermals Unruhe; weniger aufrüttelnd als beim erstenmal, doch kaum weniger erschreckend. Diesmal war es kein wilder Aufschrei, sondern zwei- oder dreimal, mit Pausen dazwischen, wurden laute und erregte Worte gesprochen, und die Worte, die verständlich waren, beunruhigten die anderen Novizen sehr, so daß sie sich noch mißtrauischer von ihm fernhielten.

»Er rief: ›Nein, nein, nein!‹« berichtete sein nächster Nachbar, der sich am anderen Morgen bei Bruder Paul beschwerte. »Und dann sagte er: ›Ich will, ich will!‹ und etwas von Gehorsam und Pflicht... danach war es wieder still, bis er plötzlich schrie: ›Blut!‹ Ich sah nach ihm, weil er mich aufgeschreckt hatte, und er saß händeringend aufrecht im Bett. Danach sank er nieder, und es geschah nichts weiter. Aber mit wem sprach er? Ich fürchte fast, ein Teufel hat ihn in der Gewalt. Was sonst kann es sein?«

Bruder Paul tat solch wilde Verdächtigungen rasch ab, doch er konnte die Worte nicht verleugnen, die er selbst gehört hatte, noch die Unruhe, die sie in ihm erzeugt hatten. Meriet war wieder erstaunt und bestürzt, als er hörte, daß er ein zweites Mal das Dormitorium geweckt hatte, und erklärte, daß er sich an keinen schlechten Traum erinnern könne; er habe nicht einmal etwas so Harmloses wie Bauchschmerzen gehabt, die seine Ruhe hätten stören können.

»Diesmal ist nichts geschehen«, sagte Bruder Paul nach dem Hochamt zu Cadfael, »denn es war nicht laut, und wir hatten die Zimmertür der Kinder geschlossen. Und ich bin so gut wie möglich den Gerüchten entgegengetreten. Dennoch haben sie Angst vor ihm. Sie brauchen ihren Frieden, und er bedroht ihn. Sie sagen, im Schlaf käme ein Teufel zu ihm, und er hätte ihn ins Kloster gebracht, und wer weiß, wen er als nächstes befällt? Der Teufelsnovize, so wird er genannt. Oh, ich bin dem entgegengetreten, zumindest mit Worten. Aber so denken sie.«

Cadfael hatte selbst die gequälte Stimme gehört, obwohl sie diesmal leise gewesen war; er hatte den Schmerz und die Verzweiflung gehört, und er war ohne den geringsten Zweifel sicher, daß es für all dies eine durchaus menschliche Erklärung gab. Doch es war kein Wunder, daß diese unerfahrenen Jungen, leichtgläubig und abergläubisch, sich vor dem Unmenschlichen fürchteten.

Es war spät im Oktober, und an eben diesem Tag kam Kanonikus Eluard von Winchester, auf der Reise von Chester nach Süden, mit seinem Sekretär und seinem Burschen, um ein oder zwei Nächte in Shrewsbury auszuruhen. Und dies nicht etwa aus Gründen kirchlicher Politik oder Höflichkeit, sondern vielmehr, weil der Novize Meriet Aspley in den Mauern von St. Peter und St. Paul lebte.

3

Eluard von Winchester war ein Kanonikus von beachtlicher Bildung, der mehrere Meistertitel besaß; einige hatte er sogar auf französischen Schulen erworben. Diese umfassende Bildung und Breite des Geistes hatte ihn Bischof Henry von Blois empfohlen, und er war zu einem der drei höchsten und am weitesten ins Vertrauen gezogenen Kirchenbeamten im Umkreis des großen Prälaten geworden; während sein Prinzipal in Frankreich war, erledigte er einen großen Teil der laufenden bischöflichen Geschäfte.

Bruder Cadfael bekleidete in der Hierarchie einen zu niedrigen Rang, um an den Tisch des Abtes geladen zu werden, wenn so bedeutende Gäste im Kloster waren. Dies machte ihm jedoch keine Kopfschmerzen, denn er würde ohnehin erfahren, was vor sich ging; man konnte als sicher annehmen, daß Hugh Beringar in Abwesenheit des Sheriffs bei jedem Treffen von politischer Bedeutung anwesend wäre, und natürlich würde er seinen Vertrauten über alles unterrichten, was von Bedeutung war.

Hugh kam gähnend zur Hütte im Kräutergarten, nachdem er den Kanonikus zu seinen Gemächern in der Gästehalle begleitet hatte.

»Ein beeindruckender Mann, und es wundert mich nicht, daß Bischof Henry ihn schätzt. Habt Ihr ihn gesehen, Cadfael?«

»Ich sah seine Ankunft.« Ein großer, stattlicher, schwergebauter Mann, der dennoch ritt wie ein Jäger und Krieger von Kindheit an; eine buschige Tonsur auf einem runden, wuchtigen Kopf und ein dunkler Schatten auf den rasierten Wangen, als er am frühen Abend vom Pferd stieg. Reiche, elegante, doch streng gehaltene Kleidung; sein einziger Schmuck ein Kreuz und ein Ring, beides von einzigartiger Kunstfertigkeit. Und er hatte ein energisches Kinn und ein herrisches Auge, scharfsinnig, doch tolerant. »Was tut er in dieser Gegend, während der Bischof auf dem Kontinent ist?«

»Nun, genau dasselbe wie sein Bischof in der Normandie. Der Bischof wirbt um die Hilfe jedes mächtigen Mannes, den er bekommen kann. Er versucht, einen Plan zu entwerfen, mit dem England vor der völligen Verstümmelung gerettet werden kann. Während er in Frankreich um die Unterstützung des Königs und Herzogs nachsucht, will Bischof Henry genauso dringend wissen, wo Graf Ranulf und sein Bruder stehen. Sie kamen nicht zum Treffen im Sommer, und so hat Bischof Henry anscheinend einen seiner Männer nach Norden geschickt, um artig zu den beiden zu sein und sich ihrer Gunst zu vergewissern, bevor er nach Frankreich aufbrach – einen jungen Kirchenbeamten aus seiner Umgebung, der eine große Karriere vor sich hat. Sein Name ist Peter Clemence. Und Peter Clemence ist nicht zurückgekehrt. Es könnte eine Menge Gründe dafür geben, doch als die Zeit verging, ohne daß von ihm oder den beiden im Norden eine Nachricht kam, wurde Kanonikus Eluard unruhig. Im Süden und Westen herrscht eine Art Waffenstillstand, die beiden Parteien warten und beobachten einander, und Eluard glaubte, er könnte sich auch gleich persönlich nach Chester aufmachen, um herauszufinden, was dort vor sich geht und was aus dem bischöflichen Gesandten geworden ist.«

»Und was *ist* aus ihm geworden?« fragte der scharfsinnige Cadfael. »Denn Seine Gnaden ist nun, wie es scheint, wieder auf dem Rückweg nach Süden zu König Stephen. Welches Willkommen erhielt er in Chester?«

»So warm und freundlich, wie man es sich nur wünschen kann. Und wenn ich mich nicht sehr irre, dann neigt Kanonikus Eluard, wie loyal er auch zu Bischof

Henrys Friedensbemühungen stehen mag, eher zu Stephens Seite als zu der der Kaiserin; er ist auf dem Rückweg nach Westminster und wird dem König wahrscheinlich raten, daß es klug sei, das Eisen zu schmieden, solange es heiß ist und persönlich nach Norden zu gehen, um einige Leckerbissen anzubieten, damit Chester und Roumare so wohlwollend bleiben, wie sie es derzeit sind. Eines oder zwei Anwesen und ein wohlklingender Titel — Roumare ist praktisch der Graf von Lincoln, warum sollte er also nicht den Titel tragen — könnten seine Position festigen. Wie dem auch sei, Eluard hatte anscheinend Erfolg, und sie haben ihm Loyalität versprochen. Und obwohl seine Frau die Tochter von Robert von Gloucester ist, blieb Ranulf bequem daheim, als Robert seine kaiserliche Schwester vor mehr als einem Jahr herüberbrachte, um die Schlacht zu gewinnen. Ja, wie es scheint, könnte der Kanonikus nach den jüngsten Absprachen kaum zufriedener über die Situation dort sein. Und der Grund dafür, daß diese Absprachen nicht schon vor einem Monat durch den Mund von Peter Clemence getroffen und berichtet wurden, ist ganz einfach. Der Mann kam nie dort an, und sie bekamen die Botschaft nicht.«

»Ein ebenso guter Grund wie viele andere, nicht zu antworten«, sagte Cadfael ohne zu lächeln, während er das düstere Gesicht seines Freundes genau beobachtete. »Wie weit kam er auf dem Weg dorthin?« In diesem zerrissenen England gab es genug wilde Orte, an denen ein Mann verschwinden konnte, weil ihm jemand den Mantel, den er trug, oder das Pferd, auf dem er ritt, neidete. Es gab Bezirke, deren Lehnsgüter verlassen und verfallen waren, Wälder lagen schutzlos, und sogar ganze Dörfer, die in gefährlichen Gebieten lagen, waren aufgegeben und verfielen. Doch der Norden hatte im großen und ganzen weniger gelitten als der Süden, und Grafen wie Ranulf von Chester hatten bislang in ihren Ländereien soweit wie möglich Ordnung gehalten.

»Das wollte Eluard auf dem Rückweg herausfinden; er verfolgte Etappe um Etappe den Weg, den er höchstwahrscheinlich genommen hatte. Auf keinen Fall kam er je in die Nähe von Chester. Und Etappe um Etappe hat unser Kanonikus Nieten gezogen, bis er nach Shropshire kam. Keine Spur von Clemence, kein Härchen in ganz Cheshire.«

»Und genauso weiter, bis er nach Shrewsbury kam?« Denn Hugh hatte noch mehr zu erzählen. Er runzelte die Stirn und blickte gedankenverloren in den Becher, den er in den schmalen, zarten Händen hielt.

»Bis kurz hinter Shrewsbury, Cadfael, bis kurz dahinter. Wenige Meilen entfernt fand Eluard einen Grund umzukehren. Das letzte, das er von Peter Clemence erfuhr, ist, daß er die Nacht des achten Septembers in einem Haus verbrachte, in dem ein entfernter Verwandter seiner Frau lebt. Und was glaubt Ihr, wo das war? In Leoric Aspleys Haus am Rand des Großen Waldes.«

»Was Ihr nicht sagt!« Cadfael starrte ihn gespannt an. Der achte Tag des Monats, und etwa eine Woche später kommt der Gutsverwalter Fremund mit der Bitte seines Herrn, den jüngsten Sohn des Hauses auf dessen aufrichtigen Wunsch hin ins Kloster aufzunehmen. Doch *post hoc* ist nicht *propter hoc*. Und welche Verbindung konnte bestehen zwischen einem jungen Mann, der plötzlich entdeckte, wozu er berufen war, und einem anderen, der in seinem Haus übernachtet hatte und am nächsten Morgen wieder abgereist war?

»Wußte Kanonikus Eluard, daß der Gesandte dort unterkommen würde? War die Verwandtschaftsbeziehung bekannt?«

»Sowohl die Verwandtschaft als auch die Absicht, jawohl; beides war Bischof Henry und Eluard bekannt. Das ganze Anwesen sah ihn kommen, und alle berichteten freimütig, daß er aufgenommen wurde. Und das ganze Anwesen, oder zumindest der größte Teil der Bediensteten, sah ihn am nächsten Morgen aufbrechen.

Aspley und sein Verwalter ritten die erste Meile mit ihm, und der Haushalt und einige Nachbarn sahen sie fortreiten. Keine Frage, er reiste gesund und munter ab.«

»Wie weit hatte er es zur Unterkunft der nächsten Nacht? Und wurde er dort erwartet?« Denn wenn er sein Kommen angekündigt hatte, dann hätte schon lange jemand nach ihm fragen müssen.

»Aspley berichtete, daß er noch ein weiteres Mal in Whitchurch, etwa auf halbem Wege zu seinem Ziel, absteigen wollte; doch im Wissen, daß er dort problemlos eine Unterkunft finden konnte, hatte er sich nicht angemeldet. Doch dort gibt es keine Spur von ihm. Niemand sah ihn, niemand hörte von ihm.«

»Also verschwand der Mann zwischen dort und Whitchurch?«

»Es sei denn, er änderte seine Pläne und die Reiseroute, und Gott weiß, daß es dafür mancherlei Gründe geben kann, selbst hier in meinem Bezirk«, sagte Hugh traurig. »Doch ich hoffe, daß dem nicht so ist. Wir halten in unserem Reich auf Ordnung, jedenfalls behaupte ich das, und wer da widersprechen will, der soll mich kennenlernen. Aber dennoch bezweifle ich, daß man jederzeit jeden Ort völlig sicher erreichen kann. Vielleicht hörte er etwas, das ihn bewog, einen anderen Weg zu wählen. Es bleibt auf jeden Fall die traurige Wahrheit, daß er vermißt wird. Und zwar schon lange!«

»Und Kanonikus Eluard will, daß er gefunden wird?«

»Tot oder lebendig«, sagte Hugh grimmig. »Denn Henry würde wollen, daß er gefunden wird und daß jemand für ihn büßt, denn er schätzte ihn.«

»Und die Suche ist Euch übertragen?« sagte Cadfael.

»So kurz und bündig nicht. Eluard ist ein gerechter Mann, der einen großen Teil der Bürde ohne Murren auf sich nimmt. Doch diese Grafschaft untersteht in Vertretung des Sheriffs mir, und ich trage meinen Teil der Last. Hier in meinem Bezirk ist ein Gelehrter und Kirchenbeamter verschwunden, und das mißfällt mir«, sagte Hugh mit gefährlich leiser Stimme, die einen silbrigen Ton hatte wie blanker Stahl.

Cadfael kam zu der Frage, die ihm schon eine Weile im Kopf herumgegangen war. »Warum hielt Kanonikus Eluard es für nötig, die paar Meilen nach Shrewsbury zurückzukehren, nachdem er doch in Aspley alle Zeugen und das ganze Haus zur Verfügung hatte?« Doch er wußte die Antwort bereits.

»Weil Ihr, mein Freund, hier bei Euch den jüngsten Sohn dieses Hauses habt, der gerade sein Noviziat begann. Er ist gründlich, der Kanonikus Eluard. Er will auch mit dem Abtrünnigen der Sippe sprechen. Wer weiß schon, wer auf diesem Anwesen die entscheidende Kleinigkeit bemerkte?«

Es war ein durchdringender Gedanke, und er stak in Cadfaels Bewußtsein wie ein zitternder Pfeil. Wirklich, wer konnte es wissen? »Er hat den Jungen noch nicht befragt?«

»Nein; er wollte wegen dieser Angelegenheit nicht den Abendgottesdienst und auch nicht sein gutes Abendmahl unterbrechen«, erwiderte Hugh mit einem kurzen Grinsen. »Doch morgen werden wir ihn ins Gästehaus bitten, um die Angelegenheit zu besprechen, ehe Eluard weiter nach Süden geht, nach Westminster, wo er den König drängen wird, sich Chesters und Roumares Unterstützung zu versichern, solange es noch möglich ist.«

»Und Ihr werdet gewiß an diesem Treffen teilnehmen«, sagte Cadfael.

»Ich werde zugegen sein. Wenn in meinem Amtsbezirk ein Mann durch üble Ränke verschwunden ist, dann muß ich alles wissen, was dazu zu sagen ist. Dies ist nun ebenso meine Angelegenheit wie Eluards.«

»Und Ihr werdet mir erzählen«, sagte Cadfael zuversichtlich, »was der Bursche zu sagen hat und wie er sich beträgt.«

»Ich will es Euch sagen«, erklärte Hugh und stand auf, um sich zu verabschieden.

Wie sich herausstellte, überstand Meriet das Verhör im Sprechzimmer, bei dem Abt Radulfus, Kanonikus Eluard und Hugh Beringar, also die Vertreter von Kirche und Staat, zugegen waren, mit stoischer Gelassenheit. Er antwortete mit schlichten, direkten Worten und ohne ersichtliches Zögern auf die Fragen.

Ja, er war dabei gewesen, als Herr Clemence seine Reise unterbrach, um in Aspley zu rasten. Nein, man hatte ihn nicht erwartet; er sei ohne Voranmeldung gekommen, doch das Haus seiner Verwandten stand ihm natürlich jederzeit offen. Nein, er war davor erst einmal als Gast gekommen, schon vor einigen Jahren; er war jetzt ja ein bedeutender Mann, der in der Umgebung seines Herrn blieb. Ja, Meriet selbst hatte das Pferd des Gastes in den Stall gebracht, gestriegelt und mit Wasser und Futter versorgt, während die Frauen den Herrn Clemence im Haus begrüßt hätten. Er war der Sohn eines Cousins von Meriets Mutter, die vor etwa zwei Jahren gestorben war — der normannische Zweig der Familie. Wie er bewirtet worden sei? Mit dem besten Essen und Trinken, das das Haus zu bieten hatte, mit Musik nach dem Abendmahl und einem weiteren Gast an der Tafel, der Tochter eines benachbarten Lehnsherren, die mit Meriets älterem Bruder Nigel verlobt war. Meriet berichtete mit offenen Augen und klarem, ruhigem Gesicht von dem Ereignis.

»Sagte Herr Clemence, in welchem Auftrag er reiste?« fragte Hugh plötzlich. »Wohin er wollte und zu welchem Zweck?«

»Er sagte, er sei im Auftrag des Bischofs von Winchester unterwegs. Ich erinnere mich nicht, ob er noch mehr sagte, während ich anwesend war. Als ich ging, spielte Musik, und alle saßen noch an der Tafel. Ich ging in den Stall, um mich zu überzeugen, ob dort alles ordentlich zuging. Vielleicht hat er meinem Vater mehr erzählt.«

»Und am Morgen?« fragte Kanonikus Eluard.

»Wir hatten alles vorbereitet, um ihm aufzuwarten, sobald er aufstand, denn er sagte, daß er früh in den Sattel steigen wolle. Mein Vater und Fremund, unser Verwalter, und dazu zwei Burschen begleiteten ihn die erste Meile, und ich, die Diener und Isouda...«

»Isouda?« sagte Hugh, der die Ohren spitzte, als er den neuen Namen vernahm. Meriet hatte die Verlobte seines Bruders erwähnt, ohne ihren Namen zu nennen.

»Sie ist nicht meine Schwester, sondern die Erbin von Foriet, das im Süden an unser Anwesen grenzt. Mein Vater ist ihr Vormund und verwaltet ihr Land, und sie lebt bei uns.« Eine jüngere Schwester ohne große Bedeutung, verriet sein Tonfall. »Sie blieb mit uns zurück, nachdem wir Herrn Clemence, wie es sich gehört, an der Tür verabschiedet hatten.«

»Und du sahst ihn nie wieder?«

»Ich ritt nicht mit. Doch mein Vater begleitete ihn aus Höflichkeit ein gutes Stück weiter, als nötig gewesen wäre, und zeigte ihm einen guten Weg.«

Hugh hatte noch eine Frage. »Ihr habt sein Pferd versorgt. Wie war es?«

»Ein schönes Tier, kaum älter als drei Jahre, und sehr feurig.« Meriets Stimme klang begeistert. »Ein großer, dunkler Fuchs mit einer weißen Blesse von der Stirn bis zu den Nüstern und mit zwei weißen Vorderläufen.«

Auffällig genug, um sogleich erkannt zu werden, falls man es fand, und außerdem eine lohnende Beute. »Wenn jemand, aus welchem Grund auch immer, den Mann aus der Welt schaffen wollte«, sagte Hugh danach im Kräutergarten zu Cadfael, »dann konnte er das Pferd sicher gut gebrauchen. Und irgendwo zwischen hier und Whitchurch muß das Tier sein, und genau dort gibt es Fäden, die man aufnehmen und verfolgen kann. Wenn es zum Schlimmsten kommt, dann kann ein toter Mann versteckt werden, doch ein lebendiges Pferd wird früher oder später irgend jemandes

Neugier erregen, und früher oder später werde ich davon hören.«

Cadfael hängte an den Balken seiner Hütte raschelnde Büschel von Kräutern auf, die nun, am Ende des Sommers, gut getrocknet waren, doch er lauschte dabei aufmerksam Hughs Bericht. Meriet war entlassen worden, ohne daß er, oberflächlich betrachtet, dem etwas hinzugefügt hätte, was Kanonikus Eluard bereits von den anderen Angehörigen des Aspleyschen Haushalts erfahren hatte. Peter Clemence war bei guter Gesundheit, gut beritten und im Namen und unter dem Schutz des Bischofs von Winchester gekommen und gegangen. Er war höflich eine Meile eskortiert worden. Und er war verschwunden.

»Wiederholt mir, wenn Ihr könnt, die Antworten des Burschen wortgetreu«, bat Cadfael. »Wenn im Inhalt nichts Interessantes zu finden ist, so mag es der Mühe wert sein, die Form einer näheren Betrachtung zu unterziehen.«

Hugh besaß ein ausgezeichnetes Gedächtnis und gab Meriets Antworten im richtigen Tonfall wieder. »Doch da ist nichts zu holen, abgesehen vielleicht von der sehr guten Beschreibung des Pferdes. Er beantwortete jede Frage und sagte uns dennoch nichts, weil er nichts weiß.«

»Ah, doch er beantwortete nicht jede Frage«, sagte Cadfael. »Und ich glaube, er hätte uns einige bedeutsame Dinge erzählen können, wenn es auch zweifelhaft scheint, ob sie etwas mit dem Verschwinden des Herrn Clemence zu tun haben. Kanonikus Eluard fragte ihn: ›Und du sahst ihn nie wieder?‹ und der Bursche erwiderte: ›Ich ritt nicht mit.‹ Doch er sagte nicht, ob er den verabschiedeten Gast nie wieder sah. Und dann, als er die Diener und das Mädchen von Foriet erwähnte, die sich versammelt hatten, um den Gast zu verabschieden, sagte er nicht: ›und mein Bruder‹. Er sagte auch nicht, ob der Bruder mit der Eskorte geritten war.«

»Freilich«, stimmte Hugh wenig beeindruckt zu. »Doch dies alles braucht nichts weiter zu bedeuten. Nur wenige Menschen achten peinlich auf jedes Wort, so daß kein Detail angezweifelt werden kann.«

»Das will ich einräumen. Und doch ist es kein Schaden, solche Kleinigkeiten zu bemerken und Fragen zu stellen. Ein Mann, der nicht ans Lügen gewohnt ist, doch plötzlich die Notwendigkeit dazu sieht, wird ausweichen, wenn er es vermag. Nun, wenn Ihr das Pferd dreißig Meilen oder weiter von hier entfernt in einem Stall findet, dann wird es für Euch und mich keinen Grund geben, weiter über die Worte des jungen Meriet nachzudenken; denn dann ist die Jagd an ihm und seiner ganzen Familie vorbeigegangen. Und sie können Peter Clemence vergessen — abgesehen vielleicht von einer Messe für die Seele eines Anverwandten.«

Kanonikus Eluard brach mit Sekretär, Burschen, Gepäck und allem nach London auf, fest entschlossen, König Stephen zu bewegen, noch vor Weihnachten einen diplomatischen Besuch im Norden zu machen und sich der Unterstützung der beiden mächtigen Brüder, die dort fast von Küste zu Küste regierten, zu versichern. Ranulf von Chester und William von Roumare hatten sich entschlossen, das Fest mit ihren Damen in Lincoln zu verbringen, und ein wenig kluge Schmeichelei und ein oder zwei bescheidene Geschenke könnten reichliche Ernte bringen. Der Kanonikus hatte bereits den Weg geebnet und wollte die zweite Reise in Gesellschaft des Königs machen.

»Und auf dem Rückweg«, sagte er, als er sich im Hof der Abtei von Hugh verabschiedete, »werde ich mich in der Hoffnung, daß Ihr bis dahin Neuigkeiten für mich habt, aus Seiner Gnaden Gesellschaft entfernen. Der Bischof wird in großer Sorge sein.«

Er reiste ab, und es blieb Hugh überlassen, nach Peter Clemence zu suchen, was nun aus praktischen Gründen bedeutete, erst einmal nach dessen Fuchs zu forschen. Er machte sich ernstlich ans Werk und schickte so viele Männer, wie er entbehren konnte, auf den am stärksten befahrenen Straßen nach Norden, wo sie Gutsherren aufsuchten, Ställe kontrollierten und Reisende befragten. Als die naheliegenden Rastplätze nichts ergaben, drangen sie ins wildere Umland vor. Im Norden der Grafschaft war das Land flacher, und der Wald wich weiten Heideflächen, Sümpfen und Gebüschen und einigen großen Torfmooren, einsam gelegen und kaum zu kultivieren, obwohl die Einwohner natürlich die sicheren Furten kannten und den Torf als Brennstoff für den Winter stachen.

Das Gut Alkington lag am Rande dieser Wildnis mit ihren dunkelbraunen Tümpeln und dem unsicheren Morast und den undurchdringlichen Gebüschen unter einem bleichen, wolkenlosen Himmel. Das Anwesen war, gemessen an seiner früheren Größe, traurig heruntergekommen, das Ackerland war geschrumpft, und es war gewiß nicht der Ort, an dem man erwarten konnte, einen großen Fuchs von guter Abstammung zu finden, der auf der Koppel des Lehnsmannes graste und nur darauf wartete, von einem Prinzen bestiegen zu werden. Und doch fand Hugh ihn hier: weiße Blesse, weiße Vorderläufe, alles stimmte – etwas zottig und schlecht gepflegt zwar, doch sonst in sehr guter Verfassung.

Das edle Tier stand offen auf der Weide; der Lehnsmann hatte sich keine Mühe gegeben, es zu verbergen. Er war ein freier Mann, ein Unterpächter des Lehnsherren von Wem, und er war mehr als bereit, über den unerwarteten Gast in seinem Stall zu berichten.

»Und Ihr seht ihn nun, gnädiger Herr, in besserem Futter als damals, als er kam, denn er war, soweit man sehen konnte, eine Weile wild gelaufen, und niemand wußte, wem er gehörte und woher er gekommen war. Einer meiner Männer hat westlich von hier auf einer Insel im Moor ein Stück Land gerodet, auf dem er lebt und für sich selbst und andere Torf sticht. Das tat er gerade, als er jenes Tier frei laufend erblickte, gesattelt und gezäumt und alles, doch weit und breit kein Reiter. Er versuchte, das Tier zu fangen, doch es wich ihm aus. Immer wieder versuchte er es und legte schließlich Futter für es aus, doch das Tier war so klug, sich sein Fressen zu holen, ohne sich dabei fangen zu lassen. Es war schmutzig bis zur Schulter und hatte sich irgendwo den größten Teil des Zaumzeugs abgerissen, und der Sattel hing halb unter seinem Bauch, ehe wir ihm nahekamen. Doch schließlich wurde meine Stute heiß, und wir stellten sie als Lockvogel hinaus, und sie fing ihn. Als wir ihn hatten, war er fügsam und froh, daß wir ihm abstreiften, was von seinem Zaumzeug übrig war, und ihn striegelten. Doch wir wußten nicht, wem er gehörte. Ich gab meinem Herrn in Wem Bescheid, und wir behielten ihn hier, bis wir erfuhren, was mit ihm geschehen sollte.«

Es gab keinen Grund, auch nur ein Wort anzuzweifeln, denn es klang völlig aufrichtig. Und das Gut lag kaum eine oder zwei Meilen abseits vom Weg nach Whitchurch und genausoweit vom Ort entfernt.

»Habt Ihr das Zaumzeug behalten? Oder das, was davon übrig war?«

»Im Stall und gleich zur Hand, wenn Ihr es wünscht.«

»Aber kein Mann. Habt Ihr danach nach einem Mann gesucht?« Das Moor war keine Gegend, in die sich nachts ein Fremder wagte, und selbst am Tag für einen eiligen Reisenden nicht sicher. Tief drunten in den nachtschwarzen Tümpeln lagen genug Knochen.

»Das haben wir, mein Herr. Wir haben Burschen hier, die jeden Deich und jeden Pfad und jede Insel kennen, auf die man treten kann. Wir nahmen an, daß er abgeworfen worden war oder mit seinem Tier eingesunken, und nur das Tier hatte sich befreit. Es wäre nicht das erste Mal. Doch wir fanden keine Spur. Und dieses Pferd, so schmutzig es auch war — ich bezweifle, daß es je tiefer eingesunken war als bis zum Sprunggelenk, und selbst wenn es so tief versunken wäre, dann hätte der Mann im Sattel eine größere Chance gehabt als das Tier.«

»Glaubt Ihr also«, sagte Hugh, während er ihn scharf beobachtete, »daß das Tier schon reiterlos ins Moor kam?«

»Jawohl, das glaube ich. Ein paar Meilen südlich ist Waldland. Wenn dort Wegelagerer lauerten und den Mann erwischten, so hatten sie sicher ihre liebe Not, das Tier zu halten. Ich denke, daß das Tier unberitten kam.«

»Wollt Ihr meinem Offizier den Weg zu Eurem Mann im Moor weisen? Er kann uns vielleicht mehr sagen und uns die Gegend zeigen, in der das Pferd frei lief. Der Vermißte ist ein Beamter aus dem Gefolge des Bischofs von Winchester«, sagte Hugh, entschlossen, einem so offenen und ehrlichen Mann zu vertrauen, »und vielleicht ist er tot. Dies war sein Pferd. Wenn Ihr noch etwas hört, dann schickt einen Boten zu mir, Hugh Beringar, zur Burg von Shrewsbury. Es wird Euer Schaden nicht sein.«

»Dann nehmt Ihr ihn mit Euch. Gott weiß, wie sein Name ist. Ich rief ihn einfach Fuchs.« Der freie Herr dieses armen Gutes beugte sich über den geflochtenen Zaun und schnippte mit den Fingern, und sofort kam der Fuchs zutraulich zu ihm und senkte die Nüstern in die ausgestreckte Hand. »Ich werde ihn vermissen. Sein Fell hat noch nicht wieder den richtigen Glanz, doch das kommt noch mit der Zeit. Wenigstens haben wir die Kletten und die Ranken aus seinem Fell geklaubt.«

»Wir werden Euch den Preis für ihn zahlen«, sagte Hugh freundlich. »Ihr habt ihn euch verdient. Und nun will ich mir die Reste seiner Ausrüstung ansehen, wenn ich auch bezweifle, daß sie uns etwas enthüllen.«

Es war reiner Zufall, daß die Novizen gerade über den großen Innenhof des Klosters zum Nachmittagsunterricht gingen, als Hugh Beringar zum Torhaus der Abtei hereinritt und das Pferd, das er der Bequemlichkeit halber weiter Fuchs nannte, zu den Stallungen führte. Lieber hier als in der Burg, denn das Pferd war das Eigentum des Bischofs von Winchester, und eines Tages mußte es ihm zurückgegeben werden.

Cadfael war aus dem Kloster getreten, um zum Herbarium zu gehen, und sah sich so den Novizen gegenüber, die gerade eintreten wollten. Der letzte in der Reihe war Bruder Meriet; er konnte den großen jungen Fuchs sehen, der am Führungsseil in den Hof trottete, den kupfernen Hals beugte und seine lange, schmale Blesse der fremden Umgebung zeigte, während seine weiß beschuhten Vorderläufe zierlich aufs Pflaster traten.

Cadfael konnte die Begegnung deutlich sehen. Das Pferd warf den schmalen, schönen Kopf zurück, streckte den Hals und blies die Nüstern auf und wieherte leise. Der junge Mann wurde bleich wie die Blesse des Tiers, und als er aus seinem vorsichtigen Schritt fiel und heftig zurückfuhr, traf einen Moment ein Sonnenstrahl seine grünen Augen. Dann hatte er sich wieder in der Gewalt und eilte weiter, um seinen Gefährten ins Kloster zu folgen.

In der Nacht, eine Stunde vor der Morgenmette, wurde das Dormitorium von einem gewaltigen, wilden Schrei erschüttert: »Barbar... Barbar...«, und dann kam ein langes, durchdringendes Pfeifen, das anhielt, bis Bruder Cadfael Meriets Zelle erreichte und ihm sachte, doch drängend eine Hand auf Stirn, Wange und die geschürzten Lippen legte und den immer noch schlafenden Jungen sachte aufs Kissen zurückdrückte. Die Schärfe des Traums, falls es ein Traum war, wurde sogleich stumpf, und die Geräusche erstarben. Cadfael stand schon bereit, um die erschreckten Brüder, die gerannt kamen, mit finsterer Miene fortzuschicken; und selbst Prior Robert zögerte, einen so gefährlichen Schlaf zu stören, besonders, da die Gefahr drohte, daß damit der Schlaf aller anderen, einschließlich seines eigenen, gestört wurde. Cadfael saß noch lange am Bett, als alles wieder still und dunkel war. Er wußte nicht recht, was er erwartet hatte, doch er war froh, daß er bereit gewesen war. Der Morgen würde zeigen, wie es weiterging.

4

Meriet erhob sich mit schweren Augen und bedrückt zur Prim, doch anscheinend ohne von den Dingen, die während der Nacht geschehen waren, zu wissen; er wurde vor der unmittelbaren Begegnung mit der Angst, der Unruhe und dem Mißbehagen der Brüder gerettet, indem man ihn sofort nach dem Gottesdienst zu einem Gespräch mit dem stellvertretenden Sheriff in die Ställe bat. Hugh hatte das zerrissene und verwitterte Geschirr auf einer Bank im Hof ausgebreitet, und ein Bursche führte das Pferd, das Fuchs genannt wurde, behutsam über das Pflaster, bis es im sanften Morgenlicht gut zu sehen war.

»Ich brauche wohl kaum noch zu fragen«, sagte Hugh freundlich, der lächelnd beobachtete, wie sich der weiß gezeichnete Kopf hob und die Nüstern sich weiteten, als das Tier die näherkommende Gestalt sah, die es trotz des ungewohnten Gewandes erkannte. »Keine Frage, daß er *Euch* wiedererkennt, und so muß ich schließen, daß Ihr auch ihn kennt.« Und als Meriet nichts erwiderte, sondern weiter schwieg, fragte er: »Ist dies das Pferd, auf dem Peter Clemence ritt, als er das Haus Eures Vaters verließ?«

»Ja, mein Herr, es ist dasselbe Pferd.« Er leckte sich die Lippen und hielt die Augen gesenkt. Er warf einen raschen Blick zum Pferd, doch er stellte keine Frage.

»War diese Begegnung Eure einzige mit ihm? Er kommt willig zu Euch. Streichelt ihn, wenn Ihr wollt; er möchte von Euch begrüßt werden.«

»Ich brachte ihn an diesem Abend in den Stall und striegelte und versorgte ihn«, sagte Meriet mit leiser Stimme und zögernd. »Und am Morgen sattelte ich ihn.

Ich hatte noch nie einen Hengst wie ihn versorgt. Ich...
ich kann gut mit Pferden umgehen.«

»Ich verstehe. Dann kennt Ihr sicher auch sein Geschirr.« Es war ein reich und edel geschmücktes Zaumzeug gewesen, der Sattel war mit verschiedenfarbigem
Leder belegt, der Zügel mit Silberornamenten versehen,
die jetzt verformt und trüb waren. »Erkennt Ihr es wieder?«

Meriet sagte: »Ja, es war seins.« Und endlich fragte er
fast ängstlich: »Wo habt Ihr Barbar gefunden?«

»War das sein Name? Hat sein Herr es Euch gesagt? Wir
fanden ihn etwa zwanzig Meilen nördlich von hier bei den
Moorleuten in der Nähe von Whitchurch. Nun gut, junger Herr, das ist alles, was ich von Euch wissen wollte. Ihr
könnt Euch jetzt wieder Euren Pflichten widmen.«

Während sie im Waschraum an den Becken ihre Ablu-
tion vornahmen, spekulierten Meriets Gefährten eifrig
über seine Abwesenheit. Jene, die fürchteten, seine Seele sei besessen, jene, die mißbilligten, wie er sich abseits
hielt, jene, die glaubten, sein Schweigen sei nichts anderes als Hochmut – alle erhoben lärmend ihre Stimmen
und gaben gemeinsam ihrer Sorge Ausdruck. Prior Robert war nicht dabei, doch sein Vertreter und seine rechte Hand, Bruder Jerome, war anwesend und spitzte aufmerksam die Ohren.

»Bruder, Ihr habt ihn selbst gehört! Heute nacht schrie
er wieder und weckte uns alle...«

»Er heulte für seinen Dämon. Ich hörte den Namen
des Dämons, er nannte ihn Barbar! Und sein Teufel antwortete mit einem Pfiff... wir wissen ja, daß nur Teufel
zischen und pfeifen!«

»Er hat einen bösen Geist zu uns gebracht, und unser
Leben ist nicht mehr sicher. Und wir kommen nachts
nicht zur Ruhe... Bruder, wir haben wirklich Angst!«

Cadfael, der mit einem Kamm in dem dicken ergrau-
ten Haargebüsch, das die nußbraune Kuppel umgab,

63

herumzupfte, war kurz davor einzugreifen, doch dann entschied er sich dagegen. Sollten sie alles ausschütten, was sie gegen den Burschen angestaut hatten, dann sahen sie vielleicht umso deutlicher, wie wenig es war. Einige mochten wirklich an einer abergläubischen Angst leiden; solche nächtliche Schrecken erschüttern einfache Gemüter. Wenn sie jetzt zum Schweigen gebracht würden, dann würden sie ihre Abneigung nur insgeheim weiter ausbrüten. Sollte alles herauskommen, damit die Luft wieder rein war. Also hielt er sich heraus, doch er lauschte mit scharfen Ohren.

»Es soll wieder im Kapitel zur Spache kommen«, versprach Bruder Jerome, der stolz darauf war, der wichtigste Kanal für Appelle an die Gunst des Priors zu sein. »Es werden gewiß Maßnahmen ergriffen, mit denen unsere Nachtruhe sichergestellt wird. Wenn nötig, muß der Störenfried abgesondert werden.«

»Aber Bruder«, jammerte Meriets nächster Nachbar im Dormitorium, »wenn er in eine abgelegene Zelle kommt, wo ihn niemand beobachten kann, wer weiß dann, was ihm noch alles einfällt? Er wird dort größere Freiheiten haben, und ich fürchte, daß sein Teufel umso frecher versucht, uns andere zu packen. Er könnte das Dach einstürzen lassen oder unter uns im Keller Feuer legen...«

»Das ist ein Mangel an Vertrauen in die göttliche Vorsehung«, sagte Bruder Jerome, und während er sprach, befingerte er das Kreuz auf seiner Brust. »Bruder Meriet hat uns viel Kummer bereitet, das will ich einräumen, doch zu sagen, daß er vom Teufel besessen ist...«

»Aber Bruder, es ist doch wahr! Er hat einen Talisman von seinem Dämon, er versteckt ihn im Bett. Ich weiß es! Ich hab gesehen, wie er heimlich etwas Kleines unter die Decke schob, als ich seine Zelle betrat. Ich wollte ihn nur nach einer Psalmzeile fragen, weil er so belesen ist, und er hatte etwas in der Hand, das er ganz schnell fortsteckte, und dann stellte er sich zwischen mich und das Bett und wollte mich nicht weiter hineinlassen. Er sah mich schwarz wie ein Gewitter an, Bruder, und ich hatte Angst! Aber ich habe ihn danach beobachtet. Es ist wahr, ich schwöre es. Er hat dort einen Zauber versteckt, und nachts nimmt er ihn zu sich ins Bett. Das ist sicher das Symbol seines Dämons, und es wird uns allen Böses bringen!«

»Ich kann nicht glauben...«, begann Bruder Jerome und unterbrach sich, als ihm einfiel, wie leichtgläubig er selbst manchmal war. »Ihr habt es *gesehen*? In seinem *Bett*, sagt Ihr? Ein seltsames Ding, das er versteckte? Das entspricht nicht der Regel.« Denn außer der Liege und einem Stuhl, einem kleinen Tisch zum Schreiben und den Büchern zum Studium durfte nichts in den Dormitoriumszellen sein. Dies und die Abgeschiedenheit und Ruhe, die nur aus der Tugend gegenseitiger Rücksichtnahme erwachsen kann, denn die Zellen waren nur durch dünne Holzwände voneinander getrennt. »Ein Novize, der bei uns eintritt, muß allen weltlichen Besitz aufgeben«, sagte Jerome, indem er die schmalen Schultern aufrichtete, da er einen ernsten Verstoß gegen die bewährte Ordnung der Dinge witterte. Das war Wasser auf seine Mühle! Er liebte nichts so sehr wie eine Gelegenheit für eine Standpauke. »Ich werde mit Bruder Meriet darüber sprechen.«

Ein halbes Dutzend Stimmen drängte ihn, sofort etwas zu unternehmen. »Bruder, geht sofort, während er abwesend ist, und überzeugt Euch, daß ich die Wahrheit gesagt habe! Wenn Ihr ihm seinen Zauber wegnehmt, hat der Dämon keine Macht mehr über ihn.«

»Und wir werden wieder Frieden haben...«

»Kommt mit!« sagte Bruder Jerome heroisch, als er sich entschieden hatte. Und bevor Cadfael sich rühren konnte, war Jerome schon aus dem Waschraum verschwunden und eilte mit einem Schwarm Novizen hinter sich zur Treppe des Dormitoriums.

Cadfael folgte ihnen mit resigniert gebeugten Schultern; er sah keinen Grund zur Eile. Der Junge würde nichts bemerken, denn er plauderte noch mit Hugh in den Ställen, und natürlich würden sie in seiner Zelle nichts finden, das sie ihm vorhalten konnten. Gehässigkeit ist ein großer Stimulator der Fantasie. Vielleicht brachte sie diese grobe Enttäuschung auf den Boden zurück. Das hoffte er! Doch er beeilte sich trotzdem, die Treppe hinaufzukommen.

Doch jemand anderes hatte es noch eiliger. Leichte Füße tappten hinter Cadfael einen scharfen Trommelwirbel auf die hölzernen Stufen, und in der Tür des Dormitoriums überholte ihn ein ungestümer Körper und eilte in den gekachelten Flur zwischen den Zellen. Meriet hastete mit langen, empörten Schritten, daß seine Kutte nur so flatterte.

»Ich habe euch gehört! Ich habe euch gehört! Laßt meine Sachen in Ruhe!«

Wo war nur die leise, unterwürfige Stimme geblieben, der bescheiden gesenkte Blick und die gefalteten Hände? Dies war ein zorniger junger Edelmann, der sich mit geballten Fäusten und blitzenden Augen den Eindringlingen stellte und ihnen befahl, seine Sachen in Frieden zu lassen. Cadfael, der einen Augenblick aus dem Gleichgewicht gekommen war, konnte gerade noch einen fliegenden Ärmel packen, doch er wurde nur in Meriets Kielwasser mitgezogen.

Die ängstlichen, neugierigen Novizen, die sich vor Meriets Zelle gesammelt hatten und vorsichtig die Köpfe hineinsteckten, während ihre durchgesessenen schwarzen Hinterteile in den Gang ragten, wirbelten wie ein Körper herum, als sie diese wütende Gestalt auf sich zustürmen sahen, und fuhren erregt glucksend auseinander wie ein Schwarm aufgeregter Hennen. Und auf der Schwelle seines kleinen Reichs sah Meriet sich Auge in Auge Bruder Jerome gegenüber, der gerade wieder auftauchte.

Oberflächlich besehen war es eine sehr ungleiche

Konfrontation: Ein Postulant, der höchstens einen Monat da war, dazu einer, der bereits einigen Kummer verursacht hatte und gewarnt worden war, stand einer Autorität gegenüber: der rechten Hand des Priors, einem Würdenträger und Beichtvater, einem der beiden Männer, die über die Novizen wachten. Die Gegenüberstellung ließ Meriet einen Augenblick innehalten, und Cadfael konnte sich zu ihm beugen und ihm atemlos ins Ohr flüstern: »Halte dich zurück, du Narr! Er wird dir das Fell abziehen!« Er hätte sich den ohnehin kurzen Atem sparen können, denn Meriet hörte nicht auf ihn. Der Augenblick, in dem er hätte zu Sinnen kommen können, war vorbei, denn sein Blick war auf das kleine helle Ding gefallen, das Jerome ihm wütend vor die Nase hielt, als wäre es etwas Unreines. Der Junge erbleichte, doch es war nicht die Blässe der Angst, sondern die blendende Bleichheit nackter Wut, und jede Linie in seinem grobknochigen Gesicht schien wie aus Eis gemeißelt.

»Das gehört mir«, sagte er leise, doch mit drohender Autorität. Er streckte die Hand aus. »Gebt es mir!«

Bruder Jerome stellte sich auf die Zehenspitzen, und als er sich so angeredet sah, schwoll sein Kamm wie bei einem Truthahn. Seine schmale Nase zitterte vor gerechter Wut. »Also bekennst du dich öffentlich dazu? Weißt du nicht, du unverschämter Wicht, daß du mit der Bewerbung um Aufnahme bei uns des Wortes ›mein‹ entsagtest und kein Eigentum irgendeiner Art besitzen darfst? Ohne Erlaubnis des Abtes persönliche Dinge hier hereinzubringen, ist eine Verletzung der Regel. Es ist eine Sünde! Doch *dies* vorsätzlich mitzubringen, ist ein böswilliger Verstoß gegen die Gelübde, die du ablegen willst. Und es in dein Bett zu nehmen, ist sogar Unzucht. Wie kannst du es wagen? Wie kannst du es nur wagen? Du wirst dafür zur Rechenschaft gezogen werden!«

Alle Augen außer Meriets waren auf den unschuldigen Grund des Vergehens gerichtet; Meriet dagegen blickte seinem Gegner heißblütig ins Gesicht. Der geheime Zauber war, wie sich herausstellte, ein zartes Leinenband, bestickt mit blauen, goldenen und roten Blumen — ein Band, wie es ein Mädchen benutzen würde, um sich das Haar zu binden; und in das Tuch war eine rotgoldene Locke von eben diesem Haar geknotet.

»Begreifst du überhaupt die Bedeutung der Gelübde, die du, wie du sagst, so gern ablegen willst?« fauchte Jerome. »Zölibat, Armut, Gehorsam, Beständigkeit im Glauben — ist auch nur das winzigste Anzeichen davon in dir zu sehen? Denke jetzt darüber nach, solange du noch kannst, und sage dich los von jedem Gedanken an solche Verirrungen und Unreinheiten, wie sie dieses eitle Ding erahnen läßt, denn sonst kannst du bei uns nicht aufgenommen werden. Der Strafe für diese Verfehlung wirst du nicht entgehen, doch du hast Zeit zum Bereuen, falls in dir noch etwas Anstand ist.«

»Anstand genug jedenfalls«, sagte Meriet ohne Verlegenheit und funkelnd, »um nicht im Bett eines anderen Mannes herumzuschnüffeln und sein Eigentum zu stehlen. Gebt mir«, sagte er sehr leise durch zusammengebissene Zähne, »was mir gehört!«

»Wir werden sehen, Unverschämter, was der Herr Abt zu deinem Benehmen zu sagen hat. Ein so eitles Ding wie dieses darfst du jedenfalls nicht behalten. Und deine Aufsässigkeit soll getreulich berichtet werden. Und nun laß mich vorbei!« befahl Jerome, der mit seinem herrischen Auftreten und seiner Rechtschaffenheit ausgesprochen zufrieden war.

Cadfael wurde sich nie richtig klar, ob Meriet Jeromes Absicht mißverstand und vermutete, daß es nur darum ging, die ganze Sache im Kapitel dem Abt zur Entscheidung zu unterbreiten. Der Junge mochte sich soweit wieder in der Gewalt haben, daß er dies akzeptieren konnte, selbst wenn er damit am Ende seinen kleinen Schatz verlöre; denn schließlich war er aus eigenem Willen gekommen und erklärte bei jeder Herausforderung steif und fest, daß er mit ganzem Herzen wünschte, bleiben zu dürfen und seine Gelübde abzulegen. Was auch immer sein Grund war, er trat zurück, wenn auch mit finsterem und zweifelndem Gesicht, und erlaubte es Jerome, in den Korridor herauszukommen.

Jerome wandte sich zur Treppe, wo die Lampe noch brannte, und alle seine stummen Schergen folgten respektvoll. Die nur trüb brennende Lampe stand in einer flachen Schale, die von einer Wandklammer gehalten wurde. Jerome nahm sie heraus, und ehe Cadfael oder Meriet erkannten, was er beabsichtigte, hatte er das feine Gazeband schon durch die Flamme gezogen. Die Haarlocke zischte und flammte in einem kleinen goldenen Glanz auf, das Band fiel zu zwei verkohlten Hälften auseinander und glomm in der Schale weiter. Und Meriet sprang, ohne einen Ton von sich zu geben, wie ein gereizter Hund los und wollte Bruder Jerome an die Kehle. Es war zu spät, seine Kutte zu packen und ihn zu halten, und so setzte Cadfael hinterdrein.

Es war keine Frage, daß Meriet töten wollte. Dies war kein lautstarker Streit. Er hatte die Hände um Jeromes mageren Hals geschlossen und warf ihn krachend auf die Bodenkacheln, wo er den Griff hielt, obwohl ein halbes Dutzend der entsetzten und erschrockenen Novizen an ihm zerrten und ihn kratzten und auf ihn einschlugen; sie konnten nichts ausrichten und waren überdies Cadfael im Weg. Jerome lief purpurn an, sein Brustkorb hob sich schwer; er wand sich wie ein Fisch auf dem Trockenen und klopfte hilflos mit der flachen Hand auf die Kacheln. Cadfael kämpfte sich durch, bis er sich zu Meriets ansonsten unzugänglichem Ohr beugen und die passenden Worte hineinbrüllen konnte:

»Schäm dich, Sohn! Einen alten Mann!«

In Wirklichkeit fehlten Jerome noch gut zwanzig an Cadfaels sechzig Jahren, doch die Not rechtfertigte die leichte Übertreibung. Meriets adlige Vorfahren gaben ihm einen Rippenstoß. Er löste den Griff, Jerome atmete geräuschvoll ein und kühlte von Purpur zu Ziegelrot ab, während ein Dutzend Hände den Missetäter auf die Füße zogen und ihn, der immer noch wortlos Feuer spuckte, festhielten; und just in diesem Augenblick kam Prior Robert, groß und furchteinflößend, als trüge er bereits die Mitra, funkelnd wie ein strafender Blitzschlag Gottes, den gekachelten Flur heruntergeschwebt.

In der Lampenschale schmorten die beiden Enden des blumenbestickten Bandes und entließen einen schmutzigen, übelriechenden Qualm, und in der Luft hing noch der Gestank der verbrannten Locke.

Zwei Laienbrüder brachten auf Prior Roberts Befehl die selten benutzten Handfesseln, banden Meriets Handgelenke und führten ihn in eine der Strafzellen, die weitab von den ständig benutzten Bereichen des Hauses lagen. Meriet ging, immer noch wortlos, mit ihnen, zu sehr seiner Würde bewußt, um Widerstand zu leisten oder um ihnen vorsätzlich Angst zu machen. Cadfael sah ihm mit besonderem Interesse nach, denn es schien ihm, als sähe er ihn zum erstenmal. Die Kutte behinderte ihn nicht mehr, er schritt mit leicht erhobenem Kopf trotzig aus, und seine Lippen und die immer noch geblähten Nasenflügel bildeten zwar keinen ausgesprochen höhnischen Ausdruck, doch es kam einem solchen sehr nahe. Im Kapitel würde er scharf zur Rechenschaft gezogen werden, doch das war ihm einerlei. In gewisser Hinsicht hatte er seine Befriedigung gehabt.

Bruder Jerome wurde unterdessen aufgerichtet, ins Bett gesteckt und eifrig umsorgt; er bekam einige Essenzen, die Cadfael bereitwillig beisteuerte, sein geschwollener Hals wurde mit linderndem Öl eingerieben, und man lauschte pflichtschuldig auf die schwachen, krächzenden Geräusche, die er bald unter Schmerzen von sich gab. Er hatte keinen großen Schaden erlitten, doch er würde eine Weile heiser sein und vielleicht eine Zeitlang vorsichtig und friedlich mit den noch ungebrochenen

Söhnen des Adels umgehen, die die Kutte überstreifen wollten. Haben wir uns in ihm geirrt? Cadfael grübelte über Meriet Aspleys unerklärliche Vorliebe. Wenn je ein junger Mann als Herr und für das Feld der Ehre geboren war, für Pferde und Waffen, dann war es Meriet.

»Schäm dich, Sohn! Einen alten Mann!« Und er hatte die Hände geöffnet und den Feind freigegeben und war vom Feld marschiert; als Gefangener, doch in aller Ehre.

Der Ausgang im Kapitel war unvermeidlich, da war nichts zu machen. Ein Angriff auf einen Priester und Beichtvater konnte ihm die Exkommunikation einbringen, doch dies wurde nachsichtig unterlassen. Doch sein Vergehen war schlimm, und es gab keine angemessene Strafe außer der Peitsche. Diese Strafe, die nur im äußersten Notfall benutzt werden sollte, existierte dennoch, um benutzt zu werden. Der Missetäter hatte sich, als er sprechen durfte, mit der Erklärung zufriedengegeben, daß er nichts von allem ableugnete, was gegen ihn vorgebracht wurde. Aufgefordert, sich zu entschuldigen, weigerte er sich mit undurchdringlicher Würde. Und die Kasteiung ließ er wortlos über sich ergehen.

Am Abend ging Cadfael vor der Komplet in die Wohnräume des Abtes und bat um Erlaubnis, den Gefangenen zu besuchen, der zehn Tage in einer einsamen Zelle eingesperrt bleiben sollte.

»Da Bruder Meriet sich nicht verteidigen wollte«, sagte Cadfael, »und da Prior Robert, der ihn zu Euch brachte, erst später kam, sollt Ihr alles erfahren, was geschehen ist, denn der Vorfall mag mit den Umständen zu tun haben, unter denen der Junge zu uns kam.« Und er berichtete die traurige Geschichte des Andenkens, das Meriet in seiner Zelle versteckt und nachts geherzt hatte. »Vater, ich behaupte nicht, alles zu wissen. Doch wie ich hörte, ist der ältere Bruder unseres unglücklichen Postulanten verlobt und wird bald heriaten.«

»Ich verstehe, was Ihr meint«, sagte Radulfus ernst und legte die gefalteten Hände auf den Tisch. »Auch ich habe schon daran gedacht. Sein Vater ist ein Gönner unseres Hauses, und die Ehe soll im Dezember hier bei uns geschlossen werden. Ich fragte mich, ob der Wunsch des jüngeren Sohnes, die Welt zu fliehen... ich glaube, das würde einiges erklären.« Und er lächelte wehmütig über all die gequälten jungen Menschen, die glaubten, eine Enttäuschung in der Liebe sei das Ende ihrer Welt, und ihnen bliebe nichts anderes übrig, als in eine andere zu wechseln. »Ich überlege bereits seit einer Woche oder länger«, sagte er, »ob ich nicht einen erfahrenen Bruder zu seinem Vater schicke, um mit ihm zu sprechen und in Erfahrung zu bringen, ob wir diesem Jungen nicht einen Bärendienst erweisen, wenn wir ihn Gelübde ablegen lassen, die keinesfalls seiner Natur entsprechen, so sehr er sie im Augenblick auch erstreben mag.«

»Vater«, sagte Cadfael inbrünstig, »ich glaube, damit wäret Ihr gut beraten.«

»Der Junge besitzt Eigenschaften, die selbst hier bewundernswert sind«, sagte Radulfus halb bedauernd, »die jedoch leider nicht hierher gehören. In dreißig Jahren mag er vielleicht zu uns kommen, nachdem er sich in der Welt ausgelebt, geheiratet, Kinder bekommen und erzogen hat und nachdem er Namen und hohe Geburt vererbt hat. Wir haben unsere geschützte Umgebung, doch Menschen wie er — sie müssen tun, wozu sie berufen sind, während wir sie lehren müssen, was wir können. Ihr versteht diese Dinge wie kaum einer unter uns, die wir im sicheren Hafen vor dem Sturm ankern. Wollt Ihr in meinem Auftrag nach Aspley gehen?«

»Von ganzem Herzen gern, Vater«, sagte Cadfael.

»Morgen?«

»Gern, wenn Ihr es wünscht. Doch darf ich nun gehen, um zu sehen, was man tun kann, um Bruder Meriet an Geist und Körper zu beruhigen und um zu erfahren, was ich von ihm erfahren kann?«

»Geht mit meinem Segen«, sagte der Abt.

In seiner kleinen steinernen Strafzelle, in der es nichts gab außer einem harten Lager, einem Schemel, einem Kreuz an der Wand und dem für die körperlichen Bedürfnisse des Gefangenen vorgesehenen Gefäß, wirkte Bruder Meriet seltsamerweise offener, entspannter und zufriedener, als Cadfael ihn bisher gesehen hatte. Allein, unbeobachtet und im Dunkel war er zumindest von der Notwendigkeit befreit, auf jedes Wort und jede Geste zu achten und alles abzuwehren, was ihm zu nahe kam. Als die Tür plötzlich entriegelt wurde und jemand mit einer winzigen Lampe in der Hand kam, versteifte er sich zwar einen Augenblick und hob den Kopf von den gefalteten Armen, um aufzublicken; doch Cadfael nahm es als Kompliment und Ermutigung, daß der junge Mann, als er ihn erkannte, unwillkürlich seufzte und sich entspannte und die Wange wieder auf die Arme legte, wenn auch dergestalt, daß er den Ankömmling beobachten konnte. Er lag ohne Hemd auf dem Bauch, seine Kutte war bis zur Hüfte herabgezogen, um Luft an die Striemen zu lassen. Er schwieg trotzig, denn sein Blut war immer noch in Wallung. Zwar hatte er sich vollkommen aufrichtig zu allem bekannt, was ihm vorgeworfen wurde, doch er hatte nichts bereut.

»Was will man nun noch von mir?« fragte er direkt, ohne Furcht zu zeigen.

»Nichts. Bleib nur liegen und laß mich die Lampe irgendwo abstellen. Da, hörst du? Wir sind zusammen eingeschlossen. Ich muß an die Tür hämmern, ehe du mich wieder loswirst.« Cadfael setzte die Lampe auf den Halter unter dem Kreuz, so daß sie das Bett beleuchten konnte. »Ich habe etwas mitgebracht, das dir so oder so zu einem guten Nachtschlaf verhelfen wird. Wirst du meiner Arznei vertrauen? Dieser Trank kann deine Schmerzen lindern und dir in den Schlaf helfen, wenn du willst.«

»Ich will ihn nicht«, sagte Meriet tonlos und beobachtete ihn wachsam, das Kinn auf die gefalteten Arme gestützt. Sein gebräunter Körper war geschmeidig und kräftig, die bläulichen Striemen auf dem Rücken nicht zu garstig, um entstellend zu wirken. Ein Laienbruder hatte bei der Züchtigung seine Hand gehalten; vielleicht empfand auch er keine große Liebe für Bruder Jerome. »Ich will wachen. Es ist so still hier.«

»Nun gut, dann halte den Mund und laß mich wenigstens deine Kupferhaut einreiben. Ich sagte dir doch, daß dir das Fell abgezogen würde!« Cadfael setzte sich auf die Kante des schmalen Betts, öffnete den Krug und begann die schlanken Schultern, die sich unter der Berührung wanden und bogen, einzusalben. »Dummer Junge«, schalt er. »Das hättest du dir ersparen können.«

»Ach, das!« sagte Meriet gleichgültig, sich den lindernden Fingern ergebend. »Ich hab schon Schlimmeres erlebt«, sagte er, lässig und bequem auf die gekreuzten Arme gestützt. »Wenn mein Vater zornig ist, könnte er euch hier einiges lehren.«

»Nun, auf jeden Fall hat er es versäumt, dir etwas Verstand beizubringen. Allerdings kann ich nicht leugnen«, räumte Cadfael großzügig ein, »daß ich selbst auch manchmal Gelüste hatte, Bruder Jerome zu erwürgen. Doch andererseits tat der Mann nur seine Pflicht, wenn auch mit harter Hand. Er ist der Beichtvater der Novizen, zu denen — kann ich es glauben? — auch du gehörst. Und wenn du ein Mönch werden willst, dann mußt du jeden Umgang mit Frauen aufgeben, mein Freund, und alle Sorge um persönliches Eigentum. Tu ihm Gerechtigkeit an, denn er hatte Grund zur Klage über dich.«

»Er hatte keinen Grund, mir etwas zu stehlen«, gab Meriet heißblütig zurück.

»Er hatte das Recht zu konfiszieren, was hier verboten ist.«

»Ich nenne es immer noch stehlen. Und er hatte kein Recht, es vor meinen Augen zu zerstören — und schon gar nicht, zu sprechen, als wären Frauen unrein!«

»Nun, er hat wie du für seine Verfehlungen gebüßt«, sagte Cadfael großzügig. »Er hat einen wunden Hals, der ihm noch eine Woche den Mund verschließen wird, und für einen Mann, der so gern seine eigenen Predigten hört, ist das keine schlechte Rache. Doch was dich angeht, mein Junge, so hast du noch einen weiten Weg zu gehen, ehe du ein Mönch wirst, und wenn du es hinter dich bringen willst, dann solltest du deine Strafzeit hier besser mit gründlichem Nachdenken verbringen.«

»Noch eine Predigt?« sagte Meriet in seine gekreuzten Arme, und zum erstenmal lag etwas wie ein Lachen in seiner Stimme, wenn auch ein wehmütiges.

»Ein Appell an die Vernunft.«

Darauf hielt er inne und hielt den Atem an, lag einen Augenblick völlig reglos, ehe er den Kopf drehte und mit einem funkelnden, ängstlichen Auge zu Cadfaels Gesicht schielte. Das dunkelbraune Haar ringelte und lockte sich fein in die Falte seines sommerbraunen Nackens, und der Nacken selbst besaß noch die elegante, zarte Form der Jugend. Verletzlich für alle Arten von Wunden, und besonders für Wunden, die Menschen schlugen, die er zu sehr liebte. Das Mädchen mit dem rotgoldenen Haar?

»Sie haben nichts gesagt?« fragte Meriet voller Spannung und Schrecken. »Sie wollen mich nicht hinauswerfen? Das wird er doch nicht tun, der Abt? Das hätte er mir offen gesagt!« Er drehte sich mit einer heftigen, fließenden Bewegung ganz herum, zog die Beine an und hob eine Hüfte, packte Cadfael drängend am Arm und starrte ihm in die Augen. »Was wißt Ihr? Was will er mit mir tun? Ich kann, ich will jetzt nicht aufgeben.«

»Du hast deine Berufung in Zweifel gezogen«, erwiderte Cadfael unumwunden, »und kein anderer hat dazu beigetragen. Wenn es an mir gelegen hätte, so hätte ich dir dein hübsches Andenken in die Hand zurückgegeben und dir gesagt, daß du verschwinden sollst und entweder sie oder eine andere wie sie findest, denn ein

Mädchen ist so jung und hübsch wie das andere; und ich hätte dir gesagt, du sollst aufhören, uns zu quälen, die wir nichts weiter wollen als ein ruhiges Leben. Doch wenn du immer noch deine natürliche Neigung zur Tür hinauswerfen willst, dann hast du diese Chance noch. Entweder du beugst deinen steifen Nacken, oder du richtest ihn auf und verschwindest!«

Das war bei weitem nicht alles, und der Junge wußte es. Er setzte sich kerzengerade auf, ohne sich darum zu kümmern, daß er halbnackt in einer Steinzelle saß, hielt Cadfael mit starken, drängenden Fingern fest und starrte ihm tief in die Augen, forschte ohne Angst oder Sorge in Cadfaels Gesicht.

»Ich werde ihn beugen«, sagte er. »Ihr mögt bezweifeln, ob ich es vermag, doch ich kann es und ich will. Bruder Cadfael, wenn Euch das Ohr des Abtes geneigt ist, dann helft mir und sagt ihm, daß sich nichts geändert hat, daß ich immer noch aufgenommen werden will. Sagt ihm, daß ich warten werde, wenn ich muß, und ich will Geduld lernen, doch ich will es mir verdienen! Er soll sich nicht mehr über mich beklagen können. Sagt es ihm! Er wird mich nicht abweisen.«

»Und das goldhaarige Mädchen?« fragte Cadfael absichtlich brutal.

Meriet fuhr zurück und warf sich wieder auf die Brust. »Sie ist versprochen«, sagte er nicht weniger grob und weigerte sich, noch ein Wort über sie zu verlieren.

»Es gibt andere«, sagte Cadfael. »Überlege es dir — jetzt oder nie. Laß mich dir sagen, Kind, als einer, der alt genug ist, einen älteren Sohn als dich zu haben und als Mann, der einige Dinge in seinem Leben zu bedauern hätte, wenn er Zeit hätte, über sie zu grübeln: Mancher junge Mann, dessen Herzenswunsch erfüllt wurde, hat später den Tag verflucht, an dem ihm sein Wunsch bewußt wurde. Durch die Gnade und die Güte unseres Abtes wirst du Zeit haben, dir sicher zu werden, ehe du so gebunden wirst, daß du nicht mehr befreit werden kannst. Nutze den Augenblick, denn er wird nicht wiederkehren, nachdem du dich verpflichtet hast.«

In gewisser Weise war es eine Schande, einen jungen Geist, der ohnehin schon so zerrissen war, derartig zu bedrohen, doch Meriet hatte zehn einsame Tage und Nächte vor sich, karges Essen und genügend Zeit zum Beten und Nachdenken. Das Alleinsein würde ihn nicht bedrücken; nur die Gegenwart unfreundlicher Menschen um ihn hatte ihn bedrückt. Hier würde er traumlos schlafen und nachts nicht auffahren und schreien. Und wenn doch, so würde niemand ihn hören und seinen Schmerz vergrößern.

»Ich werde morgen kommen und neue Salbe bringen«, sagte Cadfael, indem er die Lampe in die Hand nahm. »Nein, warte!« Er stellte sie wieder ab. »Wenn du so liegst, wirst du es in der Nacht kalt haben. Zieh dein Hemd an; das Leinen wird dir nicht sehr wehtun, und du kannst die Kutte darüber tragen.«

»Ich liege gut so«, sagte Meriet fast verschämt und ergeben und ließ den Kopf seufzend wieder auf die verschränkten Arme sinken. »Ich... ich danke Euch — Bruder!« Es klang wie ein unsicherer Nachgedanke; sehr unsicher, als würde die Anrede nicht dem gerecht, was in seinem Kopf vorging, obwohl er wußte, daß es die förmlich richtige war.

»Das klang aber zweifelnd«, bemerkte Cadfael kritisch. »Fast, als hättest du dir auf einen schlimmen Zahn gebissen. Es gibt noch andere Arten von Beziehungen. Bist du immer noch sicher, daß du ein Bruder werden willst?«

»Ich *muß*«, platzte Meriet heraus und drehte elend das Gesicht zur Seite.

Warum nur? wunderte Cadfael sich, während er an die Zellentür pochte, damit der Pförtner ihm öffnete und ihn herausließ. Warum muß das einzig Bedeutende, das er sagt, immer am Ende gesagt werden, wenn er beruhigt und besänftigt ist, so daß es eine Schande wäre, ihn weiter zu quälen? Nicht: Ich werde! oder: Ich will! sondern: Ich muß! Müssen bedeutet nicht nur Entschlossenheit, sondern Zwang, ausgeübt entweder von jemand anderem oder einer überwältigenden Notwendigkeit. Doch wer hat diesen Burschen ins Kloster gezwungen oder welch mächtige Umstände ließen ihm diesen Weg als den besten und einzigen erscheinen, der ihm offensteht?

Als Cadfael an diesem Abend nach der Komplet herauskam, wartete Hugh am Torhaus auf ihn.

»Geht doch mit mir bis zur Brücke. Ich bin auf dem Heimweg, doch ich hörte vom Pförtner, daß Ihr morgen einen Gang für den Abt tun sollt, so daß Ihr den ganzen Tag außerhalb meiner Reichweite seid. Habt Ihr vom Pferd gehört?«

»Daß Ihr es gefunden habt, ja, doch nichts weiter. Wir waren den ganzen Tag über zu sehr mit unseren eigenen Schurken und Verbrechern beschäftigt, um uns um die Außenwelt zu kümmern«, gab Cadfael zerknirscht zu. »Zweifellos habt Ihr es schon erfahren.« Bruder Albin, der Pförtner, war der klatschsüchtigste Bruder des ganzen Klosters. »Unsere Sorgen gehen, wie es scheint, Seite an Seite im gleichen Schritt, ohne sich jedoch direkt zu berühren. Das ist an sich schon seltsam. Und nun habt Ihr das Pferd, wie ich hörte, Meilen entfernt im Norden gefunden.«

Sie traten zusammen durchs Tor und wandten sich unter einem kalten, trüben Himmel voll treibender Wolken nach links zur Stadt. Auf dem Boden regte kein Lüftchen die feuchten, süßen Fäulnisdüfte des Herbstes. Am rechten Straßenrand das Zwielicht unter den Bäumen, der unbewegte metallene Schimmer des Mühlteiches zu ihrer Linken und der Duft und das Rauschen des Flusses voraus, zwischen ihnen und der Stadt.

»Kaum drei Meilen vor Whitchurch«, sagte Hugh. »Wir wollten dort die Nacht verbringen und am nächsten Tag bequem nach Chester reiten.« Er erzählte die ganze Geschichte; Cadfaels Gedanken boten immer eine willkommene Beleuchtung aus einem ungewöhnlichen Blickwinkel. Doch hier bewegte sich ihr beider Geist wie ein einziger.

»Wildes Waldland vor dem Ort«, sagte Cadfael, »und das Moor gut zu erreichen. Wenn dort getan wurde, was immer geschehen ist, und das junge, lebhafte Pferd brach aus und konnte nicht gefangen werden, dann mag der Mann in schwarzer Tiefe liegen. Nicht zu finden. Er wird kein christliches Begräbnis bekommen.«

»Ich habe selbst daran gedacht«, stimmte Hugh grimmig zu. »Doch wenn Wegelagerer durch meine Grafschaft strolchen, warum habe ich dann bisher noch nicht von ihnen gehört?«

»Vielleicht haben sie sich nur ausnahmsweise in den Süden von Chester gewagt? Ihr wißt, wie schnell sie kommen und verschwinden können. Und trotz Eurer starken Hand, Hugh, die Zeit bringt Veränderungen. Doch dies waren herrenlose Männer; sie waren nicht mit Pferden erfahren. Jeder Gesetzesbrecher, der das Salz in der Suppe wert ist, hätte sich lieber einen Arm aus der Schulter gerissen, als ein solches Tier zu verlieren. Ich ging in meiner freien Zeit in den Stall, um nach ihm zu sehen«, gab Cadfael zu. »Das Silber am Geschirr... nur ein Wunder hätte es Dieben wieder abnehmen können, nachdem sie erst ein Auge darauf geworfen hatten. Was der Mann selbst an sich hatte, war gewiß kaum mehr wert als Pferd und Geschirr zusammen.«

»Wenn sie Reisenden auflauern«, sagte Hugh, »dann wissen sie genau, wo die Moorlöcher am hungrigsten sind und mit Freuden einen schwerfälligen Mann schlucken. Aber ich lasse nach Clemence suchen. Manche Einwohner dort können es sehen, wenn ein Loch kürzlich gefüttert worden ist – stellt Euch nur vor! Aber ich bezweifle, ich bezweifle wirklich, ob wir jemals auch nur einen Knochen von Peter Clemence wiedersehen.«

Sie hatten das vordere Ende der Brücke erreicht. Drunten, nahe und schweigend, glitt der Severn mit hoher Geschwindigkeit dahin wie eine Schlange, deren Schuppen gelegentlich einen Funken Sternenlicht einfingen und silbern blitzten, bevor die Windung vorbei war und schneller als ein Fußgänger stromab eilte. Sie blieben stehen, um Abschied zu nehmen.

»Und Ihr geht nun nach Aspley«, sagte Hugh. »Wo der Mann noch einen Tag vor seinem Tod sicher bei seinen Verwandten rastete. Falls er wirklich tot ist! Ich vergesse immer, daß wir nur raten können. Wie, wenn er gute Gründe hatte, dort zu verschwinden und sich als tot abschreiben zu lassen? Männer wechseln heutzutage ihre Verbündeten wie Hemden, und für jeden Mann, der sich zum Verkauf anbietet, gibt es reichlich Käufer. Nun, gebraucht in Aspley Eure Augen und Euren Kopf für den Jungen − ich erkenne es inzwischen ganz genau, wann Ihr einen Flügel über ein Küken gebreitet habt −, doch laßt mich auch wissen, was immer Ihr über Peter Clemence in Erfahrung bringen könnt und was er beabsichtigte, als er sie verließ und nach Norden ritt. Ein Unschuldiger mag dort, ohne es selbst zu wissen, die Antwort kennen, nach der wir suchen.«

»Das will ich tun«, antwortete Cadfael und wandte sich im Dunkel zum Kloster um, hinter dessen Mauern sein Bett wartete.

5

Ausgestattet mit der Autorität des Abtes und mit etwas mehr als vier Meilen Weg vor sich, besorgte Bruder Cadfael sich lieber ein Maultier aus den Ställen, statt die Reise nach Aspley zu Fuß zu machen. Es hatte Zeiten gegeben, da hätte er es verschmäht zu reiten, doch er war über 60 Jahre alt und mehr als bereit, es sich bequem zu machen. Außerdem hatte er nur noch wenig Gelegenheit zum Reiten, einst eines seiner größten Vergnügen, und er konnte es sich nicht erlauben, eine solche Gelegenheit ungenutzt verstreichen zu lassen.

Er brach nach der Prim auf, nachdem er einen hastigen Bissen und Trunk zu sich genommen hatte. Es war ein nebliger, milder Morgen, erfüllt von der schweren, süßen, feuchten Melancholie der Jahreszeit, mit einer dicht verschleierten Sonne, die groß und sanft durch den Dunst lugte. Und es war eine angenehme Reise, weil er zumindest am Anfang die Straße benutzen konnte.

Der Große Wald, südlich und südwestlich von Shrewsbury gelegen, hatte im Gegensatz zu den meisten seiner Art lange Zeit ungeplündert überlebt, denn es gab nur wenige und weit auseinanderliegende gerodete Stellen. Dichtes Unterholz gab dem Wild Schutz, und offene Heideflächen boten allen Arten von Geschöpfen der Erde und der Luft einen Unterschlupf. Sheriff Prestcote hielt ein wachsames Auge auf Veränderungen, doch er griff nicht ein, solange Recht und Ordnung nicht gefährdet waren; den Anwesen am Waldrand hatte er, unter der Voraussetzung, daß sie mit fester Hand den Frieden schützten, sogar erlaubt, ihre Felder zu vergrößern und zu verbessern. Am Waldrand lagen sehr alte Güter, die aus Lichtungen mitten im Wald entstanden waren; mit der Zeit hatten sie große Flächen bestellbaren Landes freigeschlagen und den Zuwachs eingezäunt. Der Ostrand wurde von den drei alten Nachbargütern Linde, Aspley und Foriet behütet; die Gegend war halb bewaldet und halb offen. Ein Mann, der von hier aus nach Chester reiten wollte, brauchte nicht den Weg durch Shrewsbury zu nehmen, sondern konnte es umgehen und im Westen liegen lassen. Peter Clemence hatte dies getan und beschlossen, da sich ihm schon die Gelegenheit bot, lieber seine Verwandten zu besuchen, statt den sicheren Hafen der Abtei von Shrewsbury anzulaufen. Wäre sein Schicksal ein anderes gewesen, wenn er sich entschieden hätte, im Schutz von St. Peter und St. Paul zu nächtigen? Dann wäre er auf dem Weg nach Chester auch nicht durch Whitchurch gekommen, sondern hätte sich weiter nach Westen gehalten und die Sümpfe umgangen. Zu spät, um sich Gedanken zu machen!

Cadfael wußte, daß er in die Ländereien von Linde eindrang, als er sauber abgeerntete Felder und die Reste von lange geschnittenem Getreide und Stoppeln sah, die von Schafen abgefressen wurden. Der Himmel hatte sich inzwischen teilweise aufgeklärt, eine milde, milchige Sonne wärmte die Luft, ohne den Dunst ganz aufzulösen, und der junge Mann, der mit einem Jagdhund auf den Fersen und einem noch nicht ganz ausgebildeten Steinfalken an der Leine einen Hügel heruntergeschlendert kam, hatte vom Tau feuchte Stiefel und einen Kranz aus Tropfen, die er von den Blättern eines Gebüschs geschüttelt hatte, auf dem unbedeckten, hellbraunen Haar. Ein junger Edelmann, der leichten Fußes und leicht im Herzen ausschritt und fröhlich pfiff, während er die Leine aufwickelte und den zerzausten Vogel beruhigte. Er war kaum ein oder zwei Jahre älter als zwanzig. Als er Cadfael sah, kam er vom Hügel zum tiefliegenden Weg heruntergesprungen, und da er keine Kappe abzunehmen hatte, begrüßte er ihn mit einem sehr anmutigen Neigen des schönen Kopfes und einem freundlichen Wort:

»Guten Tag, Bruder! Wollt Ihr zu uns?«

»Falls Euer Name Nigel Aspley ist«, sagte Cadfael, indem er stehenblieb, um die muntere Begrüßung zu erwidern, »dann will ich in der Tat zu Euch.« Doch dies konnte kaum der ältere Sohn sein, der fünf oder sechs Jahre vor Meriet geboren war; er war zu jung, von anderer Hautfarbe und anderem Körperbau: großgewachsen, schlank und blauäugig, ein rundes Gesicht und ein unverwüstliches Lächeln um die Lippen. Etwas mehr Rot war in seinem hellen Haar, das den flüchtigen grüngelben Glanz von Eichenblättern hatte, die im Frühling gerade aufgebrochen waren oder dem Herbst entgegensahen; die Locke, die Meriet in seinem Bett verwahrt hatte, konnte auch von ihm stammen.

»Dann haben wir kein Glück«, sagte der junge Mann artig und verzog in schelmischer Enttäuschung das Gesicht. »Dennoch seid Ihr willkommen, in unserem Heim zu rasten und einen Becher zu trinken, wenn Ihr die Muße dazu habt. Denn ich bin nur ein Linde, kein Aspley, und mein Name ist Janyn.«

Cadfael erinnerte sich an Hughs Bericht über Meriets Antworten auf Eluards Fragen. Der ältere Bruder war mit der Tochter des Nachbargutes verlobt; und sie konnte nur eine Linde sein, denn er hatte ohne großes Interesse die Pflegeschwester erwähnt, eine Foriet und Erbin des Anwesens, das im Süden an Aspley anschloß. Demnach mußte dieser stattliche, aufgeräumte junge Bursche ein Bruder von Nigels zukünftiger Braut sein.

»Das ist sehr freundlich von Euch«, sagte Cadfael erfreut, »und ich danke Euch für den guten Willen, doch ich kümmere mich lieber um meine Geschäfte. Denn ich glaube, daß ich noch eine Meile oder so zu reiten habe.«

»Kaum eine Meile, Herr, wenn Ihr dort unten an der Gabelung den linken Pfad nehmt. Reitet durchs Gebüsch, und schon seid Ihr in Aspleys Feldern, und der Pfad wird Euch direkt zu ihrem Tor bringen. Wenn Ihr nicht in Eile seid, werde ich mit Euch kommen und Euch den Weg zeigen.«

Cadfael nahm das Angebot dankbar an. Selbst wenn er von seinem Gefährten nur wenig über die drei Anwesen erfuhr, die reichlich Söhne und Töchter in etwa dem gleichen Alter hervorgebracht hatten, die folglich praktisch wie eine Familie aufgewachsen waren, so war doch die Gesellschaft an sich schon angenehm. Zudem mochten einige nützliche Körner Wissen zu Boden fallen wie Samen und für ihn Wurzeln schlagen. Er ließ das Maultier langsam gehen, und Janyn Linde hielt sich mit leichten, ausgreifenden Schritten neben ihm.

»Seid Ihr aus Shrewsbury, Bruder?« Anscheinend hatte er seinen Anteil an menschlicher Neugierde abbekommen. »Geht es etwa um Meriet? Ich kann Euch sagen, wir waren erschüttert, als er sich entschloß, die Kutte anzulegen; und doch, wenn man es bedenkt, er ging immer seiner eigenen Wege und ließ sich nicht dreinreden. Wie habt Ihr ihn verlassen? Ich hoffe, gut?«

»Einigermaßen gut«, sagte Cadfael vorsichtig. »Ihr müßt ihn erheblich besser kennen als wir, da Ihr doch Nachbarn seid und ziemlich im gleichen Alter.«

»Oh, wir waren alle von der Wiege an zusammen: Nigel, Meriet, meine Schwester und ich — besonders, nachdem unsere Mütter starben —, und auch Isouda, nachdem sie Waise wurde, obwohl sie jünger ist. Meriet ist der erste Verlust für unsere Bande, und wir vermissen ihn.«

»Wie ich hörte, soll es bald eine Hochzeit geben, die die Dinge noch mehr verändern wird«, stocherte Cadfael vorsichtig.

»Roswitha und Nigel?« Janyn zuckte leicht und etwas belustigt die Achseln. »Unsere Väter hatten diese Verbindung schon lange geplant — und selbst wenn nicht, sie hätten auch ganz von selbst zueinander gefunden, denn die zwei sind schon fast von Kindesbeinen an zur Heirat entschlossen. Wenn Ihr nach Aspley geht, werdet Ihr meine Schwester sicher irgendwo dort finden. Sie ist jetzt öfter dort als hier. Die beiden sind ein Herz und eine Seele!« Es klang leicht amüsiert, wie von der Liebe noch ungeschlagene Brüder eben häufig über die Absonderlichkeiten von Liebenden sprechen. Ein Herz und eine Seele! Wenn nun das rotgoldene Haar wirklich von Roswithas Kopf stammte, dann war es doch gewiß nicht freiwillig gegeben worden? Dem vernarrten jüngeren Bruder ihres Bräutigams? Viel eher war es heimlich abgeschnitten und das Band gestohlen worden. Oder es stammte von einem ganz anderen Mädchen.

»Meriet entschied sich für einen anderen Weg«, sagte Cadfael, die Fährte weiter verfolgend. »Wie hat sein Vater reagiert, als er sich fürs Kloster entschied? Ich glaube, wenn ich Vater wäre und nur zwei Söhne hätte, so fände ich sicher keine Freude daran, einen von ihnen zu verlieren.«

Janyn lachte kurz und fröhlich. »Meriets Vater fand herzlich wenig Mühe, ihn zu erfreuen. Es war ein einziger langer Kampf zwischen ihnen. Und doch könnte ich beschwören, daß sie einander genauso liebten wie die meisten Väter und Söhne. Doch ab und zu geraten sie aneinander, Öl und Wasser, und sie können nichts dagegen tun.«

Sie hatten eine Stelle unter dem Hügel erreicht, wo das Feld einem Gebüsch wich; ein breiter Reitweg bog in einem leichten Winkel ab und folgte der Baumlinie.

»Dies ist der beste Weg für Euch«, sagte Janyn, »direkt zum Zaun vor ihrem Haus. Und wenn Ihr auf dem Rückweg Zeit finden solltet, bei uns anzuklopfen, Bruder, dann wird mein Vater Euch freudig aufnehmen.«

Cadfael dankte ihm würdevoll und wandte sich zum grünen Reitweg. An einer Wegbiegung blickte er zurück. Janyn schlenderte fröhlich zu seinem Hügel und dem offenen Feld zurück, wo er den Steinfalken an der Leine fliegen lassen konnte, ohne daß sie sich zu dessen Verwirrung und Mißfallen in Bäumen verhedderte. Er pfiff sehr melodisch, während er sich entfernte, und sein Haar hatte genau den Glanz und die seltene Farbe von jungen Eichenblättern; Meriets Jugendgefährte, doch wie anders er war! Dieser hätte keine Schwierigkeiten gehabt, auch den anspruchsvollsten Vater zurfiedenzustellen, und er würde ihn gewiß nicht verärgern, indem er sich entschloß, sich aus einer Welt zurückzuziehen, die ihm offensichtlich sehr gefiel. Das Gehölz war offen und luftig, die Bäume hatten bereits die Hälfte ihrer Blätter abgeworfen und ließen Licht auf den noch grünen, frischen Boden durch. Aus den Baumstämmen ragten Kolonien orangefarbener Pilze hervor, auf dem Boden standen bläuliche, zerbrechliche Exemplare. Wie Janyn versprochen hatte, brachte der Pfad Cadfael in die weiten, abgeernteten Felder von Aspley hinaus, die vor langer Zeit aus dem Wald geschlagen und seitdem ständig vergrößert worden waren: nach Westen hin, in den Wald hinein, und nach Osten, in reicheres, freundlicheres Land. Hier machten sich Schafe in großer Zahl über die Stoppeln her, um zu ernten, was die Nachlese erbrachte, und um ihren Dung als Grundlage für die nächste Aussaat zurückzulassen. Und am Ende eines ansteigenden Weges zwischen den Feldern kam das Anwesen selbst in Sicht, hinter einer Einfriedung gelegen, doch hoch genug, um über den Rand sichtbar zu bleiben: ein langgestrecktes Steinhaus, eine Halle mit großen Fenstern über einem kantigen Gewölbe, und auf der Sonnenseite wahrscheinlich einige Kammern unterm Dach. Gut gebaut und gut unterhalten wie das Land, das es umgab, und wert, geerbt zu werden. Niedrige, breite Türen, die Wagen und Gespanne passieren lassen konnten, öffneten sich in Gewölbe, und eine steile Treppe führte zur Tür der Eingangshalle hinauf. An zweien der Einfriedungsmauern standen Ställe und Scheunen. Sie beherbergten viel Vieh.

Als Cadfael zum Tor hereinritt, waren zwei oder drei Männer in den Scheunen beschäftigt, und aus den Ställen kam ein Bursche, um sein Zaumzeug zu nehmen — rasch und respektvoll, als er die Benediktinertracht erblickte. Und aus der offenen Hallentür trat ein älterer, massiger bärtiger Mann, der wie Cadfael richtig annahm, der Gutsverwalter Fremund war. Ein gut geführter Haushalt. Als Peter Clemence unerwartet eingetroffen war, hatte man ihn sicher feierlich auf der Schwelle empfangen. Es war gewiß nicht leicht, diese umsichtigen Gehilfen zu überraschen.

Cadfael fragte nach dem Herrn Leoric und erfuhr, daß dieser draußen in den hinteren Feldern sei und das Ausgraben eines Baumes überwachte, der bei einem Erdrutsch in den Strom geraten war und das Wasser staute; doch man würde sofort nach ihm schicken, wenn Bruder Cadfael nur ein Viertelstündchen in der Stube wartete und vielleicht einen Becher Wein oder Bier zu sich nähme, um die Zeit zu vertreiben. Cadfael nahm diese Einladung nach seinem Ritt bereitwillig an. Sein Maultier war bereits fortgeführt, zweifellos, um mit ähnlich gewissenhafter Gastfreundschaft aufgenommen zu werden. Aspley behielt die edle Art seiner Ahnen bei. Hier war die Gastfreundschaft heilig.

Leoric Aspley füllte, als er hereinkam, die schmale Tür mit seiner Gestalt aus; das dichte Gebüsch seines ergrauenden Haars streifte unter dem Türsturz vorbei. Bevor er gealtert war, mußten seine Haare hellbraun gewesen sein. Meriet ähnelte ihm nicht in Statur oder Hautfarbe, doch zwischen ihren Gesichtern bestand eine starke Ähnlichkeit. Kämpften sie etwa, wie Janyn gesagt hatte, so unbeugsam gegeneinander, ohne je Frieden zu finden, weil sie einander so ähnlich waren? Aspley hieß seinen Gast mit kühler, makelloser Höflichkeit willkommen, bediente ihn mit eigenen Händen und schloß aufmerksam die Tür vor dem Rest des Haushalts.

»Ich bin entsandt«, sagte Cadfael, als sie einander in einem tiefen Erker gegenüber saßen und die Tassen neben sich auf den Stein gestellt hatten, »von Abt Radulfus, um Euch wegen Eures Sohnes Meriet um Rat zu fragen.«

»Was ist mit meinem Sohn Meriet? Er ist nun aus eigenem Willen näher mit Euch verwandt, Bruder, als mit mir, und hat im Herrn Abt einen anderen Vater angenommen. Warum also fragt Ihr mich um Rat?«

Er sprach gemessen und gleichmütig, so daß die kühlen Worte eher nachsichtig und vernünftig klangen als unversöhnlich, doch Cadfael erkannte sofort, daß er hier keine Hilfe bekommen würde. Dennoch, es war den Versuch wert.

»Immerhin ist er Euer Nachkomme. Wenn Ihr nicht wünscht, daran erinnert zu werden«, sagte Cadfael, der nach einem Spalt in dieser undurchdringlichen Rüstung suchte, »dann empfehle ich Euch, nie wieder in einen Spiegel zu blicken. Eltern, die ihre Kinder als Oblaten ins Kloster geben, geben damit nicht unbedingt auch ihre Liebe zu ihnen auf. Und das gilt, da bin ich sicher, auch für Euch.«

»Wollt Ihr mir etwa sagen, daß er seine Wahl schon bereut?« fragte Aspley, indem er verächtlich den Mund verzog. »Will er so bald schon wieder aus dem Orden fliehen? Seid Ihr entsandt, um zu verkünden, daß er mit eingezogenem Schwanz nach Hause zurückkehrt?«

»Aber keineswegs! Mit jedem Atemzug besteht er auf seinem Wunsch, aufgenommen zu werden. Er tut alles, was helfen könnte, seine Aufnahme zu beschleunigen, und das mit beinahe übergroßem Eifer. Er widmet jede wache Stunde diesem Ziel. Doch im Schlaf ist davon nicht die Rede. Dann schrecken, wie mir scheint, sein Bewußtsein und sein Geist entsetzt zurück. Was er im Wachen wünscht, läßt ihn des Nachts im Bett aufschreien und sich abwenden. Es ist nur recht, daß Ihr dies wißt.«

Aspley saß ihm düster schweigend gegenüber; und doch, trotz seiner Zurückhaltung sah man seine Sorge. Cadfael nutzte den kleinen Vorteil aus und erzählte ihm von der Unruhe im Dormitorium, doch aus irgendeinem Grund, den er selbst nicht recht verstand, unterschlug er den Angriff auf Bruder Jerome, den Anlaß und die Bestrafung. Warum neuen Brennstoff dazugeben, wenn zwischen ihnen schon das Feuer gegenseitiger Ablehnung brannte?

»Wenn er wach ist«, sagte Cadfael, »dann hat er keine Erinnerung an das, was er im Schlaf tat. Ihm ist kein Vorwurf zu machen. Doch es gibt Grund zu ernsten Zweifeln an seiner Berufung. Der Vater Abt bittet Euch, ernsthaft zu überlegen, ob wir nicht Meriet etwas sehr Schlimmes antun, wenn wir ihm erlauben fortzufahren – wie sehr er es auch im Augenblick wünscht.«

»Daß er ihn loswerden will«, sagte Aspley, seine unerschütterliche Ruhe wiederfindend, »das kann ich gut verstehen. Er war schon immer ein verstockter und widerspenstiger Junge.«

»Weder Abt Radulfus noch ich schätzen ihn so ein«, sagte Cadfael pikiert.

»Nun, welche Schwierigkeiten auch immer es mit ihm geben mag, er ist bei Euch besser aufgehoben als bei mir; denn ich kenne ihn schon so, seit er ein Kind ist. Und könnte nicht auch ich ebenso wie er behaupten, daß wir ihm etwas sehr Schlimmes antun, wenn wir ihm ein gutes Ziel nehmen, das er anstrebt? Er hat seine Entscheidung getroffen, und nur er kann sie umstoßen. Es ist sicher besser für ihn, diese anfänglichen Widrigkeiten zu ertragen, als seine Absicht aufzugeben.«

Das war von einem solchen Mann gewiß keine überraschende Reaktion: hart und beständig in seinen eigenen Unternehmungen, sicher stets seinem Wort treu, und sowohl durch Halsstarrigkeit als auch durch Ehrgefühl dazu getrieben, die Dinge zu Ende zu bringen. Cadfael versuchte dennoch weiter, die Lücken in seiner Panzerung zu finden, denn es mußte schon eine seltsam bittere Ablehnung sein, die ihn hinderte, einem verzweifelten Jungen auch nur die kleinste liebevolle Geste zu gewähren.

»Ich will ihn nicht in die eine noch in die andere Richtung drängen«, sagte Aspley schließlich, »noch will ich seinen Geist verwirren, indem ich ihn besuche oder einem Angehörigen meiner Familie erlaube, ihn aufzusuchen. Behaltet ihn und laßt ihn auf die Erleuchtung warten, und ich glaube, er wird auch weiterhin bei Euch bleiben wollen. Er hat die Hand an den Pflug gelegt, und er muß die Furche bis zu Ende ziehen. Ich werde ihn nicht wieder aufnehmen, wenn er klein beigibt.«

Er stand auf, um anzudeuten, daß die Unterhaltung beendet sei; und da er klar gemacht hatte, daß aus ihm nicht mehr herauszuholen war, spielte er wieder mit selbstbewußter Anmut den Gastgeber, bot das Mittagsmahl an, das höflich abgelehnt wurde, und führte seinen Gast zum Hof hinaus. »Ein angenehmer Tag für Euren Ritt«, sagte er, »wenn ich mich auch gefreut hätte, wenn Ihr mit uns Fleisch gegessen hättet.«

»Ich würde gern bleiben und danke Euch«, sagte Cadfael, »doch ich muß zurückkehren und meinem Abt Eure Antwort überbringen. Es ist eine leichte Reise.«

Ein Bursche führte das Maultier herbei. Cadfael stieg auf, verabschiedete sich höflich und ritt zum Tor in der niedrigen Steinmauer hinaus.

Er hatte kaum mehr als zweihundert Schritte hinter sich gebracht, gerade genug, um außer Sichtweite jener zu sein, die er im Hof zurückgelassen hatte, als er zwei Gestalten sah, die ohne Eile zu eben jenem Tor zurückschlenderten. Sie gingen Hand in Hand, und sie hatten noch nicht bemerkt, daß sich ihnen über den Pfad zwischen den Feldern ein Reiter näherte, weil sie nur Augen füreinander hatten. Ihr Gespräch bestand nur aus halben Sätzen, wie in einem gemeinsamen Traum, in dem kein genauer Ausdruck nötig war; und ihre Stimmen, sanft männlich und silberhell weiblich, klangen selbst aus dieser Entfernung wie schallendes Gelächter. Oder wie Glöckchen am Zaumzeug eines Pferdes vielleicht, doch sie kamen zu Fuß. Zwei gutmütige, gut dressierte Hunde folgten ihnen auf dem Fuß, witterten die von beiden Seiten herantreibenden Düfte, ohne jedoch von dem Weg nach Hause abzuirren.

Das mußten also die Liebenden sein, die zum Essen zurückkehrten. Sogar Liebende müssen essen. Cadfael beäugte sie interessiert, während er langsam auf sie zuritt. Sie waren sein Interesse wert. Als sie näherkamen, doch immer noch weit genug, um ihn zu übersehen, wurden sie noch bemerkenswerter. Beide waren groß. Der junge Mann hatte die edle Gestalt seines Vaters, doch bereichert durch die Geschmeidigkeit und Leichtfüßigkeit der Jugend, und dazu das hellbraune Haar und die rötliche, gesunde Hautfarbe der Sachsen. Ein Sohn, an dem jeder Mann Freude gefunden hätte. Von klein auf gesund, war er gewachsen und gediehen wie eine kräftige Pflanze und versprach eine reiche Ernte. Ein stämmiger Zweitgeborener, der zögernd mehrere Jahre später folgte, mochte es schwer haben, einen gleichartigen väterlichen Stolz hervorzurufen. Ein Paladin war genug, noch dazu einer, der so schwer auszustechen war wie dieser. Und wenn er makellos und ohne Mühe der Männlichkeit entgegenschritt, wozu brauchte man dann einen zweiten?

Und das Mädchen war ihm ebenbürtig. Sie reichte bis an seine Schulter, war schlank und aufrecht wie er, ein genaues Abbild ihres Bruders, doch was an ihm gut aussah und attraktiv war, war bei ihr zur Schönheit poliert. Sie hatte das gleiche, weich gerundete ovale Gesicht, doch so verfeinert, daß es fast durchscheinend wirkte; die gleichen klaren blauen Augen, doch eine Schattierung dunkler und eingerahmt von kastanienbraunen Wimpern. Und da war auch ohne jeden Zweifel das rotgoldene Haar, eine dichte Mähne, aus der sich seitlich an den Schläfen Locken ringelten.

War damit Meriets Not erklärt? War er krank vor Schmerzen über seine enttäuschte Liebe in eine Welt ohne Frauen geflohen, und wollte er damit zugleich den leisesten Schatten von Kummer oder Vorwurf aus dem

Leben seines Bruders nehmen – sprach das für ihn? Doch er hatte das Symbol seiner Pein ins Kloster mitgenommen – war das vernünftig?

Das leise Geräusch der zierlichen Maultierhufe im trockenen Gras des Weges und auf den kleinen Steinen war schließlich ins Ohr des Mädchens gedrungen. Sie blickte auf, sah den Reiter näherkommen und sprach ihrem Gefährten ein leises Wort ins Ohr. Der junge Mann hielt einen Augenblick in seinem Schritt inne und starrte mit erhobenem Kopf den Benediktinermönch an, der sich von Aspleys Toren entfernte. Er brauchte nicht lange, um die Verbindung herzustellen und sich Gedanken zu machen. Das strahlende Lächeln wich sofort aus seinem Gesicht, er entzog dem Mädchen seine Hand und beschleunigte seinen Schritt – offensichtlich in der Absicht, den scheidenden Besucher zur Rede zu stellen.

Sie blieben dicht voreinander gleichzeitig stehen. Von nahem schien der ältere Sohn sogar größer als sein Vater, und er bot in einer Welt voller Unvollkommenheiten einen fast unangemessen guten Anblick. Er hob eine große, doch schön geformte Hand zum Zaumzeug des Maultiers und blickte Cadfael mit klaren, besorgt gerundeten braunen Augen an. In seiner Hast fiel der Gruß etwas knapp aus.

»Seid Ihr aus Shrewsbury, Bruder? Verzeiht die Frage, doch wart Ihr im Hause meines Vaters? Gibt es Neuigkeiten? Mein Bruder – er hat doch nicht...« Er unterbrach sich, um die Begrüßung nachzuholen und sich vorzustellen. »Vergebt mir den ungeschliffenen Gruß; Ihr wißt ja nicht einmal, wer ich bin. Ich bin Nigel Aspley, Meriets Bruder. Ist ihm etwas zugestoßen? Er hat doch nicht – eine Dummheit gemacht?«

Was sollte er darauf sagen? Cadfael war ganz und gar nicht sicher, ob er Meriets bewußtes Verhalten für dumm hielt oder nicht. Doch es schien zumindest einen Menschen zu geben, der sich Sorgen um ihn machte; und die Angst und die Besorgnis in Nigels Gesicht verrieten eine Furcht um den Bruder, die keineswegs gerechtfertigt war.

»Was ihn betrifft, so gibt es keinen Grund zur Sorge«, sagte Cadfael beruhigend. »Es geht ihm gut, und er ist nicht zu Schaden gekommen; habt keine Angst.«

»Und ist er immer noch entschlossen – hat er es sich nicht anders überlegt?«

»Das hat er nicht. Er ist wie eh und je entschlossen, die Gelübde abzulegen.«

»Doch Ihr wart bei meinem Vater! Was könnte es mit ihm zu besprechen geben? Seid Ihr auch sicher, daß Meriet...« Er verstummte und musterte zweifelnd Cafaels Gesicht. Das Mädchen war langsam näher gekommen und stand ein wenig abseits. Sie beobachtete die beiden Männer mit heiterer Ruhe und hielt sich mit so natürlicher Anmut, daß Cadfael nicht anders konnte, als immer wieder heimlich ihren Anblick zu genießen.

»Ich verließ Euren Bruder im Herzen fest entschlossen«, sagte er wahrheitsgetreu, doch vorsichtig, »und genauso gesonnen, wie er zu uns kam. Ich wurde von meinem Abt geschickt, um mit Eurem Vater über gewisse Zweifel zu sprechen, die sich eher im Geist des Abtes als in Bruder Meriets Geist erhoben haben. Er ist noch sehr jung, um einen solchen Schritt überhastet zu tun, und sein Eifer scheint Älteren übertrieben. Ihr seid ihm an Jahren näher als Euer beider Vater oder meine Brüder«, sagte Cadfael gewandt. »Könnt Ihr mir vielleicht sagen, warum er sich zu diesem Schritt entschloß? Aus welchem Grund, der ihm vernünftig und ausreichend sein mag, hat er sich wohl entschieden, so früh die Welt zu verlassen?«

»Ich weiß es nicht«, sagte Nigel lahm und schüttelte über seine Unwissenheit den Kopf. »Warum tut man so etwas? Ich habe es nie verstanden.« Und warum sollte er auch, wo er doch jeden Grund hatte, in dieser Welt zu bleiben und sie zu genießen? »Er sagte, daß er es wollte«, sagte Nigel.

»Er sagt es immer noch. Er betont es immer wieder.«

»Dann unterstützt Ihr ihn? Ihr helft ihm, seinen Willen zu bekommen? Wenn es das wirklich ist, was er wünscht?«

»Wir sind alle fest entschlossen«, sagte Cadfael, »ihm zu dem zu verhelfen, was er wünscht. Wie Ihr ja wißt, streben nicht alle jungen Männer das gleiche Ziel an.« Seine Augen ruhten auf dem Mädchen; sie bemerkte es, und er wußte, daß sie es bemerkt hatte. Wieder war eine Locke des rotgoldenen Haars dem Band entkommen, das es hielt; sie lag auf ihrer glatten Wange und warf einen tiefgoldenen Schatten.

»Wollt Ihr ihm meine lieben Grüße übermitteln, Bruder? Sagt ihm, daß ich für ihn bete und ihn immer lieben werde.« Nigel nahm die Hand vom Zaumzeug und trat zurück, um dem Reiter den Weg freizugeben.

»Und übermittelt ihm auch meine Liebe«, sagte das Mädchen mit honigsüßer, verhangener Stimme. Sie hob die blauen Augen zu Cadfaels Gesicht. »Wir alle hier waren viele Jahre Spielgefährten«, sagte sie, gewiß aufrichtig. »Und ich darf sicher von Liebe sprechen, denn ich werde bald seine Schwester sein.«

»Roswitha und ich werden im Dezember in der Abtei heiraten«, sagte Nigel und nahm wieder ihre Hand.

»Ich werde mit Freude Eure Botschaften übermitteln«, sagte Cadfael, »und ich wünsche Euch allen Segen für den großen Tag.«

Auf ein leichtes Schütteln des Zaumzeugs setzte sich das Maultier ergeben in Bewegung. Cadfael ritt an ihnen vorbei; doch sein Blick ruhte immer noch auf dem Mädchen Roswitha, deren tiefe blaue Augen sich vor ihm öffneten wie ein Sommerhimmel. Sie verabschiedete ihn mit einem feinen Lächeln, und in ihren Augen flammte ein kleiner, zufriedener Blitz auf. Sie wußte, daß er nicht anders konnte, als sie zu bewundern, und selbst die Bewunderung eines ältlichen Mönches war ihr eine Befriedigung. Gewiß hatte sie sich in Meriets Gegenwart ähnlich verhalten; unauffällig und doch sehr bewußt, im Wissen, daß er sie wohl bemerkte — ein Spinnennetz, in dem sich eine unerwünschte Fliege verfangen hatte.

Er mußte sich beherrschen, um sich nicht umzusehen, denn es schien ihm, daß sie zuversichtlich genau darauf wartete.

Hinter den Feldern, am Rand des Gebüsches und dicht neben dem Weg, stand ein steinerner Schafpferch, und auf der unregelmäßigen Mauer saß jemand mit baumelnden, gekreuzten Unterschenkeln und kleinen nackten Füßen, eine Handvoll später Haselnüsse im Schoß, die sie mit den Zähnen knackte, um die Bruchstücke der Schalen ins lange Gras fallen zu lassen. Aus der Ferne war Cadfael unsicher gewesen, ob es ein Junge oder ein Mädchen war, denn ihr Rock war bis zum Knie gefältelt. Ihr Haar war so kurz geschnitten, daß es frei über den Schultern pendelte, und ihr Kleid war von der braunen, selbstgewebten Sorte, wie sie hier auf dem Land üblich war. Doch als er näher kam, wurde klar, daß sie ein Mädchen war; und noch mehr, sie schien eifrig damit beschäftigt, eine Frau zu werden. Unter dem eng sitzenden Oberkleid waren bereits hohe, feste Brüste sichtbar, und trotz ihrer Schlankheit hatte sie die ausladenden Hüften, die ihr eines Tages das Gebären natürlich und leicht machen würden. Sechzehn, dachte er, so alt mochte sie sein. Doch am seltsamsten schien, daß sie ihn erwartete und ihm entgegenblickte; denn als er auf sie zuritt, drehte sie sich auf ihrem Hochsitz um und grüßte ihn mit einem vertraulichen, freundlichen Lächeln. Als er nahe heran war, glitt sie von der Mauer, streifte die letzten Nußschalen aus dem Schoß und schüttelte ihre Röcke mit den energischen Bewegungen eines Menschen ab, der etwas im Sinn hat.

»Mein Herr, ich muß mit Euch reden«, sagte sie entschlossen, indem sie eine schlanke braune Hand zum Hals des Maultiers hob. »Würdet Ihr absteigen und Euch zu mir setzen?« Sie hatte noch das Gesicht eines Kindes, doch die Frau begann durchzuscheinen und streifte die Kinderhaut ab, um die feinen Linien ihrer Wangenknochen und ihres Kinns ans Licht zu bringen. Sie war fast so braun wie ihre Nußschalen, mit einer warmen, rosenroten Schicht unter der gebräunten, glatten Haut und einem rosenroten Mund, der geschwungen war wie die Blütenblätter einer halbgeöffneten Rose. Die kurze, dicke Mähne ihres gelockten Haars war von einem satten Kastanienbraun, und ihre Augen waren eine Schattierung dunkler, mit schwarzen Wimpern. Gewiß nicht die Tochter eines Pächters, selbst wenn sie lieber in schlichten Kleidern und ohne Schmuck ging. Sie wußte, daß sie eine Thronfolgerin war, und erwartete, entsprechend angeredet zu werden.

»Das will ich, und mit Freude«, sagte Cadfael sofort und tat es. Sie trat einen Schritt zurück und legte den Kopf zur Seite; anscheinend hatte sie eine so entgegenkommende Antwort kaum erwartet, nachdem sie um keine Erklärung gebeten wurde und auch keine gegeben hatte; und als er auf einer Höhe mit ihr stand, kaum einen halben Kopf größer, entschloß sie sich plötzlich und lächelte ihn strahlend an.

»Ich glaube wohl, daß wir zwei gut miteinander reden können. Ihr stellt keine Fragen, obwohl Ihr mich gar nicht kennt.«

»Ich glaube doch, daß ich Euch kenne«, sagte Cadfael, während er das Zaumzeug seines Maultiers an einen Bügel in der Steinwand band. »Ihr könnt niemand anders als Isouda Foriet sein. Denn alle anderen habe ich bereits gesehen. Und ich hörte schon, daß Ihr die Jüngste der Sippe seid.«

»Hat er Euch von mir erzählt?« fragte sie sofort begierig, doch ohne sichtbare Angst.

»Er hat Euch anderen gegenüber erwähnt, doch es kam mir zu Ohren.«

»Wie hat er von mir gesprochen?« fragte sie geradeheraus, während sie energisch das Kinn vorschob. »Ist Euch das auch zu Ohren gekommen?«

»Ich reimte mir zusammen, daß Ihr eine Art jüngere Schwester wart.« Aus irgendeinem Grund fand er es nicht nur unmöglich, diesen jungen Menschen anzulügen, sondern es schien auch sinnlos, die Wahrheit zu beschönigen.

Sie lächelte nachdenklich wie ein zuversichtlicher Befehlshaber, der vor einer großen Schlacht die Chancen abwägt. »Als würde ich ihm nicht viel bedeuten. Das macht nichts! Das wird sich ändern.«

»Wenn ich über ihn zu bestimmen hätte«, sagte Cadfael respektvoll, »dann würde ich ihm genau das raten. Nun, Isouda, hier habt Ihr mich, wie Ihr wolltet. Kommt und setzt Euch und sagt mir, was Ihr von mir wollt.«

»Ihr Brüder dürft nichts mit Frauen zu tun haben«, sagte Isouda und grinste ihn warm an, während sie sich wieder auf die Mauer zog. »Dadurch ist er wenigstens vor *ihr* sicher, aber diese Dummheit darf doch nicht zu weit gehen. Darf ich Euren Namen erfahren, da Ihr schon meinen wißt?«

»Mein Name ist Cadfael, ich bin Waliser und komme aus Trefriw.«

»Meine erste Amme war Waliserin«, sagte sie und beugte sich vor, um aus den verbleichenden Stengeln unter ihr einen dünnen grünen Halm zu zupfen, den sie sich zwischen die kräftigen weißen Zähne steckte. »Ich glaube nicht, daß Ihr schon immer ein Mönch wart, Cadfael; Ihr wißt zuviel.«

»Ich kannte Mönche, die seit dem zarten Alter von acht Jahren Kinder des Klosters waren«, sagte Cadfael ernst, »und mehr wußten, als ich je erfahren werde; wenn auch Gott allein weiß, wie es dazu kam. Aber nein, ich lebte vierzig Jahre in der Welt, bevor ich ins Kloster ging. Mein Wissen ist begrenzt. Aber was ich weiß, dürft Ihr von mir erfahren. Ihr wollt, glaube ich, etwas von Meriet hören.«

»Nicht ›Bruder Meriet‹?« sagte sie neckend und fröhlich wie eine Katze.

»Noch nicht. Und es wird noch eine Weile dauern.«

»*Niemals*!« sagte sie entschlossen und zuversichtlich. »Dazu wird es nicht kommen. Es darf nicht dazu kommen.« Sie drehte den Kopf herum und sah ihn mit edlem, königlichem Blick an. »Er gehört mir«, sagte sie einfach. »Meriet gehört mir, ob er es weiß oder nicht, und niemand sonst soll ihn haben.«

6

»Ihr könnt mich fragen, was immer Ihr wollt«, sagte Cadfael und rutschte etwas auf der Mauerkrone herum, bis er die bequemste Stelle gefunden hatte. »Und danach gibt es noch einige Dinge, die ich Euch fragen muß.«

»Und Ihr werdet mir aufrichtig sagen, was ich wissen muß? Ganz und gar und alles?« vergewisserte sie sich. Ihre Stimme hatte die Direktheit und den hohen, klaren Klang eines Kindes, doch die Autorität einer Herrin.

»Das will ich.« Denn sie wollte es und hatte sich sogar darauf vorbereitet. Wer konnte diesen beunruhigenden Meriet besser kennen?

»Wie bald wird er die Gelübde ablegen? Hat er sich Feinde gemacht? Und hat er sich nicht mit diesem Märtyrerwunsch zum Narren gemacht? Sagt mir alles, was geschehen ist, seit er mich verließ.« Sie sagte ›mich‹ verließ, nicht: ›uns‹ verließ.

Cadfael erzählte es ihr. Wenn er seine Worte vorsichtig wählte, so wählte er sie doch so, daß sie die Wahrheit erfuhr. Sie hörte mit verhaltenem, beherrschtem Schweigen zu, nickte ab und zu, wenn sie es für nötig hielt, schüttelte den Kopf, um Dummheiten zu kommentieren, lächelte plötzlich und kurz, wenn sie das Betragen ihres Auserwählten verstand, das Cadfael noch nicht ganz begriff. Schließlich erzählte er ihr unumwunden von der Strafe, die Meriet sich eingehandelt hatte, und sogar, was er am liebsten für sich behalten hätte, vom verbrannten Haarband, der Ursache der Aufregung. Sie war nicht sonderlich überrascht oder entsetzt, wie er bemerkte. Sie dachte kaum länger als einen Augenblick darüber nach.

»Wenn Ihr nur wüßtet, welche Züchtigungen er sich früher eingehandelt hat! Auf diese Weise wird ihn niemand brechen. Und Euer Bruder Jerome hat ihren Köder verbrannt – das hat er gut gemacht. Er wird sich nicht mehr lange zum Narren machen können, wenn kein Köder mehr da ist.« Sie bemerkte, dachte Cadfael, seinen flüchtigen Verdacht, daß er es hier mit nichts weiter als weiblicher Eifersucht zu tun hatte. Sie drehte sich herum und grinste ihn offen amüsiert an. »Oh, aber ich sah, wie Ihr sie getroffen habt! Ich habe zugesehen, und weder sie noch Ihr bemerktet es. Fandet Ihr sie hübsch? Gewiß doch, denn das ist sie auch. Und hat sie sich Euch nicht anmutig und liebreizend gezeigt? Oh, das war gewiß für Euch gedacht. Warum sollte sie nach Nigel fischen – den hat sie schon ans Ufer gezogen, den einzigen Fisch, den sie wirklich will. Doch sie kann nicht anders als immer wieder die Leine auswerfen. *Sie* gab Meriet natürlich die Locke! Sie kann einen Mann nicht einfach in Frieden lassen.«

Dies entsprach so genau Cadfaels Mutmaßungen, seit er mit Roswitha einen Blick gewechselt hatte, daß es ihm die Sprache verschlug.

»Vor *der* habe ich keine Angst«, sagte Isouda großzügig. »Ich kenne sie zu gut. Er hat sich nur eingebildet, sie zu lieben, weil sie Nigel gehört. Er ist eifersüchtig auf alles, was Nigel besitzt und er selbst nicht. Und doch, wenn Ihr mir glauben wollt, so gibt es keinen Menschen, den er liebt wie Nigel. Niemand. Noch nicht!«

»Ich glaube«, sagte Cadfael, »Ihr wißt weit mehr über diesen Jungen, der mir Sorgen macht und meine Zuneigung hervorruft, als ich. Und ich wünschte, Ihr könntet mir sagen, was er mir nicht sagen will – alles über sein Heim und wie er dort aufgewachsen ist. Denn er braucht Eure und meine Hilfe, und ich bin bereit, in dieser Sache Euer Mittler zu sein, wenn Ihr ihm – wie ich – nur Gutes wünscht.«

Sie zog die Knie an und legte die schlanken Arme darum und erzählte. »Ich bin die Herrin eines Gutes; noch jung und als Mündel dem Nachbarn meines Vaters, Onkel Leoric, anvertraut, der nicht mein richtiger Onkel ist. Er ist ein guter Mann. Ich weiß, daß mein Anwesen so gut geführt wird wie nur eines in England, und mein Onkel nimmt nichts für sich. Ihr müßt wissen, daß er ein Mann vom alten Schlag ist, aufrecht und durch und durch ehrlich. Es ist nicht leicht, bei ihm zu leben, wenn man sein Kind ist und ein Junge, doch ich bin ein Mädchen, und zu mir war er immer nachsichtig und gut. Madame Avota, die vor zwei Jahren starb – nun, sie war zuerst einmal seine Frau und dann erst Meriets Mutter. Ihr habt Nigel gesehen – könnte ein Mann sich einen vollkommeneren Erben wünschen? Meriet brauchten oder wollten sie nie. Sie taten ihre Pflicht, als er kam, doch sie konnten nicht an Nigel vorbeisehen und Meriet als zweitgeborenen Sohn begrüßen. Und er war ganz anders.«

Sie hielt inne, verglich die beiden in Gedanken und legte dann den Finger auf genau den Punkt, in dem sie sich unterschieden.

»Glaubt Ihr«, fragte sie zweifelnd, »daß kleine Kinder es merken, wenn sie nur die Zweitliebsten sind? Ich glaube, Meriet merkte es schon früh. Er sah äußerlich schon anders aus, aber das war noch das wenigste. Ich glaube, er ging immer den entgegengesetzten Weg, egal, was sie von ihm wünschten. Wenn sein Vater Weiß sagte, sagte Meriet Schwarz; wenn sie versuchten, ihn umzustimmen, stemmte er sich mit den Hacken fest und rührte sich nicht. Er konnte nicht anders als lernen, denn er war klug und neugierig, und so wuchs er belesen auf, doch als er erfuhr, daß sie aus ihm einen Schreiber machen wollten, suchte er die Gesellschaft von allerhand Gesindel und verletzte seinen Vater auf jede nur denkbare Weise. Er war immer eifersüchtig auf Nigel«, sagte das Mädchen, während sie nachdenklich ihre Knie musterte, »doch er hat ihn auch immer angebetet. Er verletzte seinen Vater absichtlich, weil er weiß, daß er weniger geliebt wird, und doch kann er Nigel nicht dafür hassen, daß er mehr geliebt wird. Wie könnte er auch, wenn er selbst ihn so sehr liebt?«

»Und Nigel erwidert seine Zuneigung?« fragte Cadfael, der sich an das besorgte Gesicht des älteren Bruders erinnerte.

»Oh, ja. Nigel mag ihn sehr. Er hat ihn immer verteidigt. Er hat sich oft zwischen ihn und eine Strafe gestellt. Und er nahm ihn immer mit, wohin es auch ging, als sie noch alle zusammen spielten.«

»Sie?« fragte Cadfael. »Nicht ›wir‹?«

Isouda spuckte den zerkauten Halm des Herbstgrases aus und lächelte ihn überrascht an. »Ich bin die Jüngste, sogar noch drei Jahre hinter Meriet; ich war das Kind, das hinterherstolperte. Eine Weile jedenfalls. Es gibt nicht viel, das ich nicht gesehen hätte. Kennt Ihr die anderen von uns? Die beiden Jungs, sechs Jahre auseinander, und die beiden Lindes, die im Alter zwischen ihnen liegen. Und ich, spät geboren und zu jung. Ihr habt Roswitha gesehen. Kennt Ihr auch Janyn?«

»Ich traf ihn auf dem Weg herauf«, sagte Cadfael. »Er zeigte mir die Richtung.«

»Sie sind Zwillinge. Hättet Ihr das gedacht? Doch ich glaube, er hat allein den Verstand bekommen, der für zwei gedacht war. Sie ist nur in einer Hinsicht schlau«, sagte Isouda kritisch, »nämlich wenn es darum geht, Männer an sich zu binden und sie gebunden zu halten. Sie hat erwartet, daß Ihr Euch umdreht und ihr nachseht, und sie hätte Euch mit einem raschen Blick belohnt. Und nun glaubt Ihr, ich sei nichts weiter als ein albernes Mädchen, das auf eine Hübschere eifersüchtig ist«, sagte sie, und Cadfael war etwas aus der Fassung gebracht. Sie lachte, als sie sah, wie er abwehrte. »Ich möchte gern schön sein, und warum auch nicht? Doch ich beneide Roswitha nicht, denn in unserer widerborstigen Art waren wir uns alle sehr nahe. Sehr nahe! All die Jahre müssen doch einiges aufwiegen.«

»Mir scheint«, sagte Cafael, »daß Ihr von allen Leuten

diesen jungen Mann am besten kennt. So sagt mir, wenn Ihr könnt, warum er Gefallen am klösterlichen Leben fand? Ich weiß so gut wie nur einer, wie sehr er sich an diese Absicht klammert, doch ich kann keinen Grund dafür erkennen. Seid Ihr da klüger als ich?«

Sie war es nicht. Sie schüttelte heftig den Kopf. »Es läuft allem zuwider, was ich von ihm weiß und kenne.«

»Dann erzählt mir alles, was Ihr aus der Zeit wißt, als er seinen Entschluß faßte. Und beginnt«, sagte Cadfael, »mit dem Besuch des bischöflichen Gesandten Peter Clemence in Aspley. Ihr wißt ja inzwischen sicher − wer wüßte das nicht! −, daß der Mann seine nächste Unterkunft nicht erreichte und seitdem nicht mehr gesehen wurde.«

Sie drehte den Kopf herum und starrte ihn scharf an. »Und wie man hört, wurde sein Pferd gefunden. In der Nähe der Grenze von Cheshire. Ihr glaubt doch nicht, Meriets Marotte hätte etwas damit zu tun? Wie könnte das sein? Und doch...« Sie hatte einen raschen und entschlossenen Geist und zog bereits beunruhigende Verbindungen. »Es war die achte Nacht des Septembers, die er in Aspley verbrachte. Es war nichts Seltsames dabei, nichts Bemerkenswertes. Er kam früh am Abend, allein. Onkel Leoric ging hinaus, um ihn zu empfangen, und ich brachte seinen Mantel hinein und wies die Mädchen an, ihm ein Nachtlager zu bereiten. Meriet versorgte sein Pferd. Er konnte schon immer gut mit Pferden umgehen. Wir nahmen den Gast freundlich auf. In der Halle war noch lange Musik, nachdem ich ins Bett gegangen war. Und am nächsten Morgen frühstückte er, und Onkel Leoric und Fremund und zwei Burschen ritten ein Stück mit ihm.«

»Wie war er, der Gesandte?«

Sie lächelte; es war eine Mischung zwischen Nachsicht und mildem Spott. »Wundervoll, und er wußte es. Kaum älter als Nigel, würde ich meinen, doch weit gereist und sehr selbstsicher. Hübsch und höflich und klug, überhaupt nicht wie ein Kirchenbeamter. Zu höflich für Nigels Geschmack! Ihr habt ja Roswitha gesehen, wie sie ist. Dieser junge Mann war ebenso sicher, daß alle Frauen auf ihn fliegen müßten. Sie paßten zusammen wie Hand und Handschuh, und Nigel war nicht gerade erbaut. Doch er hielt den Mund und benahm sich ordentlich; zumindest solange ich dabei war. Meriet gefiel die Tändelei auch nicht, und er ging schon früh in den Stall hinaus. Das Pferd gefiel ihm besser als der Mann.«

»Blieb auch Roswitha über Nacht?«

»Oh, nein. Nigel brachte sie heim, als es dunkel wurde. Ich sah sie gehen.«

»Dann war ihr Bruder an diesem Abend nicht dabei?«

»Janyn? Nein, Janyn hat kein Interesse an der Gesellschaft von Verliebten. Er lacht immer über sie. Nein, er blieb zu Hause.«

»Und am nächsten Tag... hat Nigel den scheidenden Gast nicht begleitet? Und Meriet auch nicht? Was taten sie an diesem Morgen?«

Sie dachte stirnrunzelnd nach und versuchte sich zu erinnern. »Ich glaube, Nigel ist ziemlich früh zu den Lindes hinübergegangen. Er ist oft eifersüchtig, wenn er auch den Fehler nicht bei ihr sieht. Ich glaube, er blieb den größten Teil des Tages fort; ich glaube, er kam nicht einmal zum Abendessen heim. Und Meriet — ich weiß, daß er bei uns war, als Herr Clemence abreiste, doch danach sah ich ihn bis zum Spätnachmittag nicht wieder. Onkel Leoric war nach dem Essen mit Fremund und dem Kaplan und seinem Hundeknecht hinausgegangen. Ich erinnere mich, daß Meriet mit ihnen zurückkam, obwohl er nicht mit ihnen ausgeritten war. Er hatte seinen Bogen dabei — er ritt oft allein aus, besonders, wenn er sich mit uns allen nicht verstand. Sie gingen allesamt ins Haus. Ich weiß nicht warum, es war ein sehr stiller Abend. Ich denke, weil der Gast gegangen war, gab es keinen Grund mehr für Förmlichkeiten. Meriet kam am

Abend nicht zum Essen. Ich sah ihn den ganzen Abend nicht mehr.«

»Und danach? Wann hörtet Ihr zum erstenmal, daß er bei uns in Shrewsbury eintreten wollte?«

»Fremund erzählte es mir am folgenden Abend. Ich hatte Meriet den ganzen Tag über nicht gesehen und hatte nicht mit ihm sprechen können. Doch am nächsten Tag traf ich ihn. Er streifte wie üblich durch das Anwesen, er sah nicht anders aus als sonst. Er kam mit mir und half mir mit den Gänsen im hinteren Feld«, sagte Isouda, indem sie ihre Knie umarmte, »und ich erzählte ihm, was ich gehört hatte, und daß ich glaubte, er sei von Sinnen. Ich fragte ihn, warum er ein so fruchtloses Leben anstrebte...« Sie streckte eine Hand aus und berührte Cadfael am Arm und lächelte, um sich seines ungebrochenen Verständnisses zu versichern. »Ihr seid anders; Ihr habt Euer Leben gelebt. Und auf halbem Wege ein neues zu beginnen, mag für Euch ein Segen sein — doch was hat er gehabt? Aber er starrte mir ins Auge, scharf wie eine Lanze, und sagte, daß er schon wüßte, was er tat, und daß er es tun wollte. Und seit einiger Zeit war er erwachsener als ich und mir voraus, und er hatte keinen Grund, mir etwas vorzuspielen oder unaufrichtig zu antworten. Und ich habe keinen Zweifel an den Worten, die er mir sagte. Er wollte es. Er will es immer noch. Aber warum? Das hat er mir nie erklärt.«

»Das«, sagte Bruder Cadfael wehmütig, »hat er noch niemandem gesagt, und er wird es nicht tun, wenn er es vermeiden kann. Was, junge Dame, soll mit diesem jungen Mann getan werden, der gewillt ist, sich selbst zu zerstören wie ein wilder Vogel, der in einen Käfig gesperrt wurde?«

»Nun, noch ist er nicht verloren«, sagte Isouda entschlossen. »Und ich werde ihn wiedersehen, wenn wir im Dezember Nigels Heirat feiern; und danach wird Roswitha ein für alle Mal aus seiner Reichweite sein, denn Nigel nimmt sie mit nach Norden zum Anwesen in der

Nähe von Newark. Onkel Leoric gibt es ihnen zur Verwaltung. Nigel war schon im Mittsommer dort oben und hat sich auf seine neue Aufgabe vorbereitet, und Janyn hat ihn begleitet. Jede Meile weiter ist eine Hilfe. Ich werde nach Euch sehen, wenn wir kommen, Bruder Cadfael. Nun, da ich mit Euch gesprochen habe, mache ich mir keine Sorgen mehr. Meriet ist mein, und am Ende werde ich ihn bekommen. Es mag nicht das sein, was er jetzt träumt, doch seine augenblicklichen Träume sind teuflisch; ich möchte nicht darin vorkommen. Ich will ihn wach und klar. Wenn Ihr ihn liebt, dann bewahrt ihn vor der Tonsur, und ich will den Rest erledigen!«

Wenn ich ihn liebe – und wie ich dich liebe, du Faun, dachte Cadfael, als er, nachdem er sich von ihr verabschiedet hatte, sehr nachdenklich heimritt. Denn du magst wohl die richtige Frau für ihn sein. Und was du mir gesagt hast, will ich zu Meriets und deinem Segen gründlich überdenken.

Er aß nach seiner Rückkehr etwas Brot und Käse und trank einen Krug Bier, nachdem er sich das Mittagessen in einem Haushalt, mit dem er sich nicht verbunden fühlte, versagt hatte; danach suchte er in der geschäftigen Stille des Nachmittags, als der große Hof leer und die meisten Mitbrüder im Kloster, in den Gärten oder auf den Feldern beschäftigt waren, beim Abt um Audienz nach.

Der Abt hatte ihn schon erwartet und lauschte gespannt auf jedes Wort, das er zu berichten hatte.

»Also sind wir verpflichtet, für diesen jungen Mann zu sorgen, der in seiner Wahl irren mag, obwohl er so nachdrücklich zu ihr steht. Uns bleibt nichts übrig, als ihn zu behalten und ihm jede Chance zu geben, sich in unser Leben einzufinden. Doch wir müssen uns auch um seine Gefährten sorgen, die große Angst vor ihm und vor den Störungen ihres Schlafes haben. Er wird noch neun Tage in einer Gefangenschaft bleiben, die er zu begrüßen scheint. Doch wie können wir danach am besten mit ihm verfahren, damit er Zugang zur Gnade findet und dennoch das Dormitorium nicht wieder aufschreckt?«

»Ich habe über dieselbe Frage nachgedacht«, erwiderte Cadfael. »Seine Entfernung aus dem Dormitorium mag für ihn ebenso eine Wohltat sein wie für die dort Bleibenden, denn er ist eine einsame Seele; und wenn er diesen Weg des Rückzuges weitergeht, dann glaube ich, wird er eher Einsiedler als Mönch sein. Es würde mich nicht überraschen zu sehen, daß er durch den Einschluß in der Strafzelle gewonnen hat – nur wenig Raum, doch viel Muße, die er mit seinen eigenen Meditationen und Gebeten füllen kann, wie er es in einem größeren Raum, den er mit vielen anderen teilt, nicht könnte. Wir haben nicht alle dieselbe Vorstellung von Bruderschaft.«

»Wohl wahr! Doch wir sind ein Haus von Brüdern, die gemeinsam leben, und keine isolierten und verstreuten Väter in der Wüste«, sagte der Abt trocken. »Und der junge Mann kann nicht ewig in der Strafzelle bleiben, solange er sich nicht entschließt, meine Beichtväter und Ordensbrüder nacheinander anzufallen, um wieder hineinzukommen. Was habt Ihr vorzuschlagen?«

»Schickt ihn nach St. Giles, wo er unter Bruder Mark dienen kann«, sagte Cadfael. »Dort findet er zwar keine größere Zurückgezogenheit als hier, doch er wird in der Gesellschaft und im Dienst von Geschöpfen sein, die weit weniger glücklich sind als er: Aussätzige und Bettler, Kranke und Verstümmelte. Es könnte heilsam für ihn sein. Bei ihrem Anblick kann er seine eigenen Schwierigkeiten vergessen. Es gibt noch weitere Vorteile. Diese Abwesenheit wird seine Ausbildung verzögern und damit den Zeitpunkt seiner Gelübde, und das kann nur gut sein, denn er ist offenbar noch nicht in der Lage, sie abzulegen. Außerdem besitzt Bruder Mark, obwohl er der demütigste und einfachste von uns allen ist, die Gabe eines unschuldigen Heiligen. Er findet einen Weg ins Herz jedes Menschen. Mit der Zeit wird Bruder Meriet sich ihm öffnen, so daß ihm aus seinen Nöten geholfen werden kann. Zumindest verschafft es uns eine Atempause.«

Bewahrt ihn vor der Tonsur, sagte Isoudas Stimme in seinem Kopf, und ich will den Rest erledigen.

»In der Tat«, stimmte Radulfus nachdenklich zu. »Die Jungen bekommen Zeit, die Aufregung zu vergessen, und wie Ihr sagt, kann es die beste Medizin für ihn sein, für Menschen zu sorgen, die ein weit schlimmeres Los haben als er selbst. Ich werde mit Bruder Paul sprechen, und wenn Bruder Meriet seine Strafe abgesessen hat, soll er dorthin geschickt werden.«

Und wenn einige von uns diese Verbannung ins Spital als weitere Bestrafung auffassen, dachte Bruder Cadfael, während er recht zufrieden hinausging, dann sollen sie diese Genugtuung haben. Denn Bruder Jerome war nicht der Mann, der eine Verletzung vergaß, und eine unverhoffte Dreingabe zu seiner Rache mochte seine Feindseligkeit dem Angreifer gegenüber mildern.

Die Dienstzeit im Spital am anderen Ende der Stadt diente nicht nur Meriet; Bruder Mark, der dort die Kranken pflegte, war bis vor etwa einem Jahr Cadfaels wertvollster Gehilfe gewesen, und er hatte vor kurzem sein liebstes und teuerstes Pflegekind, den kleinen Bran, verloren. Der Junge war bei der Heirat von Joscelin und Iveta Lucy in deren Haushalt aufgenommen worden, und Mark wäre sicher froh, wenn er wieder ein armes Ding bekäme, um das er sich kümmern und das er hätscheln konnte. Es brauchte nur ein Wort über die schmerzhafte Geschichte des Teufelsnovizen in Marks Ohr, und schon würde sein Herz für Meriet schlagen. Wenn Mark ihn nicht erreichte, dann konnte ihn niemand erreichen; doch zugleich konnte Meriet auch viel für Mark tun. Und ein weiterer Vorteil war, daß Bruder Cadfael als Lieferant der vielen Medizinen, Tränke und Salben, die für die Kranken gebraucht wurden, jede dritte Woche nach

St. Giles ging, manchmal sogar öfter, um das Medizin-schränkchen aufzufüllen; bei dieser Gelegenheit konnte er beobachten, welche Fortschritte Meriet machte.

Bruder Paul, der vor der Vesper aus dem Sprechzimmer des Abtes kam, war deutlich erleichtert, daß ihm nach der Entlassung Meriets aus der Strafzelle eine verlängerte Waffenruhe in Aussicht gestellt wurde.

»Der Vater Abt sagte mir, der Vorschlag stamme von Euch. Er ist gewiß gut überlegt, denn wir brauchen eine lange Pause und einen neuen Beginn, wenn auch die Kinder ihren Schrecken sicher leicht vergessen werden. Der Gewaltakt dagegen — der wird nicht so leicht vergessen werden.«

»Wie macht sich Euer Gefangener?« fragte Cadfael. »Habt Ihr ihn besucht, seit ich am frühen Morge bei ihm war?«

»Das habe ich. Ich bin mir seiner Reue nicht ganz sicher«, sagte Bruder Paul zweifelnd, »doch er ist sehr still und willig und lauscht aufmerksam jeder Ermahnung. Ich habe ihn jedoch nicht sehr gründlich auf die Probe gestellt. Wenn er in einer Zelle glücklicher ist als unter uns, dann haben wir traurig versagt. Ich glaube, das einzige, das ihm zu schaffen macht, ist, daß er keine Arbeit hat; deshalb gab ich ihm die Predigten des Heiligen Augustin und eine bessere Leselampe und einen kleinen Tisch, den er auf sein Bett stellen kann. Es ist sicher gut, seinen Geist zu beschäftigen, und er liest schnell. Ich denke, Ihr hättet ihm lieber ein Hauptwerk über Ackerbau gegeben«, sagte Paul scherzend. »Dann könntet Ihr ihn für Euer Herbarium beanspruchen, wenn Oswin weiterzieht.«

Dieser Gedanke war Bruder Cadfael auch schon gekommen, doch es war besser, wenn der Junge verschwand und in Marks Obhut gegeben wurde. »Ich habe noch nicht um Erlaubnis gefragt«, sagte er, »doch ich wäre froh, wenn ich ihn vor der Schlafenszeit aufsuchen dürfte. Ich habe ihm nichts von meinem Botengang zu seinem Vater erzählt, und ich werde es ihm auch jetzt nicht sagen, doch zwei Menschen schicken ihm liebevolle Botschaften, die zu übermitteln ich versprochen habe.« Und eine gab es, die ihm nichts aufgetragen hatte; doch die wußte vermutlich sehr genau, was sie wollte.

»Gewiß könnt Ihr ihn vor der Komplet aufsuchen«, sagte Paul. »Er ist zur Strafe eingesperrt, doch er ist kein Geächteter. Ihn völlig zu isolieren wäre sicher nicht der rechte Weg, ihn in unsere Familie einzugliedern, was letztlich das Ziel unseres Handelns sein muß.«

Es war nicht Cadfaels Ziel, doch er hielt es nicht für nötig und nicht an der Zeit, es zu sagen. Jede Seele hat ihren Platz unter der Sonne, doch ihm war schon eine Weile klar, daß das Kloster nicht Meriets Platz war, wie eifrig auch immer er Einlaß begehrte.

Meriet hatte seine Lampe entzündet und so aufgestellt, daß sie die Schriften vom Heiligen Augustin am Kopfende seiner Liege beleuchtete. Als die Tür aufging, sah er rasch, doch ruhig auf, und als er den Ankömmling erkannte, lächelte er sogar. Es war sehr kalt in der Zelle; der Gefangene trug Kutte und Skapulier als Schutz vor der Kälte, und die Art, wie er sich vorsichtig umdrehte und einen Augenblick innehielt, um eine Hemdfalte von einer empfindlichen Stelle zu heben, verriet, daß seine Striemen bei der Heilung spannten.

»Ich bin froh, dich so nützlich beschäftigt zu sehen«, sagte Cadfael. »Einige aufrichtige Gebete mögen den Heiligen Augustin bewegen, dir zu helfen. Hast du seit heute morgen noch einmal die Salbe aufgelegt? Paul hätte dir geholfen, wenn du ihn gebeten hättest.«

»Er ist gut zu mir«, sagte Meriet, indem er das Buch schloß und sich ganz zu seinem Besucher herumdrehte. Und es war offensichtlich, daß er meinte, was er sagte.

»Doch du konntest dich nicht herablassen, um Mitgefühl oder eine kleine Handreichung zu bitten — ich weiß! Laß mich dein Skapulier abstreifen und deine Kutte herunterziehen.« Es war gewiß kein Gewand, in dem er sich heimisch fühlte; er bewegte sich nur natürlich darin, wenn er wutentbrannt war und vergaß, daß er es trug. »Da, leg dich hin und laß mich dich versorgen.«

Meriet zeigte ihm gehorsam den Rücken und erlaubte es Cadfael, sein Hemd hochzuziehen und die verblassenden Striemen einzusalben, die nur hier und dort noch einen dunklen Punkt von getrocknetem Blut zeigten. »Warum tue ich immer, was Ihr mir sagt?« fragte er, eine Spur rebellisch. »Als wäret Ihr überhaupt kein Bruder, sondern ein Vater?«

»Nach allem, was ich über dich gehört habe«, sagte Cadfael, der eifrig mit der Salbe beschäftigt war, »bist du nicht gerade bekannt dafür zu tun, was dein Vater dir sagt.«

Meriet drehte den Kopf auf den verschränkten Armen und warf aus einem grüngoldenen Auge einen Blick auf seinen Gefährten.

»Woher wißt Ihr soviel über mich? Wart Ihr dort und habt mit meinem Vater gesprochen?« Er war bereit, mißtrauisch die Stacheln aufzustellen, die Rückenmuskeln spannten sich. »Was wollen sie tun? In welchen Angelegenheiten spielt das Wort meines Vaters hier eine Rolle? Ich bin hier! Wenn ich fehle, dann büße ich dafür. Niemand sonst kann meine Schuld begleichen.«

»Dazu hat sich auch niemand erboten«, sagte Cadfael gelassen. »Du bist dein eigener Herr, wie schlecht auch immer du dich beherrschst. Nichts hat sich verändert. Nur die Tatsache, daß ich dir Botschaften bringe, die nichts damit zu tun haben, daß unser Herr die Freiheit hat, dich zu erlösen oder dich zu verdammen. Dein Bruder schickt dir seine liebsten Grüße und bittet mich zu sagen, daß er dich immer lieben wird.«

Meriet lag völlig still, nur seine braune Haut zitterte ganz leicht unter Cadfaels Fingern.

»Und die Dame Roswitha wünscht, daß du weißt, daß sie dich liebt, wie eine Schwester nur lieben kann.«

Cadfael knetete die steifen Falten des Hemdes, wo es hartgetrocknet war, und zog das Leinen über die verblassenden Schürfungen, die ohne Narbe heilen würden. Roswitha mochte eine weit gefährlichere Wunde geschlagen haben. »Zieh wieder dein Gewand hoch; und wenn ich du wäre, würde ich die Lampe löschen, das Lesen bleibenlassen und schlafen.« Meriet lag reglos auf dem Bauch und antwortete nicht. Cadfael zog die Decke über ihn und betrachtete einen Augenblick den stummen, steifen Körper im Bett.

Nicht mehr ganz so steif war er, denn die breiten Schultern hoben sich in einem unterdrückten, verhaßten Rhythmus; die verschränkten Unterarme waren schützend hart gespannt und verbargen das Gesicht. Meriet weinte. Wegen Roswitha oder Nigel? Oder um sein eigenes Schicksal?

»Kind«, sagte Cadfael halb verzweifelt und halb nachsichtig, »du bist neunzehn Jahre alt und hast noch nicht einmal zu leben begonnen. Und bei der ersten Enttäuschung glaubst du, Gott hätte dich aufgegeben. Verzweiflung ist eine Todsünde, doch tödliche Dummheit ist noch schlimmer. Die Zahl deiner Freunde ist Legion, und Gott blickt so aufmerksam in deine Richtung wie eh und je. Alles, was du tun mußt, um angenommen zu werden, ist, geduldig zu warten und im Herzen froh zu bleiben.«

Trotz seiner Verschlossenheit und seiner zornig unterdrückten Tränen lauschte Meriet aufmerksam, wie seine Spannung und das Schweigen verrieten.

»Und wenn es dich interessiert«, sagte Cadfael fast gegen seinen Willen, worauf seine Stimme noch verzweifelter klang, »jawohl, ich bin durch Gottes Gnade Vater. Ich habe einen Sohn. Und du bist außer mir der einzige, der es weiß.«

Und damit drückte er den Docht der Lampe aus und pochte im Dunkeln an die Tür, um hinausgelassen zu werden.

Als Cadfael ihn am nächsten Morgen wieder besuchte, war es fraglich, wer von beiden zurückhaltender und vorsichtiger war; denn beide hatten viel mehr preisgegeben, als sie beabsichtigt hatten. Es war offensichtlich, daß es vorerst dabei bleiben sollte. Meriet machte ein strenges, gefaßtes Gesicht und zeigte keine Schwäche, und Cadfael war unwirsch und nur an praktischen Dingen interessiert, und nach einem kurzen Blick auf das wenige, das von den Verletzungen seines schwierigen Patienten noch zu sehen war, verkündete er, daß er keine weitere Verarztung mehr brauchte, sondern sich sehr gut auf seine Studien konzentrieren konnte, um zum Wohle seiner Seele das Beste aus seiner Strafzeit zu machen.

»Bedeutet das«, fragte Meriet direkt, »daß Ihr Euch von mir lossagt?«

»Es bedeutet, daß ich keine Entschuldigung mehr habe, hier Eintritt zu verlangen, während du allein über deine Sünden nachdenkst.«

Meriet blickte einen Moment finster die Wand an und sagte steif: »Ist es nicht so, daß Ihr fürchtet, ich könne mir, weil Ihr mir etwas anvertrautet, Freiheiten erlauben? Ich werde kein Wort darüber verlieren, es sei denn Euch gegenüber und auf Euren Wunsch.«

»Dieser Gedanke kam mir nie in den Sinn«, versicherte Cadfael ihm überrascht und berührt. »Glaubst du, ich hätte es zu einem Plappermaul gesagt, das keinen Vertrauensbeweis erkennt, wenn es ihn sieht? Nein, es ist einfach so, daß ich nicht das Recht habe, ohne guten Grund hier ein- und auszugehen, und ich muß den Regeln ebenso gehorchen wie du.«

Das dünne Eis war bereits geschmolzen. »Eine Schande«, sagte Meriet mit einem plötzlichen Lächeln, das Cadfael später als verblüffend süß und ungewöhnlich traurig interpretierte. »Ich kann viel besser über meine Sünden nachdenken, wenn Ihr hier seid und mich scheltet. Wenn ich allein bin, denke ich eher darüber nach, wie ich Bruder Jerome dazu bekommen kann, seine Sandalen zu verspeisen.«

»Wir werden dies als Beichte auffassen«, sagte Cadfael, »und zwar als eine, die besser nicht in andere Ohren dringt. Und deine Buße wird es sein, ohne mich auszukommen, bis deine Strafe abgesessen ist. Ich glaube nicht, daß du unverbesserlich und durch Gebet nicht mehr zu retten bist, und so wollen wir es versuchen.«

Er war schon an der Tür, als Meriet ängstlich fragte: »Bruder Cadfael...?« Und als dieser sich sogleich umdrehte: »Wißt Ihr, was man danach mit mir vorhat?«

»Auf keinen Fall wirst du ausgestoßen«, sagte Cadfael, und er sah keinen Grund, ihm zu verheimlichen, was für ihn geplant war. Es schien, als hätte sich nichts verändert. Die Neuigkeit, daß er nicht Gefahr lief, von seinem gewählten Feld vertrieben zu werden, beruhigte und versöhnte Meriet; es war alles, was er hören wollte. Doch es machte ihn nicht glücklich.

Cadfael ging entmutigt davon und war mit jedem zänkisch, der ihm im Verlauf des Tages über den Weg lief.

7

Hugh kam mit leeren Händen aus den Mooren im Norden zu seinem Haus in Shrewsbury zurück und sandte Cadfael eine Einladung, ihm am Abend seiner Rückkehr beim Abendessen Gesellschaft zu leisten. Solche gelegentlichen Besuche waren eine unausweichliche Pflicht, denn Giles Beringar, inzwischen etwa zehn Monate alt, war sein Patenkind; und ein guter Taufpate war verpflichtet, auf das Wohlergehen und die Fortschritte seines Mündels zu sehen. Das physische Wohlbefinden und die unerschöpfliche Energie des kleinen Giles standen nicht in Frage, doch Hugh äußerte manchmal Zweifel über seine moralische Lauterkeit und beschrieb, stolz und anerkennend wie die meisten Väter, die erfindungsreichen Streiche seines Sohnes.

Nachdem Aline ihre Männer mit Speise und Wein versorgt hatte, bemerkte sie mit geübtem Blick die müde sinkenden Augenlider ihres Sohnes und brachte ihn hinaus zu Constance, der ergebenen Amme, die von Kindheit an eine treue Freundin und Dienerin der Mutter gewesen war, um den Kleinen ins Bett zu stecken. Hugh und Cadfael blieben eine Weile allein und konnten ihre Neuigkeiten austauschen. Doch was dabei herauskam, war traurig wenig.

»Die Männer im Moor«, sagte Hugh, »sind sicher, daß niemand auch nur eine Spur von einem Fremden gesehen hat, sei er nun Opfer oder Missetäter. Doch es bleibt die Tatsache, daß das Pferd das Moor erreichte; also kann der Reiter nicht allzu weit entfernt gewesen sein. Ich nehme an, daß er irgendwo in einem dieser tiefen Wasserlöcher liegt, und daß wir ihn nie wieder sehen und nichts mehr von ihm hören. Ich habe einen Boten zu Kanonikus Eluard geschickt und fragen lassen, was

Clemence bei sich hatte. Ich vermute, daß er sehr gut ausgerüstet reiste und gern Juwelen trug. Genug jedenfalls, um Wegelagerer in Versuchung zu bringen. Doch wenn es sich wirklich so zutrug, dann waren es Banditen aus dem Norden, die einen Streifzug machten, und es ist gut möglich, daß unsere Nachforschungen die Marodeure gewarnt haben, so daß sie sich vorläufig nicht mehr hier blicken lassen. In jener Gegend wurden keine anderen Reisenden belästigt. Das Moor selbst ist für Fremde schon eine Gefahr. Man kennt nicht die Stellen, auf die man sicher treten kann. Dennoch, wie ich es sehe, hat Peter Clemence genau dieses Schicksal erlitten. Ich habe einen Unterführer und einige Männer dort oben gelassen, und die Einwohner halten für uns die Augen auf.«

Cadfael mußte zustimmen, daß dies die wahrscheinlichste Erklärung für das Verschwinden des Mannes war. »Und doch ... Ihr wißt wie ich, daß zwei Ereignisse, die aufeinander folgen, nicht unbedingt in ursächlichem Zusammenhang stehen müssen. Doch unser Geist ist so angelegt, daß er das Band zwischen den beiden Ereignissen nicht auflösen kann. Und hier haben wir zwei Ereignisse, und beide waren unerwartet: Clemence kam zu Besuch und reiste wieder ab – denn er reiste ab, und nicht nur einer, sondern vier Menschen ritten ein Stück mit ihm und sagten ihm mit guten Wünschen Lebewohl –, und zwei Tage später erklärt der jüngste Sohn des Hauses seine Absicht, die Kutte anzulegen. Zwischen den Ereignissen besteht kein plausibler Zusammenhang, und dennoch vermag ich sie nicht zu trennen.«

»Wollt Ihr damit sagen«, fragte Hugh direkt, »daß Ihr glaubt, der Junge hätte beim Tod des Mannes die Hand mit im Spiel gehabt und suchte nun Zuflucht im Kloster?«

»Nein«, sagte Cadfael entschieden. »Fragt mich nicht, was in meinem Geist verborgen liegt, denn ich selbst finde dort nur Nebel und Verwirrung. Doch was immer hinter dem Nebel liegt — das fühle ich mit Gewißheit —, ist nicht dies. Ich wage nicht zu raten, welches sein Motiv ist, doch ich glaube nicht, daß es eine Blutschuld ist.« Und doch, während er es sagte und es auch so meinte, sah er wieder Bruder Wolstan, vom Baum gefallen, blutend im Gras liegen und Meriets Gesicht — erstarrt zu einer Schreckensmaske.

»Dennoch — ich respektiere wohl, was Ihr sagt — würde ich diesen seltsamen jungen Mann gern im Auge behalten. Ein Auge, dem jederzeit eine zupackende Hand zu Hilfe kommen kann, sollte ich es für nötig halten«, sagte Hugh aufrichtig. »Und Ihr sagt, er sei nach St. Giles gegangen? An den Stadtrand, nahe bei den Wäldern und der offenen Heide!«

»Ihr braucht Euch nicht zu sorgen«, sagte Cadfael. »Er wird nicht fortlaufen. Er hat keinen Ort, an den er fliehen kann, denn was auch immer die Wahrheit ist, sein Vater ist ihm jedenfalls stark entfremdet und würde ihn nicht bei sich aufnehmen. Doch er wird nicht fortlaufen, weil er es nicht wünscht. Die einzige Eile, die er zeigt, bezieht sich darauf, möglichst bald seine endgültigen Gelübde abzulegen und es hinter sich zu bringen, so daß es keine Umkehr mehr gibt.«

»Dann sucht er ewige Gefangenschaft? Und nicht die Flucht?« sagte Hugh, indem er den dunklen Kopf zur Seite legte und wehmütig und liebevoll lächelte.

»Nicht die Flucht, nein. Soweit ich es sehen konnte«, sagte Cadfael ernst, »kennt er für sich selbst überhaupt keinen Fluchtweg mehr.«

Am Ende seiner Strafe trat Meriet aus seiner Zelle, blinzelte gleichmütig ins gedämpfte Licht des Novembermorgens, nachdem er die kalte Düsterkeit hinter sich gelassen hatte, und wurde ins Kapitel geführt, wo er vor strengen, ausdruckslosen Gesichtern für seine Vergehen um Entschuldigung bitten und die Gerechtigkeit seiner Strafe anerkennen sollte. Zu Cadfaels Erleichterung — er bewunderte den Jungen sogar dafür –, tat er es mit ruhigem, würdigem Betragen und leiser Stimme. Nach der schmalen Kost sah er dünner aus, und die sommerbraune, glatte Kupferhaut, mit der er gekommen war, war zu dunklem, cremigem Elfenbein verblaßt; er war zwar stark gebräunt gewesen, doch außer wenn er zornig war, hatte er unter der Haut nur wenig Farbe. Er war äußerst fügsam oder hatte zumindest doch entdeckt, wie er sich so weit in sich selbst zurückziehen konnte, daß Neugier, Mißbilligung und Feindseligkeit ihm nichts mehr anhaben konnten.

»Ich wünsche zu lernen«, sagte er, »was von mir erwartet wird, damit ich es getreulich erfüllen kann. Ich bin hier, damit über mich verfügt wird, wie es am besten ist.«

Nun, auf jeden Fall wußte er, wann man den Mund halten mußte, denn offenbar hatte er nicht einmal Bruder Paul verraten, was Cadfael nur ihm anvertraut hatte. Nach Isoudas Bericht war er sich immer selbst der beste Ratgeber gewesen, seit er heranwuchs, und vielleicht sogar noch früher – sobald dem Kind mit brennendem Herzen klar wurde, daß es nicht wie sein Bruder geliebt wurde; und so hatte er sich wohl selbst dazu angestachelt, jenen, die ihn so zurücksetzten, boshaft und aufsässig entgegenzutreten. Damit brachte er sie natürlich nur noch weiter gegen sich auf, bis ihm unerbittlich jede Milde versagt wurde.

Und ich zog ihm die Ohren lang, weil er beim ersten Unglück in seinem Leben die Ohren hängen läßt, dachte Cadfael reumütig, wo doch sein halbes Leben ein großes Unglück war.

Der Abt gab sich ernst und freundlich und erklärte, vergangene Fehler, die gesühnt waren, seien erledigt; dann erläuterte er Meriet, was nun von ihm erwartet wurde. »Du wirst den Morgen über bei uns bleiben«, sagte Radulfus, »und dein Mittagessen mit deinen Brüdern im Refektorium einnehmen. Heute Nachmittag wird Bruder Cadfael dich dann zum Spital von St. Giles bringen, denn er muß dort ohnehin den Medizinschrank auffüllen.« Und das war, da es zumindest drei Tage zu früh kam, auch für Cadfael neu und ein willkommener Hinweis auf die Sorgen, die der Abt sich machte. Im Klartext war dem Bruder, der ein so lebhaftes Interesse an diesem verzweifelten und beunruhigenden jungen Novizen gezeigt hatte, gesagt worden, daß er Ausgang hatte, um dessen Überwachung fortzusetzen.

Sie schritten am frühen Nachmittag Seite an Seite aus dem Torhaus und mischten sich in den normalen Verkehr der Hauptstraße vor dem Stadttor. Zu dieser Stunde eines milden, feuchten, melancholischen Novembertages war das Gedränge nicht groß, doch überall waren Menschen zu sehen: Ein Junge trottete mit einem Sack auf der Schulter und einem Hund an den Fersen heim, ein Fuhrmann zog mit einer Ladung Brennholz in die Stadt, zwei stämmige Hausfrauen kamen mit ihren Einkäufen aus der Stadt zurück, einer von Hughs Offizieren ritt gemächlich zur Brücke. Meriet bestaunte mit großen Augen die Szenerie, nachdem er bei schwachem Lampenlicht zehn Tage zwischen engen Steinwänden gehockt hatte. Sein Gesicht war verschlossen und still, doch seine Augen verschlangen hungrig Farben und Bewegungen. Vom Torhaus bis zum Spital von St. Giles war es kaum eine halbe Meile weit; es ging an der Außenmauer der Abtei vorbei, weiter durchs offene Grün des Pferdemarktes und die gerade Straße zwischen den Häusern der Klostersiedlung hinunter, bis sie sich zwischen Bäumen und Gärten verlief und sich im offenen Land verlor. Dann kamen auf einem kleinen Hügel links neben der Straße an einer Weggabelung das niedrige Dach des Spitals und der gedrungene Turm der Kapelle in Sicht.

Meriet beäugte den Ort im Näherkommen mit Interesse, doch ohne sonderlichen Eifer; er sah einfach die Aufgabe, die ihm übertragen war.

»Wie viele Kranke können hier aufgenommen werden?«

»Es können bis zu fünfundzwanzig sein, doch die Zahl schwankt. Einige ziehen von Spital zu Spital und bleiben nirgends lange. Manche kommen zu krank her, um weiterzugehen. Der Tod lichtet ihre Reihen, und Neuankömmlinge füllen die Lücken wieder. Hast du keine Angst, dich anzustecken?«

Meriet sagte: »Nein«, und es klang so gleichgültig, als hätte er gesagt: »Warum sollte ich mich anstecken? Was könnte mir eine Krankheit anhaben?«

»Hat Bruder Mark die Leitung inne?« fragte er.

»Ein Laienbruder, der in der Klostersiedlung wohnt, ist sein Unteraufseher. Er ist ein grundanständiger Mann und ein guter Verwalter. Und es gibt noch zwei weitere Helfer. Doch Mark kümmert sich um die chronisch Kranken. Wenn du willst, kannst du ihm eine große Hilfe sein«, sagte Cadfael, »denn er ist kaum älter als du, und deine Gesellschaft wird ihm sehr willkommen sein. Mark war im Herbarium meine rechte Hand und mein Trost, bis er den Ruf hörte, der ihn hierher führte, wo er sich um die Armen und Ausgestoßenen kümmern kann; und zweifellos werde ich ihn nie wieder zurückgewinnen, denn er hat hier immer eine arme Seele, die er nicht alleinlassen kann, und wenn er eine verliert, findet er eine andere.«

Er unterließ es klugerweise, seinen Lieblingsschüler über die Maßen zu loben; doch als sie den sanften Hang zum Spital hinaufgestiegen, durch den geflochtenen Zaun auf die Veranda getreten und Bruder Mark an seinem kleinen Schreibtisch gefunden hatten, war Meriet überrascht. Mark saß mit gerunzelter Stirn über Rechnungen, und seine Lippen formten stumme Zahlen, die er auf Pergament notierte. Seine Feder mußte dringend geschärft werden, und er hatte erfolgreich seine Finger mit Tinte verschmiert; und durch das verwirrte Kratzen seines stachligen, strohfarbenen Haarkranzes hatte er

Schmierflecken auf Augenbrauen und Schädeldach hinterlassen. Von kleinem Wuchs, zierlich und mit offenem Gesicht, in seiner Kindheit selbst ein vernachlässigtes armes Ding, blickte er auf, als sie durch die Tür traten, und zeigte ihnen ein so entwaffnendes Lächeln, daß Meriets fest geschlossener Mund genau wie seine beherrschten Augen weit aufging. Meriet stand tief verwundert da und starrte fassungslos, als Cadfael ihn vorstellte. Dieser kleine, zerbrechliche Kerl, mager wie ein Sechzehnjähriger, wie ein hungriger Sechzehnjähriger, beaufsichtigte zwanzig oder mehr kranke, verstümmelte, arme, verlauste Menschen!

»Ich habe Euch Bruder Meriet mitgebracht«, sagte Cadfael, »und dazu einen Ranzen mit Arzneien. Er wird eine Weile bei Euch bleiben, um die Arbeit hier zu lernen, und Ihr könnt Euch darauf verlassen, daß er alles tut, was Ihr ihm auftragt. Gebt ihm eine Ecke und ein Bett, während ich Euren Schrank auffülle. Und dann sagt mir, ob Ihr sonst noch etwas braucht.«

Er kannte sich hier aus. Er ließ die beiden einander betrachten und vorsichtig nach Worten suchen. Unterdessen schloß er das Vorratslager auf, in dessen Regalen er die Arzneien verstaute. Er hatte es nicht eilig; diese beiden, so verschieden sie auch sein mochten – der eine Sohn eines Herrn von zwei Gütern, der andere Waise eines kleinen Pächters –, waren ihm wie Seelenverwandte erschienen. Beide im gleichen Alter vernachlässigt und verachtet, mit soviel Wärme und Demut auf der einen und soviel impulsiver Großmütigkeit auf der anderen Seite – wie konnten sie anders, als zueinander finden?

Als er seinen Ranzen ausgeladen und sich eingeprägt hatte, welche Stellen in den Regalen leer geblieben waren, ging er zu den beiden hinaus und folgte ihnen in kurzem Abstand, als Mark seinen neuen Helfer durch Spital und Kapelle und Friedhof führte und zu dem geschützten kleinen Obstgarten, in dem einige der körperlich weniger Elenden einen Teil des Tages sitzend verbrachten, um in den Genuß der frischen Luft zu kommen. Ein Haushalt armer und hilfloser Männer, Frauen, sogar Kinder; Verstoßene oder Waisen, von Hautkrankheiten entstellt, von Unfällen, Lepra und Wechselfieber gezeichnet; und dazu ein Trupp halbwegs gesunder Bettler, denen nur etwas Land, die Geschicklichkeit und ein vernünftiges Haus und die Mittel fehlten, ihr Brot zu verdienen. In Wales, dachte Cadfael, waren diese Dinge besser geregelt – nicht durch milde Gaben, sondern durch Blutsverwandtschaft. Wenn ein Mann zu einer Sippe gehört, wer könnte ihn dann von ihr trennen? Sie erkennt ihn an und unterstützt ihn und wird nicht zulassen, daß er aus Not ausgestoßen wird oder stirbt. Und doch ist in Wales der Ausländer ohne eine solche Sippe ein Mann, der sich allein gegen die ganze Welt stellt. Genau wie diese entsprungenen Diener, verarmten Pächter und verkrüppelten Arbeiter, die hinausgeworfen wurden, als sie ihre Arbeitskraft verloren hatten. Und die armen, traurigen, heimatlosen Frauen, manche mit Kindern am Rockschoß, deren Väter sich davongemacht hatten oder gar tot waren.

Er ließ die beiden gehen und entfernte sich rasch mit leerem Ranzen und voll überschwenglicher Zuversicht. Es war nicht nötig, Mark die Geschichte seines neuen Bruders zu erzählen; sollten sie ineinander finden, was sie finden konnten – in reiner Brüderlichkeit, falls dieser Begriff wirklich eine Bedeutung hatte. Sollte Mark sich selbst ein unvoreingenommenes, unbeeinflußtes Urteil bilden, dachte Cadfael, und in einer Woche können wir vielleicht etwas Positives über Meriet erfahren, das nicht durch Mitleid gefärbt ist.

Als er sich ein letztes Mal umsah, standen die beiden im kleinen Obstgarten, in dem Kinder spielten; vier, die rennen konnten, eines, das mit einer einzigen Krücke herumhumpelte, und eines, das mit neun Jahren wie ein kleiner Hund auf allen Vieren herumkriechen mußte,

nachdem es in einem schlimmen Winter einen Frost-
brand bekommen hatte. Als er Meriet durch die kleine
Einfriedung führte, hielt Mark den Kleinsten an der
Hand. Meriet hatte sich nicht gegen solche Schrecken
wappnen können, doch zumindest erzeugten sie in ihm
keine Abscheu. Er bückte sich, um dem Hunde-Jungen,
der um seine Beine krabbelte, eine Hand zu reichen, und
als der Junge nicht aufstehen konnte und es folglich
auch gar nicht erst versuchte, nahm er ihn nicht wie ein
Kleinkind auf den Arm, sondern hockte sich gelenkig
auf die Hacken, damit er auf einer Höhe mit dem Kind
war, und hörte dem Armen aufmerksam zu.

Es war genug. Cadfael ging zufrieden davon und
überließ die beiden sich selbst.

Er ließ sie einige Tage in Ruhe und fand dann einen Vorwand, mit Bruder Mark ein vertrauliches Wort zu wechseln, indem er vorbrachte, sich um das hartnäckige Ge-
schwür eines der Bettler kümmern zu müssen. Kein
Wort wurde über Meriet gesprochen, bis Mark Cadfael
zum Tor hinaus und ein Stück die Straße hinunter zur
Abtei begleitete.

»Wie macht sich Euer neuer Gehilfe?« fragte Cadfael
in dem unverfänglichen Ton, mit dem er auch nach einem anderen Anfänger gefragt hätte, der hier zur Probe
war.

»Sehr gut«, erwiderte Mark fröhlich und ohne Arg-
wohn. »Bereit, bis zum Umfallen zu arbeiten, wenn ich
ihn ließe.« Das war natürlich kaum überraschend; es war
der Versuch, wenigstens zu verdrängen, was er schon
nicht ungeschehen machen konnte. »Er versteht sich auf
Kinder. Sie folgen ihm und nehmen, wann immer sie
können, seine Hand.« Ja, auch das war zu erwarten gewesen. Kinder stellten keine Fragen, auf die er nicht antworten konnte, und schätzten ihn nicht ab, wie es erwachsene Männer getan hätten; sie vertrauten ihm, und
wenn sie ihn mochten, dann hängten sie sich an ihn. Bei

ihnen mußte er nicht ständig auf der Hut sein. »Und er zuckt auch vor den schlimmsten Entstellungen und den widerwärtigsten Pflichten nicht zurück«, sagte Mark, »obwohl er nicht wie ich an sie gewöhnt ist; und ich weiß, daß er leidet.«

»Das ist auch nötig«, sagte Cadfael einfach. »Wenn er nicht leidet, ist er hier nicht am rechten Ort. Bloß Freundlichkeit ist nur die halbe Pflicht eines Mannes, der die Kranken versorgt. Wie ist er zu Euch? Spricht er von sich?«

»Nie«, sagte Mark und lächelte, und er schien nicht überrascht, daß es so war. »Es gibt nichts, das er jetzt sagen wollte. Noch nicht.«

»Und Ihr wollt nichts von ihm wissen?«

»Ich höre«, sagte Mark, »gern auf alles, was Ihr meint, das ich über ihn wissen *sollte*. Doch was wirklich zählt, das weiß ich bereits: Er ist von Natur aus aufrichtig und klar und rein, egal, was er und andere Menschen und widrige Umstände aus seinem Leben gemacht haben. Ich wünschte nur, er wäre glücklicher. Ich würde ihn gern einmal lachen hören.«

»Nicht zu Eurem Nutzen«, sagte Cadfael, »sondern zu seinem sollt Ihr besser alles von ihm wissen, was ich weiß.« Und so erzählte er es ihm.

»Jetzt verstehe ich«, sagte Mark schließlich, »warum er sein Lager oben auf dem Dachboden aufschlagen wollte. Er hatte Angst, sein Schlaf könnte gestört werden, so daß er jene erschreckte, die schon mehr als genug Leid zu tragen haben. Ich war unsicher, ob ich zu ihm dort hinauf ziehen sollte, doch ich entschied mich dagegen. Ich wußte, daß er gute Gründe dafür haben mußte.«

»Gute Gründe für alles, was er tut?« wunderte Cadfael sich.

»Gründe, die ihm gut erscheinen, auf jeden Fall. Doch für andere müssen sie nicht unbedingt gut sein«, räumte Mark sehr ernst ein.

Bruder Mark sagte zu Meriet kein Wort von dem, was er erfahren hatte, machte keine Anstalten, ihn in seinem selbstgewählten Exil auf dem Dachboden über der Scheune Gesellschaft zu leisten, und verlor kein Wort über Meriets Entscheidung; doch in den folgenden drei Nächten stand er, als alles ruhig war, leise aus seinem Bett auf und ging vorsichtig in die Scheune, um zu lauschen, ob von droben Geräusche kamen. Doch da war nichts außer dem tiefen, ruhigen Atem eines friedlich schlafenden Mannes und ab und zu ein Seufzen und Rascheln, als Meriet sich umdrehte, ohne aufzuwachen. Zuweilen kam vielleicht ein anderes, tieferes Seufzen, als wollte Meriet eine schwere Last von seinem Herzen heben; doch kein Schrei. In St. Giles ging Meriet rechtschaffen müde und einigermaßen zufrieden zu Bett und schlief traumlos.

Unter den vielen Wohltätern des Lepraspitals war die Krone durch ihre Spenden an die Abtei und ihre Pächter einer der größten. Auch andere Gutsherren gestatteten an gewissen Tagen das Sammeln von wilden Früchten oder totem Holz; das Leprahaus hatte das verbriefte Recht, an vier Tagen im Jahr in der Umgebung des Großen Waldes Holz als Brennstoff und als Baumaterial für Zäune und Häuser zu schlagen: ein Tag im Oktober, einer im November, einer im Dezember, soweit es das Wetter erlaubte, und einer im Februar oder März, um die durch den Winter geschmälerten Vorräte aufzufüllen.

Meriet war gerade drei Wochen im Spital, als der 3. Dezember ein angenehm mildes Wetter für eine Expedition in den Wald bot; die Sonne ging früh auf, und die Erde war unter den Füßen beruhigend fest und trocken. Es war einige Tage trocken geblieben, und vielleicht würden nicht mehr viele solcher Tage kommen. Es war ein idealer Tag, um totes Holz zu sammeln, ohne das zusätzliche Gewicht der Feuchtigkeit tragen zu müssen, so daß man einige große Stapel anlegen konnte. Bruder

Mark schnupperte in der Luft und erklärte den Tag zum Ausflugstag. Sie besorgten sich zwei leichte Handkarren und eine Anzahl gewirkte Schlingen, um Reisigbündel festzuzurren, nahmen einen großen Ledereimer mit Essen an Bord und sammelten alle Insassen, die fähig waren, gemächlichen Schritts in den Wald mitzugehen. Es gab noch andere, die gern mitkommen wollten, doch sie hätten den Weg nicht geschafft und mußten zu Hause warten.

Von St. Giles aus führte die Straße nach Süden und entfernte sich nach links von dem Weg, den Bruder Cadfael nach Aspley genommen hatte. Sie blieben hinter der Gabelung noch ein gutes Stück auf der Straße und wandten sich schließlich auf einem guten, breiten Reitweg, auf dem die Wagen leicht vorankamen, nach rechts in das lichte Buschland, das den Wald umgab. Der zehenlose Junge kam, auf einem Karren fahrend, mit ihnen. Sein Gewicht war schließlich kaum der Rede wert, und seine Freude war durch nichts aufzuwiegen. Wenn sie auf einer Lichtung hielten, um herabgefallenes Holz einzusammeln, setzten sie ihn im weichsten Gras ab und ließen ihn spielen, während sie arbeiteten.

Meriet begann so schwermütig wie immer, doch als der Morgen älter wurde, kam er aus seinem Versteck ins gedämpfte Sonnenlicht hervor wie der Tag selbst. Er atmete die Waldluft ein, stapfte auf dem Grasboden herum und schien sich auszudehen wie ein vertrockneter Sproß im Regen; er sog den nährenden Duft des Bodens, auf dem er schritt, tief ein. Niemand sammelte unermüdlicher als er die kräftigeren herabgefallenen Äste ein, niemand band eifriger die Zweige zusammen und verlud sie. Als die Gesellschaft anhielt, um zu essen und zu trinken und den Ledereimer zu leeren, waren sie ein gutes Stück in den Wald eingedrungen, wo sie das beste Holz sammeln konnten. Meriet aß sein Brot, den Käse und die Zwiebel, trank sein Bier und legte sich flach wie bodenwüchsiger Efeu mit dem zehenlosen Jungen im

Arm unter die Bäume. Tief im letzten bleichen Gras versunken sah er aus wie niedrig wachsendes, natürliches Unterholz, das halb schlafend den Winter erwartete und halb wachend die nächste Wachstumsperiode.

Nach der Ruhepause waren sie gerade einige Minuten lang tiefer in den Wald eingedrungen, als er innehielt und sich umsah; er betrachtete die schrägen Strahlen der verschleierten Sonne zwischen den Stämmen und den Umriß der flachen, moosbewachsenen Felsen zu ihrer Rechten.

»Jetzt weiß ich, wo wir sind. Als ich mein erstes Pony bekam, durfte ich eigentlich nie weiter westlich als bis zur Straße ausreiten und mich schon gar nicht so weit südwestlich in den Wald wagen, doch ich tat es oft. Dort unten hatte ein alter Köhler seinen Meiler; es kann nicht mehr weit sein. Er wurde vor mehr als einem Jahr tot in seiner Hütte gefunden; er hatte keinen Sohn, der sein Nachfolger werden konnte, und niemand wollte wie er allein im Wald leben. Vielleicht hat er ein oder zwei Klafter Holz zum Trocknen aufgestapelt, die er nicht mehr verbrennen konnte. Sollen wir dort nachsehen, Mark? Wir könnten dort reichlich ernten.«

Es war das erste Mal, daß er auch nur die kleinste Kindheitserinnerung preisgab, und das erste Mal, daß er wirklichen Eifer zeigte. Mark nahm den Vorschlag freudig an.

»Kannst du es wiederfinden? Wir haben schon eine gute Ladung gesammelt, doch wir können das Beste zur Straße karren und es holen, wenn der Rest abtransportiert ist. Wir haben den ganzen Tag Zeit.«

»So wollen wir es machen«, sagte Meriet und schritt zuversichtlich nach links zwischen die Bäume aus. Er ging den anderen etwas voraus, um den richtigen Weg zu suchen. »Sie sollen in ihrer eigenen Geschwindigkeit folgen; ich gehe unterdessen voraus und suche den richtigen Ort. Es war eine kleine Lichtung — die Stapel lagen immer im Schutz...« Seine Stimme und seine ausschreitende Gestalt verloren sich zwischen den Bäumen. Er blieb nur wenige Minuten außer Sicht, bis sie ihn rufen hörten, und der Ruf war so nahe an einem Freudenschrei, wie Mark es noch nie von ihm gehört hatte.

Als Mark ihn erreichte, stand er an einer Stelle, wo die Bäume ausdünnten und eine flache Schüssel von vielleicht vierzig oder fünfzig Schritt Durchmesser mit einem ebenen Boden aus gestampfter Erde und alter Asche freiließen. Am Rand, dicht vor ihnen, standen die verfallenen Überreste einer einfachen Hütte — die Stökke und der Farn und die Erde waren über der offenen Tür zusammengesackt —, und auf der anderen Seite der Arena lag Rundholz in Stapeln, die am Fuß teilweise von rauhem Gras und Moos überwuchert waren. Auf dem geebneten Boden war genug Raum für zwei etwa fünf Schritt durchmessende Meiler, deren Umrisse noch deutlich zu sehen waren, obwohl vom Rand der Lichtung her Gras und Pflanzen vordrangen und teilweise sogar schon die toten Aschekreise mit trotzigen grünen Sprossen durchsetzt hatten. Der Meiler vor ihnen war nach dem letzten Brand abgeräumt worden, und es war kein neuer Stapel aufgebaut worden; doch im hinteren Ring hatte unter den Schichten von Gras und Blättern und Erde ein halb verbrannter Ring aus aufgestapelten Stämmen seine Form behalten; er hatte sich nur etwas gesetzt und war flacher geworden.

»Er hat seinen letzten Stapel aufgebaut und entzündet«, sagte Meriet, indem er sich umsah, »doch als der erste brannte, blieb ihm nicht mehr die Zeit, daneben einen zweiten zu errichten, wie er es immer tat; und er konnte nicht einmal mehr den versorgen, der schon brannte. Nach seinem Tod muß es Wind gegeben haben, und niemand war da, der das Loch schließen konnte, als der Meiler durchbrannte. Seht nur, auf dieser Seite ist nichts als Asche, während die andere gerade angekohlt ist. Hier ist nicht mehr viel Holzkohle zu finden, doch es könnte genug sein, um den Eimer zu füllen. Wenigstens hinterließ er uns aber einen schönen Stapel von Holz, das mittlerweile gut getrocknet sein muß.«

»Ich bin in dieser Kunst nicht bewandert«, sagte Mark neugierig. »Wie kann ein so großer Haufen Holz ohne Flamme brennen, so daß er wieder als Brennstoff benutzt werden kann?«

»Man beginnt mit einem hohen Pfahl in der Mitte. Um ihn herum werden trockene, gespaltene Stämme gebaut, dann die ganzen Stämme, bis der Stapel fertig ist. Dann müßt Ihr das Ganze mit einer dicken Schicht Blätter oder Gras oder Farn abdecken, damit die Erde und die Asche, die alles von außen versiegeln, nicht ins Innere gelangen. Um den Meiler zu entzünden, wenn er bereit ist, zieht Ihr den Stab in der Mitte heraus — das so entstehende Loch dient zugleich als Abzug — und werft einige rotglühende Kohlen hinein und gute, trockene Äste hinterher, bis es munter brennt. Dann deckt Ihr den Abzug ab, und es brennt sehr langsam und heiß, manchmal bis zu zehn Tagen. Wenn es Wind gibt, müßt Ihr die ganze Zeit aufpassen, denn sonst brennt es durch, und der ganze Stapel geht in Flammen auf. Wenn diese Gefahr droht, dann müßt Ihr die Außenhülle nachbessern und versiegeln. Doch hier war niemand mehr, der es hätte tun können.«

Ihre langsameren Gefährten kamen nach und nach durch die Bäume heran. Meriet führte sie, Mark dicht auf seinen Fersen, die leichte Neigung zu den Meilern hinunter.

»Es scheint mir«, sagte Mark lächelnd, »daß du in diesem Handwerk sehr bewandert bist. Wie hast du soviel darüber gelernt?«

»Er war ein mürrischer alter Mann und nicht besonders beliebt«, sagte Meriet, während sie auf das gestapelte Rundholz zugingen, »doch mit mir war er nicht mürrisch. Eine Zeitlang war ich oft hier, bis ich ihm einmal half, einen abgebrannten Meiler einzureißen und so schmutzig nach Hause kam, daß ich es beim besten Willen nicht mehr erklären konnte. Ich bekam eine saftige Abreibung und durfte nicht mehr ausreiten, solange ich nicht versprochen hatte, nicht mehr so weit nach Westen zu gehen. Ich glaube, damals war ich etwa neun Jahre alt – es ist lange her.« Er musterte voller Stolz und Freude das gestapelte Holz und rollte den obersten Stamm zur Seite, worauf eine ganze Anzahl erschreckter Bewohner davonhuschte.

Einen der Handkarren hatten sie bereits gut gefüllt auf der Lichtung zurückgelassen, auf der sie mittags gerastet hatten. Zwei der stämmigsten Helfer brachten den zweiten Karren zwischen den Bäume heran, und die ganze Gesellschaft machte sich fröhlich über die Stämme her und begann sie aufzuladen.

»Im Meiler muß noch halb verbranntes Holz sein«, sagte Meriet, »und wenn wir ihn öffnen, finden wir vielleicht sogar Holzkohle.« Damit ging er in die zusammengebrochene Hütte und tauchte mit einem langen Holzrechen wieder auf, mit dem er energisch den mißgestalteten Haufen anging, der vom letzten Brand zurückgeblieben war. »Seltsam«, sagte er, indem er den Kopf hob und die Nase rümpfte. »Es riecht immer noch nach altem Feuer. Wer hätte das gedacht nach so langer Zeit?«

In der Luft hing tatsächlich ein schwacher Gestank, wie er nach einem Waldbrand noch lange bleibt, nachdem die Bäume vom Regen gelöscht und vom Wind ausgetrocknet sind. Mark roch es auch und trat an Meriets Seite, als der breite Rechen die erste Schicht Erde und Blätter von der Windseite des Hügels herunterzog. Ihnen stieg der feuchte Erdgeruch von faulenden Blättern in die Nasen, als halb verbrannte Stämme zur Seite stürzten und unter dem Zug der Harke herunterrollten. Mark ging zur anderen Seite herum, wo der Hügel zu einer verwitterten Masse grauer Asche zusammengefallen war; der Wind hatte den feinen Staub bis zum Waldrand getragen. Hier war der Geruch von totem Feuer stärker, und er stieg in Wellen auf, als Mark mit den Füßen den Schutt aufstöberte. Auf dieser Seite waren die Blätter, die noch an den nächsten Bäumen hingen, verwittert, als seien sie versengt.

»Meriet!« rief Mark leise, doch in drängendem Ton. »Komm zu mir herüber!«

Meriet sah sich um und steckte den Rechen in die Deckschicht. Überrascht, doch nicht sonderlich beunruhigt, umrundete er den Aschenring und trat neben Mark; doch statt den Rechen stehenzulassen, zerrte er ihn energisch über den flachen Hügel hinter sich her und riß mit ihm einen Haufen halb verbrannter Stämme herunter, die munter in das mit Asche bedeckte Gras purzelten. Mark fiel ein, daß er seinen neuen Helfer zum erstenmal fast fröhlich sah, als er seinen Körper so energisch einsetzte und völlig in dem aufging, was er gerade tat und seine eigenen Sorgen vergaß. »Was ist es? Was habt Ihr gesehen?«

Die verkohlten Stämme lösten sich im Fallen auf und kamen in einer Wolke aus beißendem Qualm zur Ruhe. Etwas rollte vor Meriets Füße, etwas, das kein Holz war. Geschwärzt, gerissen und vertrocknet; ein ledernes Ding, das auf den ersten Blick kaum zu erkennen war: ein schlanker Reitschuh mit einer matt gewordenen Schnalle, die ihn über dem Spann am Fuß gehalten hatte. Und aus dem Schuh ragte etwas Langes, Hartes hervor, das wie weißes Elfenbein durch flatternde, zundertrockene Lumpen verkohlten Tuchs lugte.

Es gab ein langes Schweigen, als Meriet es verständnislos anstarrte, die Lippen immer noch zum letzten Wort seiner fröhlichen Frage geformt, das Gesicht immer noch lebhaft und aufgeweckt. Dann sah Mark dieselbe schockierende, tiefgreifende Veränderung, die Cadfael einst gesehen hatte: Das Strahlen der Haselnußaugen schien zu völliger Dunkelheit zusammenzubrechen, und die zerbrechliche Maske der Zufriedenheit schrumpfte und erstarrte entsetzt. Ein sehr leises Geräusch entrang sich seiner Kehle, ein rauhes Rasseln wie bei einem sterbenden Mann, er wich taumelnd einen Schritt zurück, stolperte auf dem unebenen Grund und blieb zusammengekauert im Gras liegen.

8

Es war nicht mehr als ein kurzes Zurückzucken vor dem Unerträglichen; er wollte sich hinter seinen verschränkten Armen verbergen, um auszublenden, was er dennoch weiter anstarren mußte. Er hatte nicht das Bewußtsein verloren. Und als Mark zu ihm eilte, leise, um nicht ihre Gefährten zu alarmieren, die den Stapel Feuerholz abbauten, hob er schon wieder den Kopf und stemmte die Fäuste grimmig in den Boden, um sich aufzurichten. Mark stützte ihn, indem er ihm einen Arm um die Hüften legte, denn Meriet zitterte noch, als er auf die Füße kam.

»Habt Ihr es gesehen?« fragte er flüsternd. Die Reste des halb verbrannten Meilers lagen zwischen ihnen und ihren Schützlingen; keiner hatte sich umgedreht und in ihre Richtung geblickt.

»Ja, ich habe es gesehen. Ich weiß! Wir müssen unsere Pfleglinge fortschaffen«, sagte Mark. »Laß diesen Stapel wie er ist, berühre nichts weiter, laß die Holzkohle hier. Wir laden einfach das Holz auf und bringen sie nach Hause. Kannst du gehen? Kannst du sein wie immer und vor ihnen das Gesicht wahren?«

»Das kann ich«, sagte Meriet. Er versteifte sich und rieb sich mit dem Ärmel über die von kaltem Schweiß feuchte Stirn. »Und ich werde es! Aber Mark, wenn Ihr gesehen habt, was ich sah − wir müssen doch *wissen*...«

»Wir wissen genug«, sagte Mark, »du und ich. Dies ist nicht unsere Sache, dies ist die Sache der Gesetzeshüter. Wir müssen alles lassen, wie es ist, damit sie es sehen können. Blicke nicht wieder in diese Richtung. Ich sah vielleicht noch mehr als du. Ich weiß, was dort ist. Wir müssen unsere Leute heimbekommen, ohne ihnen den Tag zu verderben. Nun komm und hilf mir, den Karren zu beladen. Kannst du?«

Zur Antwort straffte Meriet seine Schultern, holte tief Luft und löste sich energisch von dem schmächtigen Arm, der ihn immer noch hielt. »Ich bin bereit!« sagte er in einem schön anzusehenden Versuch, die fröhliche, praktische Art zurückzugewinnen, mit der er sie zum Meiler gerufen hatte. Er schritt über den ebenen Boden davon, um sich grimmig an die Arbeit zu machen und die Stämme auf den Karren zu wuchten.

Mark folgte ihm und beobachtete ihn und schaffte es wider alle Versuchung, seinen eigenen Befehl zu befolgen und keinen einzigen Blick zu dem zurückzuwerfen, was sie unter der Asche entdeckt hatten. Allerdings warf er, als sie arbeiteten, einen vorsichtigen Blick über den Rand des Meilers, wo er gewisse Einzelheiten bemerkt hatte die ihm Grund zum Nachdenken gaben. Was er zu Meriet hatte sagen wollen, als der Rechen den Meiler einriß, wurde nie gesagt.

Sie luden ihre Beute auf und stapelten das Holz so hoch, daß für den zehenlosen Jungen kein Platz mehr blieb, bei der Rückfahrt obenauf zu reiten. Meriet trug ihn auf dem Rücken, bis die Arme, die sich um seinen Hals klammerten, schläfrig erschlafften; dann verlagerte er seine Last auf einen Arm, so daß der strohblonde Kopf des Jungen sicher an seiner Schulter liegen konnte. Die Last war seinem Arm leicht und seinem Herzen warm. Was er außerdem noch unsichtbar trug, dachte Mark, der ihn mit schweigsamer Aufmerksamkeit beobachtete, wog schwerer und war kalt wie Eis. Doch Meriets Gelassenheit blieb felsenfest. Der Augenblick, als er zurückzuckte, war vorbei, und es würde keine solche Entgleisung mehr geben.

In St. Giles angekommen, trug Meriet zuerst den Jungen hinein und kehrte dann nach draußen zurück, um zu helfen, die Karren den leichten Hang hinaufzuziehen. Das Holz sollte unter der niedrigen Dachtraufe der Scheune gelagert werden, um später gesägt und gespalten zu werden, wie es gebraucht wurde.

»Ich gehe jetzt nach Shrewsbury«, sagte Mark, nachdem er nachgezählt hatte, ob alle seine Schäfchen sicher im Stall waren, ermüdet und erhitzt von ihrem erfolgreichen Beutezug.

»Ja«, sagte Meriet, ohne sich von dem ordentlichen Stapel abzuwenden, den er zwischen zwei hölzernen Seitenwänden aufschichtete. »Ich weiß. Irgend jemand muß gehen.«

»Bleibe hier bei ihnen. Ich komme zurück, sobald ich kann.«

»Ich weiß«, sagte Meriet. »Ich bleibe hier. Sie sind gut aufgehoben, und sie hatten einen schönen Tag.«

Bruder Mark zögerte, als er das Torhaus der Abtei erreichte, denn sein natürlicher Instinkt war es, zuerst Bruder Cadfael zu unterrichten. Natürlich war ihm klar, daß seine Mission den Offizieren des Königs galt, die in dieser Grafschaft das Gesetz vertraten, und daß sie sehr dringend war; andererseits hatte Cadfael ihm Meriet anvertraut, und er war sich völlig sicher, daß die garstige Entdeckung im Meiler in irgendeiner Weise mit Meriet zusammenhing. Der Schock, den Meriet gespürt hatte, war echt gewesen doch sehr extrem − sein wildes Zurückzucken zu intensiv, um andere als persönliche Gründe zu haben. Meriet hatte nicht gewußt, hätte sich nicht träumen lassen, was er dort finden würde, doch ohne jeden Zweifel hatte er es erkannt, als er es sah.

Während Mark noch unschlüssig im Bogengang des Torhauses verharrte, kam Bruder Cadfael aus der Klostersiedlung zurück. Er war vor der Vesper zu einem alten Mann geschickt worden, der an einer schlimmen Lungenkrankheit litt, und als er Mark erkannte, klopfte er ihm herzhaft auf die Schulter. Als Mark sich umdrehte und sah, daß die Gnade des Himmels ihm anscheinend die Antwort auf sein Problem gesandt hatte, packte er dankbar Cadfaels Ärmel und bat ihn: »Cadfael, kommt mit mir zu Hugh Beringar. Wir haben im Großen

Wald etwas Schreckliches gefunden, um das er sich kümmern muß. Ich betete gerade darum, Euch zu treffen. Meriet war bei mir — es hat ihn sehr erschreckt...«

Cadfael sah ihn einen Augenblick scharf an und drehte ihn energisch zur Stadt um. »Dann kommt und spart Euch den Atem; es reicht, wenn Ihr die Geschichte einmal erzählt. Ich bin viel früher als erwartet zurückgekommen, und für Euch und Meriet kann ich meinen Ausgang noch ein wenig strecken.«

So erreichten sie kurz darauf das Haus in der Nähe von St. Mary's, wo Hugh seine Familie untergebracht hatte. Glücklicherweise war er schon zum Abendessen zu Hause und für den Abend von allen Pflichten befreit. Er bat sie freundlich herein und war klug genug, Bruder Mark keine Erfrischung anzubieten und ihm keine Ruhe zu gönnen, bis dieser sich die ganze Angst von der Seele geredet hatte. Und das tat er sehr umsichtig und mit gutgewählten Worten. Er schritt behutsam von Tatsache zu Tatsache, als überquerte er einen gefährlichen Strom auf sicheren Trittsteinen.

»Ich rief ihn zu mir herüber, weil ich gesehen hatte, daß auf meiner Seite des Meilers, wo der Stapel ganz ausgebrannt war, der Wind die feine Asche bis in die Bäume getragen hatte; die nächsten Äste waren sogar versengt, die Blätter braun und verwittert. Ich wollte seine Aufmerksamkeit darauf lenken, denn mir war klargeworden, daß das Feuer erst vor kurzer Zeit gebrannt hatte. Die versengten Blätter waren aus diesem Jahr, und die frische graue Asche war höchstens einige Wochen alt. Er kam sofort, doch als er kam, hielt er den Rechen fest und zog ihn hinter sich her und riß die Abdeckung des Meilers herunter, wo sie noch nicht ausgebrannt war. So entstand ein kleiner Erdrutsch aus Stämmen und Erdreich und Blättern, und dieses Ding rollte dazwischen herunter, direkt vor unsere Füße.

»Ihr habt es klar gesehen«, sagte Hugh sanft, »und nun erzählt es uns genauso klar.«

»Es war ein modischer spitzer Reitschuh«, sagte Mark mit fester Stimme. »Vom Feuer geschrumpft, verzogen und vertrocknet, doch nicht verbrannt. Und darin der Beinknochen eines Mannes in der Asche einer Hose.«

»Und es gibt keinen Zweifel?« fragte Hugh, der ihn mitfühlend beobachtete.

»Keinen. Ich sah aus dem Stapel das Kniegelenk ragen, aus dem sich das Schienbein gelöst hatte«, sagte Bruder Mark bleich, doch gelassen. »Ich sah es sogar abbrechen. Ich bin sicher, daß der Mann dort drin steckt. Das Feuer brach an der anderen Seite durch, ein starker Wind entfachte es, und der Mann blieb vielleicht unversehrt genug für ein christliches Begräbnis. Zumindest können wir seine Knochen einsammeln.«

»Das soll mit aller Ehrerbietung geschehen«, sagte Hugh, »wenn Ihr recht habt. Fahrt fort, denn Ihr habt noch mehr zu erzählen. Bruder Meriet sah, was Ihr gesehen hattet. Was geschah dann?«

»Er war tief schockiert und erschrocken. Er hatte erzählt, daß er als Kind oft dorthin gekommen war und dem alten Köhler geholfen hatte. Ich bin sicher, daß er an nichts Schlimmeres dachte als an die Dinge, an die er sich erinnerte. Ich erklärte ihm, daß wir zunächst unsere Leute nach Hause bringen müßten, ohne sie aufzuschrecken, und dabei hielt er sich sehr tapfer«, sagte Bruder Mark. »Wir haben alles gelassen, wie wir es vorfanden – soweit wir es nicht unwissentlich veränderten. Ich kann Euch im Morgenlicht den Ort zeigen.«

»Ich glaube eher«, sagte Hugh nachdenklich, »daß Meriet Aspley das tun soll. Doch nun habt Ihr uns erzählt, was Ihr uns zu erzählen hattet, und Ihr könnt Euch zu mir setzen und eine Kleinigkeit essen und trinken, während wir über diese Angelegenheit beraten.«

Bruder Mark setzte sich gehorsam und drängte die Last seines Wissens mit einem Seufzen beiseite. Dankbar für die bescheidenste Gastfreundschaft, ließ er sich auch durch die edelste nicht beeindrucken; und da er keinen Stolz hatte, wußte er auch nicht, was Unterwürfigkeit war. Als Aline selbst ihm Fleisch und Wein brachte und Cadfael auf dieselbe Weise bediente, nahm er alles freudig und ungeziert an, in der Art, wie Heilige Almosen annehmen – ewig erstaunt und erfreut, ewig heiter.

»Ihr sagtet«, drängte Hugh ihn beim Wein sanft weiter, »daß euch die verwehte Asche und die versengten Blätter Grund zur Annahme gaben, das Feuer sei erst vor kurzer Zeit und keinesfalls im letzten Jahr entzündet worden; das will ich akzeptieren. Doch gibt es noch andere Gründe, die Euch darauf brachten?«

»Allerdings«, sagte Mark einfach. »Denn wir konnten zu unserer Freude ein ganzes Klafter gutes Feuerholz einbringen; doch nicht weit von unserer Sammelstelle entfernt waren zwei flachgedrückte weißliche Umrisse im Gras – grüner als der Fleck, den wir jetzt zurückließen, doch immer noch deutlich zu sehen. Ich nehme an, daß von dort das Holz für den Meiler genommen wurde. Meriet erklärte mir, daß die Stämme lange trocknen müssen. Diese dort waren gewiß seit mehr als einem Jahr getrocknet, wahrscheinlich sogar zu stark für den beabsichtigten Zweck. Es blieb niemand zurück, um das Feuer zu hüten, und das zundertrockene Holz brannte durch und flammte kräftig auf. Ihr werdet die Stellen sehen, an denen das Holz lag. Ihr werdet sicher besser als ich schätzen können, wann es fortgenommen wurde.«

»Das bezweifle ich«, sagte Hugh lächelnd, »denn wie es scheint, habt Ihr Eure Sache sehr gut gemacht. Wir werden morgen weitersehen. Wir haben Männer, die so etwas sehr genau bestimmen können, indem sie die Insekten und Spinnen, die im Holz Zuflucht gesucht haben, und den Zunder betrachten, der sich aus der Rinde gebildet hat. Bleibt nur sitzen und ruht Euch eine Weile aus, bevor Ihr zurückkehrt; denn vor morgen früh können wir nichts weiter tun.«

Bruder Mark lehnte sich erleichtert zurück und biß mit

erstaunter Freude in die Wildpastete, die Aline gebracht hatte. Sie hielt ihn für unterernährt und machte sich Gedanken, weil er so mager schien; und in der Tat war sein Magen leer, denn während er sich um die anderen kümmerte, hatte er das Essen vergessen. In Bruder Mark steckte eine ganze Menge von einer guten Mutter, und Aline erkannte es.

»Morgen früh«, sagte Hugh, als Mark sich erhob und Abschied nehmen wollte, um zu seinen Schutzbefohlenen zurückzukehren, »werde ich unmittelbar nach der Prim mit meinen Männern nach St. Giles kommen. Ihr könnt Bruder Meriet ausrichten, daß er mit mir gehn und mir die Stelle zeigen soll.«

Das sollte natürlich einen unschuldigen Mann nicht schrecken, denn Meriet selbst hatte schließlich das Gräßliche entdeckt; doch einem Mann, der nicht völlig unschuldig war oder zumindest mehr wußte, als gut für ihn war, sollte es zumindest eine unruhige Nacht bescheren. Mark konnte gegen diese versteckte Drohung nichts einwenden, denn seine eigenen Gedanken hatten sich in die gleiche Richtung bewegt. Doch zum Abschied brachte er noch einmal das Argument vor, das am stärksten zu Meriets Gunsten sprach.

»Er führte uns aus guten und vernünftigen Gründen zu dem Ort, denn er glaubte, daß wir dort unseren Brennstoff bekommen würden. Hätte er gewußt, was ihn dort erwartete, dann hätte er uns nie dorthin geführt.«

»Wir werden es nicht vergessen«, sagte Hugh ernst. »Und doch glaube ich, daß Ihr bei ihm etwas mehr saht als den verständlichen Schrecken bei der Entdeckung eines toten Mannes. Schließlich seid Ihr etwa in seinem Alter, und Ihr habt mit Mord und Totschlag nicht mehr Erfahrung als er. Ich bezweifle nicht, daß Ihr bis ins Mark erschüttert wart – und doch nicht so sehr wie er. Selbst wenn wir annehmen, daß er nichts von diesem verbrecherischen Begräbnis wußte, so bedeutete die Entdeckung ihm doch etwas mehr, etwas Schlimmeres als Euch. Er wußte nicht, daß eine Leiche auf diese Art beseitigt worden war — aber kann er nicht dennoch von einer Leiche gewußt haben, die insgeheim beseitigt werden mußte, und die er wiedererkannte, als er sie freilegte?«

»Das ist möglich«, sagte Mark einfach. »Es liegt bei Euch, all dies zu untersuchen.« Und damit verabschiedete er sich und machte sich allein auf den Rückweg nach St. Giles.

»Bisher können wir noch nicht sicher sagen«, sagte Cadfael, als Mark gegangen war, »wer dieser Tote ist und was sein Tod bedeuten mag. Vielleicht hat es nichts mit Meriet, mit Peter Clemence oder mit dem Pferd, das im Moor streunte, zu tun. Ein lebender Mann wird vermißt, ein toter wird gefunden — es muß nicht ein und derselbe sein. Wir haben allen Grund, es zu bezweifeln. Das Pferd wurde mehr als zwanzig Meilen nördlich von hier gefunden, der Reiter machte seine letzte Rast vier Meilen südöstlich von hier, und dieser frisch abgebrannte Meiler liegt wiederum vier Meilen südwestlich. Es wird Euch schwerfallen, diese Dinge in eine Reihenfolge zu bringen und einen Sinn in ihnen zu erkennen. Clemence reiste von Aspley aus nach Norden, und wir wissen von einer ganzen Anzahl Zeugen, daß er lebend abreiste. Was hatte er südlich — nicht etwa nördlich — von Aspley zu tun? Und sein Pferd Meilen entfernt im Norden auf dem Weg, den der Reiter hätte nehmen müssen?«

»Ich weiß es nicht«, räumte Hugh ein, »aber ich werde glücklicher sein, wenn sich erweist, daß dies irgendein anderer Reisender ist, der irgendwo Dieben in die Hände fiel und nichts mit Clemence zu tun hat; Clemence allerdings kann inzwischen sehr gut in einem bodenlosen Loch im Sumpf liegen. Doch wißt Ihr von einem anderen Mann, der in dieser Gegend vermißt wird? Und noch etwas, Cadfael: Hätten gewöhnliche Diebe ihm die Reitschuhe gelassen? Ganz zu schweigen vom Pferd. Ein nackter Mann hat nichts mehr, das seinen Mördern nützen könnte und nichts mehr, durch das er erkannt werden könnte — zwei gute Gründe, ihn zu entkleiden. Und da er lange Reitschuhe trug, ist er gewiß nicht weit zu Fuß gegangen. Kein vernünftiger Mann würde sie für eine Wanderung anziehen.«

Ein Reiter ohne Pferd, ein gesatteltes Pferd ohne Reiter — war es ein Wunder, wenn der Verstand die beiden zusammenfügte?

»Es nützt uns nichts, wenn wir uns das Gehirn zermartern«, sagte Cadfael seufzend, »solange Ihr nicht die Stelle gesehen und in Erfahrung gebracht habt, was es dort zu erfahren gibt.«

»*Wir*, alter Freund! Ich will Euch bei mir haben, und ich glaube, Abt Radulfus wird mir die Erlaubnis geben, Euch mitzunehmen. Ihr seid, wenn es um tote Männer geht, erfahrener als ich; wie lange sie schon tot sind, wie sie gestorben sind. Außerdem wird Euer Abt ein wachsames Auge auf alles haben wollen, was mit St. Giles zu tun hat; und wer könnte das besser tun als Ihr? Ihr steckt schon bis zum Hals in der Sache drin, und Ihr müßt entweder untergehen oder Euch freikämpfen.«

»Um Himmels Willen!« sagte Cadfael etwas heuchlerisch. »Aber ich will gern mit Euch kommen. Welcher Teufel auch immer vom jungen Meriet Besitz ergriffen hat, ich bin gefährlich angesteckt und will ihn um jeden Preis austreiben!«

Meriet erwartete sie schon, als sie ihn am nächsten Tag abholten: Hugh und Cadfael, ein Unterführer und zwei Soldaten, ausgerüstet mit Rechen, Schaufeln und einem Sieb, um die Asche nach jeder Spur und jedem Knochen zu durchsuchen. Im leichten Dunst des stillen Morgens beobachtete Meriet die Vorbereitungen mit versteinertem, ruhigem Gesicht, auf alles gefaßt, was da kommen mochte. Schließlich sagte er tonlos: »Die Werkzeuge sind noch dort in der Hütte, mein Herr. Ich habe da auch den Rechen gefunden. Mark hat es Euch sicher erzählt — eine Forke, wie der alte Mann sie nannte.« Er blickte zu Cadfael, und sein Gesichtsausdruck wurde etwas weicher. »Bruder Mark sagte, ich würde gebraucht. Ich bin froh, daß er nicht selbst mitkommen muß.« Er hatte seine Stimme ebensogut unter Kontrolle wie sein Gesicht; was immer ihm heute begegnen mochte, es sollte ihn nicht überraschen.

Sie hatten ihm ein Pferd mitgebracht, denn Zeit war kostbar. Er stieg behende auf, vielleicht war es sein einziger erfreulicher Augenblick an diesem Tag, und führte sie die Hauptstraße hinunter. Er blickte nicht zur Seite, als sie an der Abzweigung zu seinem Heim vorbeikamen, sondern bog ohne Zögern in den breiten Reitweg ein, und kaum eine halbe Stunde später standen sie am Rande der flachen Mulde vor den Meilern. Bodennebel lag zartblau über dem zerrissenen Hügel, als Hugh und Cadfael ihn umrundeten und stehenblieben, wo der Stamm, der kein Stamm war, in der Asche lag.

Die verfärbte Schnalle des verbrannten Lederriemens war aus Silber. Der Schuh war kunstvoll gearbeitet und teuer. An dem fast fleischlosen Knochen flatterten versengte Stoffstreifen.

Hugh blickte vom Fuß zum Knie und suchte zwischen dem freiliegenden Holz nach dem Gelenk, aus dem der Knochen gebrochen war. »Dort müßte er liegen, in dieser Richtung. Wer ihn hier hineinsteckte, öffnete keinen aufgegebenen Meiler, sondern errichtete eigens einen neuen und baute den Mann in die Mitte ein. Jemand, der die Methode kannte, wenn auch vielleicht nicht gut genug. Wir müssen den Meiler vorsichtig abtragen. Die oberste Erdschicht und die Blätter könnt Ihr mit dem Rechen abziehen«, sagte er zu seinen Männern, »doch wenn Ihr die Stämme erreicht, werden wir sie einen nach dem anderen herunternehmen. Ich bezweifle, daß wir viel mehr als Knochen finden, doch ich will alles haben, was zu ihm gehört.«

Sie machten sich ans Werk und öffneten auf der nicht verbrannten Seite die Abdeckung, während Cadfael den Hügel umkreiste, um die Lage aus jener Richtung zu begutachten, aus welcher der zerstörerische Wind geweht haben mußte. Dicht über dem Boden, im Sockel des Meilers, fand er ein kleines, halbkreisförmiges Loch. Er bückte sich, um es näher zu untersuchen, und fuhr mit der Hand unter die herabhängenden Blätter, die es halb verdeckten. Das Loch führte weit ins Innere des Meilers und verschluckte seinen Arm bis zum Ellbogen. Es war beim Aufbau des Meilers freigelassen worden. Er ging zu Hugh zurück, der ihn beobachtet hatte.

»Kein Zweifel, sie kannten die Methode. Auf der Windseite ist ein Luftkanal freigelassen, der dem Meiler Zug geben sollte. Der Stapel sollte ganz ausbrennen. Doch sie haben es übertrieben. Wahrscheinlich hielten sie den Luftkanal geschlossen, bis der Meiler gut brannte, um ihn dann zu öffnen und zu verschwinden. Doch der Zug war zu stark, so daß die Windseite kaum mehr als angesengt ist, während der Rest in hellen Flammen aufging. Auf diese Dinger muß man Tag und Nacht aufpassen.«

Meriet hielt sich abseits, in der Nähe der angepflockten Pferde, und beobachtete die zielstrebigen Aktivitäten mit unbewegtem Gesicht. Er sah Hugh zum anderen Ende der Lichtung hinübergehen, wo drei flachgedrückte Ovale im Gras die Stellen anzeigten, an denen das Holz zum Trocknen aufgestapelt gewesen war. Wie Mark gesagt hatte, waren zwei der Flecken von einem satteren Grün als der dritte; dort hatten bereits junge Pflanzen die Schicht aus totem Gras durchstoßen und wuchsen dem Licht entgegen. Der dritte Fleck, der den Insassen von St. Giles eine reiche Ernte gebracht hatte, war gebleicht und flach.

»Wie lange dauert es«, fragte Hugh, »bis die Pflanzen in dieser Jahreszeit so weit nachwachsen?«

Cadfael dachte nach, stieß eine Zehe in den weichen, alten Bewuchs darunter. »Acht bis zehn Wochen vielleicht. Schwer zu sagen. Und die fortgewehte Asche könnte etwa genausolang sichtbar bleiben. Mark hatte recht, die Hitze ist bis zu den Bäumen vorgedrungen. Wenn der Waldboden hier weniger kahl und hart gewesen wäre, dann hätte das Feuer sogar die Bäume erreicht, doch es gab hier keine dicke Schicht aus Wurzeln und Laub, die den Brand auf dem Boden weitertragen konnte.«

Sie kehrten zu der Stelle zurück, an der die Abdeckung aus Erde und Blättern jetzt entfernt war und die zackigen Umrisse von Stämmen entblößt hatte; das Holz war geschwärzt, hatte jedoch seine Form behalten. Der Unterführer und seine Männer legten die Werkzeuge weg und machten sich mit den Händen an die Arbeit. Sie hoben die Stämme nacheinander herunter und stapelten sie abseits, wo sie nicht im Weg waren. Sie kamen nur langsam voran; und die ganze Zeit stand Meriet reglos und stumm und beobachtete sie.

Der tote Mann tauchte nach mehr als zwei Stunden Arbeit Stück für Stück aus seinem Sarg auf. Er hatte auf der windabgewandten Seite dicht am Feuerschacht gelegen, und das Feuer war stark genug gewesen, um bis auf einige wenige Fetzen seine ganze Kleidung zu verbrennen; doch es hatte sich zu schnell weitergefressen, um das ganze Fleisch von den Knochen zu brennen − nicht einmal sein Haupthaar war beschädigt. Sie fegten umständlich Holzkohle und Asche und halb verbranntes Holz von ihm herunter, doch der Körper blieb nicht heil. Der teilweise Zusammenbruch des Meilers hatte seine Gelenke gezerrt und ihn auseinandergerissen. Sie mußten, so gut sie konnten, seine Knochen aufsammeln und sie im Gras auslegen, bis sie, abgesehen von kleinen Finger- und Handknochen, den ganzen Mann zusammengesetzt hatten; der Rest mußte aus der Asche gesiebt werden. Der Schädel war erhalten geblieben; über den geschwärzten Ruinen eines Gesichts war eine nackte Halbkugel zu sehen, umgeben von einigen Fransen und Locken von kurzgeschnittenem braunem Haar.

Sie fanden einige Dinge, die sie neben ihn legten. Die silbernen Schnallen seiner Schuhe hatten, obwohl geschwärzt, die Form beibehalten, die ihnen ein guter Handwerker gegeben hatte. Da war die verdrehte Hälfte eines Gürtels aus gegerbtem Leder, ebenfalls mit einer großen, kunstvollen Silberschnalle und Spuren von Silberornamenten im Leder. Da war ein abgerissenes Stück einer verfärbten Silberkette mit einem silbernen Kreuz, besetzt mit Halbedelsteinen, die jetzt allerdings geschwärzt und mit Schmutz überkrustet waren. Und einer der Männer, der die feine Asche aus der Umgebung des Körpers durchsiebte, fand einen Fingerknochen mit einem Ring; das Fleisch zwischen Metall und Knochen war verbrannt. Der Ring trug einen großen schwarzen Stein, in den ein jetzt von verklebter Asche entstelltes Motiv eingraviert war; was davon noch zu sehen war, schien ein verziertes Kreuz zu sein. Und im zerstörten Brustkasten fanden sie, vom Feuer fast saubergebrannt, die Spitze des Pfeils, der den Mann getötet hatte.

Hugh stand über den sterblichen Überresten des Mannes und starrte mit grimmigem Gesicht hinab. Dann wandte er sich an Meriet, der aufrecht und steif am Rand der Lichtung stand.

»Kommt hier herunter, kommt und seht, ob Ihr uns nicht weiterhelfen könnt. Wir müssen diesem Ermordeten einen Namen geben. Kommt und seht, ob Ihr ihn nicht vielleicht kennt.«

Meriet kam mit bleichem Gesicht so nahe, wie ihm befohlen worden war, und betrachtete, was im Gras ausgelegt war. Cadfael hielt sich etwas hinter ihm, beobachtete und lauschte. Hugh hatte nicht nur seine Arbeit zu tun, sondern auch mit seinen gequälten Sinnen zu kämpfen, die nach Rache schrien; und wenn er Meriet etwas hart anfaßte, so geschah es nicht völlig ohne Absicht. Denn nun bestanden kaum noch Zweifel an der Identität des Toten, der vor ihnen lag, und die Verbindung zu Meriet war offensichtlich.

»Ihr bemerkt sicher«, sagte Hugh leise und kalt, »daß er die Tonsur trug, daß er braunes Haar hatte und nach dem Aussehen seiner Knochen ein großer Mann war. Auf welches Alter würdet Ihr ihn schätzen, Cadfael?«

»Er wirkt aufrecht, ohne die Verformungen, die das Alter bringt. Ein junger Mann. Vielleicht dreißig Jahre alt, kaum älter.«

»Und ein Priester«, drängte Hugh erbarmungslos.

»Nach dem Ring, nach dem Kreuz, nach der Tonsur zu schließen — ja, ein Priester.«

»Ihr hört unsere Folgerungen, Bruder Meriet. Wißt Ihr von einem solchen Mann, der in dieser Gegend vermißt wird?«

Meriet starrte schweigend die stummen Überbleibsel dessen an, was einmal ein Mann gewesen war. Er riß die Augen auf, und sein Gesicht war bleich wie helles Elfenbein. Schließlich sagte er tonlos: »Ich verstehe Eure Schlüsse, doch ich kenne den Mann nicht. Wie sollte man ihn auch erkennen?«

»Gewiß nicht an seinem Gesicht. Doch vielleicht an seiner Kleidung? Das Kreuz, der Ring, die Schnallen — daran könnte man sich wohl erinnern, wenn man einem so jungen und so prächtig geschmückten Priester begegnet. Zum Beispiel als Gast in Eurem Haus?«

Meriet hob die Augen, die einen Moment grün aufblitzten, und sagte: »Ich verstehe Euch. Vor einigen Wochen, bevor ich ins Kloster ging, kam ein Priester ins Haus meines Vaters und blieb über Nacht. Doch er reiste am nächsten Morgen nach Norden weiter, nicht in diese Richtung. Wie könnte er hierher gekommen sein? Und wie soll ich — oder wie wollt Ihr — den Unterschied zwischen einem Priester und einem anderen feststellen, wenn sie aussehen wie dieser?«

»Und das Kreuz? Der Ring? Wenn Ihr mit Gewißheit sagen könnt, daß dies *nicht* der Mann ist«, sagte Hugh etwas hinterlistig, »dann würdet Ihr mir einen großen Dienst erweisen.«

»Ich spielte im Hause meines Vaters keine so wichtige Rolle«, sagte Meriet mit kalter Bitterkeit, »als daß ich dem geehrten Gast so nahe gekommen wäre. Ich brachte, wie ich bereits aussagte, sein Pferd in den Stall. Was seinen Schmuck angeht, so könnte ich keinen Eid ablegen.«

»Es gibt andere, die es können«, sagte Hugh grimmig. »Und was das Pferd betrifft, so habe ich gesehen, wie sehr ihr einander schätzt. Ihr sagtet wahrheitsgetreu, daß Ihr gut mit Pferden umgehen könnt. Wenn es ratsam schien, das Tier zwanzig oder mehr Meilen von dem Ort wegzuführen, an dem der Reiter den Tod fand, wer hätte dies besser bewerkstelligen können als Ihr? Geritten oder geführt, das Pferd hätte Euch keine Schwierigkeiten gemacht.«

»Ich hatte das Pferd nur am Abend und am nächsten Morgen in meiner Obhut«, sagte Meriet, »und ich sah es erst wieder, als Ihr es zur Abtei brachtet, mein Herr.« Und obwohl ein plötzlich aufflammender Zorn sein Gesicht bis zur Stirn färbte, blieb seine Stimme bereitwillig und fest und sein Temperament gezügelt.

»Nun, laßt uns zuerst einen Namen für unseren toten Mann finden«, sagte Hugh und wandte sich um, um noch einmal den zerlegten Haufen zu umkreisen und den besudelten Boden nach weiteren Details abzusuchen, die von Bedeutung sein mochten. Er betrachtete die Überreste des Ledergürtels, der bis auf ein Stück vor der Schnalle verbrannt war; der verkohlte Rest hätte einem schlanken Mann höchstens halb um die Hüfte gereicht. »Wer auch immer es war, er war mit einem Schwert oder Dolch bewaffnet. Hier ist die Schlaufe der Scheide, in der die Waffe steckte: Es war ein Dolch, denn sie ist zu leicht und elegant für ein Schwert. Doch keine

Spur vom Dolch selbst. Er müßte irgendwo hier im Schutt zu finden sein.«

Sie siebten eine weitere Stunde lang die Trümmer durch, doch sie fanden kein Metall und keine Kleidung mehr. Als er sicher war, daß es nichts mehr zu entdecken gab, zog Hugh seine Truppe zurück. Sie wickelten die geretteten Knochen, den Ring und das Kreuz ehrfurchtsvoll in ein Leinentuch und eine Dekke und ritten nach St. Giles zurück. Dort stieg Meriet vom Pferd, doch er blieb schweigend stehen, um zu hören, was der stellvertretende Sheriff mit ihm vorhatte.

»Bleibt Ihr hier im Spital?« fragte Hugh, der ihn unbefangen musterte. »Hat Euer Abt Euch diesen Dienst auferlegt?«

»Ja, mein Herr. Solange ich nicht in die Abtei zurückgerufen werde, bleibe ich hier.« Er stellte nicht einfach eine Tatsache fest, sondern betonte nachdrücklich, daß er sich fühlte, als hätte er die Gelübde bereits abgelegt und bliebe nicht nur aus Pflichtbewußtsein, sondern aus eigenem Willen hier.

»Gut! So wissen wir, wo wir Euch finden können, falls wir Euch brauchen. Sehr gut. Fahrt wie gewohnt mit Eurer Arbeit fort, doch gehorcht dem Willen des Abtes und haltet Euch auch zu meiner Verfügung.«

»Das will ich tun, mein Herr. Das will ich tun.« Meriet machte kühl und würdevoll auf dem Absatz kehrt und marschierte den Abhang zum Tor im geflochtenen Zaun hinauf.

»Und jetzt, glaube ich«, seufzte Hugh, der neben Cadfael zur Klostersiedlung ritt, »seid Ihr mir sicher böse, weil ich so grob mit Eurem Küken umgesprungen bin. Doch ich muß Euch hoch anrechnen, daß Ihr standhaft den Mund gehalten habt.«

»Nein«, sagte Cadfael aufrichtig. »Ein kleiner Rippenstoß ist bei ihm sicher nicht verschwendet. Und es gibt keinen Zweifel: der Verdacht legt sich um ihn wie Spinnweben um ein Gebüsch im Herbst.«

»Es *ist* der Mann, und er weiß es. Er wußte es schon, als er mit dem Rechen das Schienbein und den Schuh befreite. Das und nicht das bloße Wissen darum, daß ein Unbekannter einen häßlichen Tod erlitten hatte, erschütterte ihn bis ins Mark. Er wußte – da bin ganz sicher –, daß Peter Clemence tot war, doch fast ebenso sicher wußte er *nicht*, was mit der Leiche geschehen war. Wollt Ihr mir so weit folgen?«

»So weit«, sagte Cadfael wehmütig, »bin ich bereits gegangen. Es ist wirklich eine Ironie, daß er seine Schar direkt zu diesem Ort führte, denn er dachte an nichts anderes, als seinen armen Leuten Brennstoff für den Winter zu beschaffen. Übrigens liegt der Winter auf der Lauer, wenn meine Nase mich nicht sehr trügt.«

Die Luft war tatsächlich sehr still und kalt geworden, und bleierne, schwere Wolken lagen dicht über der Welt. Der Winter hatte sich verspätet, doch er war nicht mehr weit entfernt.

»Zuerst einmal«, kam Hugh wieder auf das anstehende Problem zurück, »müssen wir mit diesem Knochen einen Namen verbinden. Der ganze Haushalt von Aspley hat diesen Mann gesehen und einen Abend in seiner Gesellschaft verbracht; die Leute müßten doch seinen Schmuck wiedererkennen, auch wenn er jetzt verschmutzt ist. Es wird sein, als jagte ich eine wilde Katze in einen Taubenschwarm, wenn ich Leoric herrufen lasse, damit er etwas zum Kreuz und dem Ring seines Gastes sagt. Vielleicht können wir eine oder zwei Federn auflesen, wenn die Vögel auffliegen.«

»Trotzdem«, sagte Cadfael ernst, »würde ich es nicht tun. Forscht für den Augenblick nicht weiter nach, wiegt sie in Sicherheit. Gebt nur bekannt, daß wir einen ermordeten Mann gefunden haben, aber nicht mehr. Wenn Ihr zuviel verratet, wird sich der Schuldige auf und davon machen. Laßt ihn glauben, es sei alles in Odnung, damit er in seiner Wachsamkeit nachläßt. Ihr habt sicher nicht vergessen, daß die Heirat des älteren Jungen für den 21. dieses Monats festgesetzt ist, und zwei Tage davor wird sich die ganze Sippe, Nachbarn, Freunde und alle anderen in unseren Gästehallen versammeln. Laßt sie nur kommen, dann stehen alle zu Eurer Verfügung. Und bis dahin haben wir vielleicht auch eine Möglichkeit gefunden, Wahrheit von Unwahrheit zu scheiden. Und als Beweis dafür, daß dies wirklich Peter Clemence ist – nicht, daß ich noch Zweifel hätte... erzähltet Ihr mir nicht, daß Kanonikus Eluard die Absicht hat, auf dem Rückweg von Lincoln wieder zu uns zu kommen und den König allein nach Westminster weiterreisen zu lassen?«

»Richtig, das sagte er. Er will nicht ohne Botschaft für den Bischof nach Winchester zurückkehren, doch wir haben leider keine gute Botschaft für ihn.«

»Wenn Stephen das Weihnachtsfest in London verbringen will, dann könnte Kanonikus Eluard noch vor der Hochzeitsgesellschaft hier eintreffen. Er kannte Clemence gut, denn sie gehörten beide zur engsten Umgebung von Bischof Henry. Er müßte unser bester Zeuge sein.«

»Nun, ein paar Wochen mehr oder weniger werden Peter Clemence schwerlich weh tun«, stimmte Hugh trocken zu. »Doch habt Ihr, Cadfael, das Seltsamste in diesem Wirrwarr bemerkt? Ihm wurde nichts gestohlen, alles verbrannte mit ihm. Und doch war es nicht nur ein Mann; gewiß arbeiteten mehr als zwei Männer daran, den Scheiterhaufen aufzubauen. Würdet Ihr nicht auch sagen, daß ein Mann mit großer Autorität dabei war, der keinen Diebstahl zuließ, obwohl er gezwungen war, einen Mord zu vertuschen? Und die Furcht oder der Gehorsam jener, die seine Befehle ausführten, wog schwerer als ihre Verehrung für Ring und Kreuz.«

Es war die Wahrheit. Wer auch immer sich entschlossen hatte, Peter Clemence auf diese Weise aus dem Wege zu räumen, hatte den Beweis geliefert, daß ein Tod keinesfalls das Werk von gewöhnlichen Wegelagerern und Dieben war. Ein Fehler, wenn er hoffte, jeden Verdacht von sich selbst und seinen Leuten abzulenken. Seltsam, daß diese strenge Ehrlichkeit ihm mehr bedeutete als seine Sicherheit – wer auch immer er war. Ein Mord war für ihn vorstellbar, wenn nicht sogar akzeptabel; doch kein Diebstahl an einem Toten.

9

In dieser Nacht setzte Frost ein, der eine harte Winter-
woche ankündigte. Es fiel kein Schnee, doch von Osten
fegte ein schneidender Wind über die Hügel. Wilde Vögel wagten sich nahe an die Siedlungen der Menschen,
um Essensreste aufzupicken, und sogar die Füchse des
Waldes schlichen eine Meile näher an die Stadt heran.
Und ebenso ein unbekanntes menschliches Raubtier,
das hin und wieder Hühner aus entlegenen Gehegen
schnappte und ab und zu einen Laib Brot aus einer Kü-
che stahl. Beschwerden über Diebstähle aus den Scheunen außerhalb der Mauern gelangten bis zum Stadtvor-
steher und zur Burg; man hörte von Geflügel, das am
Rande der Klostersiedlung aus den Ställen der Freisas-
sen gestohlen worden war, und zwar nicht von Füchsen
oder anderen Raubtieren. Einer der Wäldler aus dem
Großen Wald hatte vor einem Monat von einem ausge-
weideten Hirsch berichtet – Beweis genug, daß der Wil-
derer im Besitz eines guten Messers war. Nun trieb die
Kälte irgend jemand, der in der Wildnis lebte, näher an
die Stadt, wo er die Nächte in einem warmen Stall oder
einer Hütte verbringen konnte, statt in den kahlen Wäldern.

König Stephen hatte seinen Sheriff aus Shropshire abgezogen und ihn nach dem am Michaelistag fälligen Re-
chenschaftsbericht den Herbst über in seiner Umgebung
behalten. Er hatte ihn mit sich genommen, damit er nun
dem Baron von Chester und William von Roumare in
Lincoln kalkulierte Artigkeiten sagen konnte; und so lag
das Problem dieses Hühnerdiebs zusammen mit allen
anderen Verstößen gegen den Frieden und die Ordnung
des Königs in Hughs Händen. »Auch gut!« sagte Hugh.
»Denn ich wollte mir das Rätsel um Clemence ohnehin

ungestört selbst vornehmen, da es nun schon so weit gekommen ist.«

Er war sich wohl bewußt, daß ihm nicht viel Zeit blieb, um die Angelegenheit allein zu Ende zu bringen, denn der König wollte zu Weihnachten zurück in Westminster sein, und wenige Tage später würde der Sheriff in seine Grafschaft zurückkehren.

Die Aktivitäten des wilden Mannes schienen sich auf den östlichen Saum des Waldes zu konzentrieren — jene Gegend, die bereits aus einem völlig anderen Grund Hughs Interesse geweckt hatte.

In einem vom Bürgerkrieg zerrissenen Land, in dem Recht und Gesetz keinen guten Stand hatten, wurde alles Unerklärliche Vogelfreien zugeschrieben, die in der Wildnis lebten; und hin und wieder ist die einfachste Erklärung auch die richtige. Hugh hatte in diesem Fall keine derartigen Erwartungen, und er war höchst überrascht, als einer seiner Unterführer triumphierend einen Dieb, der sich auf Kosten der unvorsichtigen Bewohner der Klostersiedlung ernährt hatte, in die Wache der Burg brachte. Hugh war nicht wegen des Mannes selbst überrascht, der mehr oder weniger das war, was man erwartet hatte, sondern wegen des Dolches und der Scheide, die bei ihm gefunden worden waren und als Beweis für seine Missetaten übergeben wurden. Man fand sogar Spuren von getrocknetem Blut in der gekehlten Klinge, zweifellos vom Huhn oder von der Gans eines anderen.

Es war ein sehr eleganter Dolch mit ungeschliffenen Edelsteinen im Griff und so geformt, daß er bequem in der Hand lag; die in gegerbtes Leder gekleidete Metallscheide war von einem Feuer geschwärzt und verfärbt, das Leder von der Spitze an bis zur halben Höhe abgerissen. Ein schmaler Lederstreifen hing noch daran. Hugh hatte die Schlaufe bzw. deren Schwester gesehen, an der die Scheide hätte hängen sollen.

Er drehte in der kahlen Wache den Kopf zum Vorraum herum und sagte: »Bringt ihn herein.« Hier drinnen brannte ein gutes Feuer, und es gab eine Bank, auf der man sitzen konnte. »Nehmt ihm die Ketten ab«, sagte Hugh nach einem Blick auf das, was einmal ein großer Mann gewesen war, »und laßt ihn am Feuer sitzen. Paßt auf ihn auf, doch ich bezweifle, daß er irgendwelche Schwierigkeiten macht.«

Der Gefangene hätte eine imposante Gestalt sein können, wenn er noch Fleisch und Sehnen auf den langen, groben Knochen gehabt hätte; doch er war vom Hunger geschrumpft und trug trotz des beginnenden Winters nichts als Lumpen am Leib. Er konnte noch nicht alt sein; seine Augen und seine vollen hellen Haare waren die eines jungen Mannes, und seine Knochen, so sehr sie auch aus seinem Fleisch hervorstanden, bewegten sich mit der Energie der Jugend. Dicht am Feuer, nach der grimmigen Kälte erwärmt, bekam er Farbe und schien sich auszudehnen, bis er fast seine frühere Größe wiedererlangte. Doch sein Gesicht, blauäugig und hohlwangig, starrte Hugh in stummem Schrecken an. Er war wie ein wildes Tier in der Falle, gespannt und wachsam, nach einem Schlupfloch Ausschau haltend. Er rieb sich unablässig die Handgelenke, die gerade von den schweren Ketten befreit worden waren.

»Wie heißt du?« fragte Hugh so freundlich, daß der Mann erschrocken erstarrte; er hatte Angst, einem solchen Tonfall zu trauen.

»Wie wirst du von anderen Männern gerufen?« wiederholte Hugh geduldig.

»Harald, mein Herr. Ich heiße Harald.« Die große Gestalt gab ein hohles Geräusch von sich, tief und trocken und leise. Er hatte einen Husten, der schmerzhaft seine Rede unterbrach, und einen Namen, der einst einem König gehört hatte, an den sich alte Männer noch erinnern konnten — Männer mit seiner eigenen hellen Haarfarbe.

»Sage mir, wie du dieses Ding bekommen hast, Harald. Denn wie du sicher weißt, ist es die Waffe eines Edelmanns. Sieh die Kunst, mit der sie gemacht worden ist, und die kostbaren Steine. Wo hast du dieses Ding gefunden?«

»Ich hab es nicht gestohlen«, sagte der Elende zitternd. »Ich schwöre, ich hab's nicht gestohlen! Es wurde fortgeworfen, niemand wollte es haben...«

»Wo hast du es gefunden?« fragte Hugh etwas schärfer.

»Im Wald, mein Herr. Dort ist eine Stelle, an der Holzkohle gebrannt wird.« Er beschrieb stammelnd und blinzelnd den Ort, eifrig bedacht, jede Schuld von sich zu weisen. »Da war ein ausgebranntes Feuer, an dem ich mir manchmal Brennstoff holte, doch ich hatte Angst, so nahe an der Straße zu bleiben. Das Messer lag in der Asche, verloren oder fortgeworfen. Niemand wollte es haben. Und ich brauchte ein Messer...« Er zitterte und beobachtete Hughs unbeteiligtes Gesicht mit erschreckten blauen Augen. »Ich habe es nicht gestohlen... ich hab' immer nur gestohlen, um am Leben zu bleiben, mein Herr, ich schwöre es.«

Er war auf keinen Fall ein erfolgreicher Dieb gewesen, denn er hatte kaum Körper und Seele zusammengehalten. Hugh betrachtete ihn mit mäßigem Interesse und ohne besondere Strenge.

»Wie lange lebst du schon vogelfrei da draußen?«

»Es müssen vier Monate sein, mein Herr. Doch ich habe nie Gewalt angewandt und nie etwas anderes als Essen gestohlen. Ich brauchte ein Messer zum Jagen...«

Ist schon gut, dachte Hugh. Der König kann es sich leisten, hier und dort einen Hirsch zu verlieren. Der arme Teufel brauchte das Fleisch nötiger als Stephen, und Stephen hätte es ihm in guter Stimmung auch selbst gegeben. Laut sagte er: »Ein schweres Leben für einen Mann, wenn der Winter kommt. Hier drinnen bei uns, wo du regelmäßig zu essen bekommst, wenn auch nicht gerade Wildbret, bist du eine Weile besser aufgehoben, Harald.« Er wandte sich an den Unterführer, der aufmerksam dabeistand. »Schließe ihn ein.

Gib ihm Decken, damit er sich einhüllen kann. Und sorge dafür, daß er zu essen bekommt — nicht zuviel auf einmal, sonst erstickt er daran und stirbt uns noch weg.« Er hatte gesehen, wie es manchen elenden Geschöpfen, die aus den Stürmen in Worcester geflohen waren, so ergangen war; auf der Straße fast verhungert, hatten sie sich zu Tode gegessen, als sie eine sichere Unterkunft erreichten.

»Und behandelt ihn gut!« sagte Hugh scharf, als der Soldat den Gefangenen hochzerrte. »Er verträgt keine rauhe Behandlung, und ich brauche ihn noch. Verstanden?«

Der Sergeant verstand es so, daß dies der gesuchte Mörder sei, der leben mußte, um verurteilt und in aller Form gehenkt zu werden. Er grinste und lockerte ein wenig seinen festen Griff um die knochige Schulter. »Ich habe Euch verstanden, mein Herr.«

Damit gingen Fänger und Gefangener zu einer sicheren Zelle, wo der Gesetzlose Harald, sicher ein mit gutem Grund entlaufener Leibeigener, es wenigstens wärmer hatte als draußen im Wald. Hier bekam er seine Mahlzeiten, so einfach sie auch waren, ohne daß er jagen mußte.

Hugh beendete seine Alltagsgeschäfte in der Burg und ging hinaus, um Bruder Cadfael aufzusuchen, der in seinem Verschlag gerade einen aromatischen Trank mischte; das Gebräu sollte alternden Kehlen in der ersten Winterkälte Linderung bringen. Hugh setzte sich auf die vertraute Bank an der Holzwand und nahm dankbar einen Becher vom besten Wein an, den Cadfael seinen guten Bekannten vorbehielt.

»Nun, wir haben unseren Mörder sicher hinter Schloß und Riegel«, verkündete er mit unbewegtem Gesicht und erzählte, was sich zugetragen hatte. Cadfael lauschte aufmerksam, obwohl er sich ganz auf seinen köchelnden Sirup zu konzentrieren schien.

»Dummheit!« sagte er schließlich spöttisch. Sein Gebräu blubberte zu heftig, und er mußte es an die Seite der Kohlenschale schieben.

»Natürlich ist es eine Dummheit«, stimmte Hugh aus vollem Herzen zu. »Ein armer Hund ohne einen Lumpen zum Zudecken und ohne einen Bissen zu essen tötet einen Mann und läßt ihm seine Wertsachen, von den Kleidern ganz zu schweigen? Sie müssen in etwa gleich groß sein; er hätte ihn gewiß nackt ausgezogen und wäre froh über solche Kleider gewesen. Und er soll dem Schreiber ganz allein einen Scheiterhaufen gebaut haben? Zudem bezweifle ich, daß er weiß, wie man einen Meiler brennt. Nein, es ist unmöglich. Er hat den Dolch wirklich, wie er behauptet, gefunden. Wir haben in ihm nichts weiter als einen armen Teufel, der von einem hartherzigen Herrn so weit getrieben wurde, daß er fortlief. Und er ist zu ängstlich oder zu sicher, daß sein Herr ihn verfolgen wird, um sich in die Stadt zu wagen und Arbeit zu suchen. Er ist schon seit Monaten abgängig und sucht sein Essen, wo immer er es findet.«

»Dann seht Ihr es anscheinend völlig klar«, sagte Cadfael, der noch immer über sein Gebräu wachte, das sich nun leise glucksend im Topf setzte. »Was wollt Ihr von mir?«

»Der Mann hat einen Husten und eine vereiterte Wunde am Unterarm — wohl ein Hundebiß, als er irgendwo ein Huhn stahl. Kommt und heilt ihn und bringt aus ihm heraus, was Ihr könnt: woher er kam, wer sein Herr ist, was er gelernt hat. Wie Ihr wißt, haben wir in der Stadt Platz für gute Handwerker jeder Art und haben schon einige zu ihrem eigenen und unserem Nutzen aufgenommen. Auch dieser könnte nützlich sein.«

»Das will ich gerne tun«, sagte Cadfael, indem er sich mit einem verschlagenen Blick zu seinem Freund umdrehte. »Und was hat er Euch als Gegenleistung für Kost und Logis anzubieten? Und vielleicht für ein paar Kleider, wenn Ihr seine Größe hättet, was aber nach Euren eigenen Angaben nicht der Fall ist. Ich möchte wetten, daß Peter Clemence eine gute Handspanne größer war als Ihr.«

»Und dieser Bursche ganz gewiß«, räumte Hugh grinsend ein. »Doch wie er im Augenblick aussieht, könnte sogar ich zwei aus ihm machen. Aber Ihr werdet ihn selbst sehen und zweifellos ein Auge auf alle Eure Bekannten werfen, um einen Mann zu finden, dessen abgelegte Sachen ihm passen könnten. Und der Nutzen, den er für mich hat, abgesehen davon, daß ich ihn vor dem Hungertod bewahre – nun, mein Unteroffizier verbreitet schon, daß unser wilder Mann gefangen ist, und ich zweifle nicht, daß er den Dolch dabei nicht vergißt. Es ist nutzlos, den armen Teufel noch mehr zu erschrekken, als er schon durch seine Verhaftung erschrocken ist; doch wenn die Welt da draußen mit Fug und Recht glauben kann, daß unser Mörder sicher hinter Gittern sitzt, dann ist es umso besser. Alle können freier atmen – vor allem der Mörder. Und ein Mann, der nicht mehr auf der Hut ist, könnte, wie Ihr sagtet, einen tödlichen Fehler machen.«

Cadfael dachte darüber nach und stimmte zu. Ein so bequemes Ende – ein gesetzloser Fremder, der niemandem etwas bedeutete, bekommt die Schuld für alles zugewiesen, was andere im Ort verübt haben; und in kaum einer Woche würde sich die Hochzeitsgesellschaft versammeln, und alle Gemüter wären wieder beruhigt.

»Und Euer störrischer Bursche in St. Giles«, sagte Hugh sehr ernst, »weiß, was Peter Clemence zugestoßen ist, ob er nun die Hand im Spiel hatte oder nicht.«

»Er weiß es«, sagte Bruder Cadfael gleichermaßen ernst, »oder er glaubt, daß er es weiß.«

Er ging noch am gleichen Nachmittag durch die Stadt zur Burg hinauf, nachdem Hugh ihn, der auch Gefangene und Kriminelle heilen konnte, dem Abt für einige Stunden abgeschwatzt hatte. Cadfael fand den Gefangenen Harald in seiner Zelle zumindest trocken auf einer Steinbank liegen, in weiche Decken gewickelt, damit er vor der Kälte geschützt war, und dies war gewiß Hughs Werk. Das Öffnen der Tür löste in ihm im ersten Augenblick einen stummen Schrecken aus, doch der Anblick der Benediktinertracht erstaunte und besänftigte ihn, und die Aufforderung, seine Wunden zu zeigen, vertiefte seine Verwirrung noch; doch er gab verwundert und hoffnungsvoll nach. Nach der langen Einsamkeit, in der die Stimme eines Mannes nur als Bedrohung verstanden werden konnte, fand der Flüchtling die Sprache dankbar wieder und sprudelte schließlich einen rauhen Wortschwall heraus wie eine Tränenflut, die ihn leerte und erschöpfte. Als Cadfael ihn verließ, streckte er sich und fiel in einen heilsamen Schlaf.

Cadfael berichtete Hugh, bevor er die Wache der Burg verließ.

»Er ist Hufschmied, und er sagt, er sei ein guter. Es kann wahr sein; es scheint die einzige Quelle des Stolzes zu sein, die ihm geblieben ist. Könnt Ihr einen Hufschmied gebrauchen? Ich habe die Bißwunde mit einer Lotion aus Hundszunge bestrichen und noch einige andere kleine Schnitte und Risse eingesalbt. Ich glaube, er ist bald wieder auf den Beinen. Laßt ihn einen oder zwei Tage nur wenig, aber häufig essen, denn sonst wird er ernstlich krank. Er kommt weit aus dem Süden, aus Gretton. Er sagt, der Verwalter seines Herrn hätte seine Schwester gegen ihren Willen genommen, und er hätte versucht, sie zu rächen. Doch er ist kein guter Mörder«, sagte Cadfael trocken, »denn der Schänder kam mit einem Kratzer davon. Als Hufschmied mag er besser sein. Sein Herr war auf seinen Kopf aus, und er lief fort – wer könnte ihm einen Vorwurf machen?«

»Ein Lehnsmann?« fragte Hugh resigniert.

»Gewiß.«

»Und gesucht, wahrscheinlich rachsüchtig. Nun, sie werden vergeblich jagen, wenn sie ihn in der Burg von

Shrewsbury jagen. Wir können ihn hier gut bewachen. Und Ihr glaubt, daß er die Wahrheit sagt?«

»Er ist zu weit gegangen, um zu lügen«, sagte Cadfael. »Ich glaube, er ist eine einfache Seele, die nichts als die Wahrheit kennt. Außerdem glaubt er an meine Tracht. Wir haben immer noch einen guten Ruf, Hugh, und Gott möge uns die Kraft geben, ihm gerecht zu werden.«

»Er sitzt im Gefängnis einer freien Sadt«, sagte Hugh befriedigt, »und es müßte schon ein kühner Herr sein, der versuchte, ihn der Obhut des Königs zu entreißen. Soll sich sein Herr am Glauben freuen, daß der Arme unter Mordanklage gefangen ist, wenn es ihm Spaß macht. Wir verbreiten derweilen, daß unser Mörder gefaßt ist, und warten ab, was kommt.«

Die Neuigkeit machte die Runde, wie es Neuigkeiten eben tun und wie Klatsch verbreitet wird: Die Städter prahlten vor dem Landvolk mit ihrem überlegenen Wissen; die zum Markt oder in die Klostersiedlung kamen, nahmen die Neuigkeit in die umliegenden Dörfer und Anwesen mit. Wie die Nachricht von Peter Clemence' Verschwinden vom Wind verbreitet worden war und danach die Neuigkeit von der Entdeckung seiner Leiche im Wald, so verbreitete jede Brise die Neuigkeit, daß der Mörder bereits gefaßt sei und im Burgverlies saß; der Dolch des toten Mannes sei bei ihm gefunden worden, und er müßte mit einer Mordanklage rechnen. Es gab kein Geheimnis mehr, über das man in Schenken und an Straßenecken rätseln konnte, keine weiteren Sensationen zu erhoffen. Die Stadt gab sich mit dem zufrieden, was sie hatte, und machte das Beste daraus. Entferntere, abgelegenere Güter mußten eine Woche oder länger warten, bis die Nachricht auch sie erreichte.

Das Wunder war, daß es drei volle Tage dauerte, bis sie St. Giles erreichte. Das Spital lag zwar isoliert und die Insassen durften aus Furcht vor Ansteckung nicht in die

Nähe der Stadt kommen, doch gewöhnlich gelang es ihnen, in Windeseile alles zu erfahren, was an Klatsch auf den Straßen gehandelt wurde. Diesmal aber funktionierte das System nur langsam. Bruder Cadfael hatte sich besorgt Gedanken gemacht, welche Wirkung die Neuigkeit wohl auf Meriet haben mochte; doch er konnte nichts tun außer warten. Es war nicht nötig, dem jungen Mann die Geschichte vorsätzlich zu Ohren zu bringen; sie sollte besser auf dem üblichen Weg zu ihm wie zu jedem anderen finden.

So erfuhr Meriet erst am dritten Tag, als zwei Laienbrüder aus der Bäckerei der Abtei wie gewöhnlich Brot ins Spital lieferten, von der Verhaftung des entlaufenen Schurken Harald. Zufällig nahm Meriet selbst den großen Korb an und brachte das Brot ins Lager, wobei ihm die beiden Bäckergesellen halfen. Sie machten sein Schweigen durch eifrige Beredsamkeit wett.

»Ihr werdet es mit immer mehr schutzbedürftigen Bettlern zu tun bekommen, wenn dieses kalte Wetter anhält, Bruder. Strenger Frost und wieder Ostwind, kein Wetter, um auf der Straße zu sein.«

Höflich, doch wortkarg, stimmte Meriet zu, daß der Winter den Armen schwer zu schaffen machte.

»Nicht, daß sie alle ehrlich sind und es verdienen«, sagte der andere achselzuckend. »Wer weiß schon, wen Ihr da manchmal aufnehmt? Schurken und Bösewichter könnten dabei sein, und wer will es ihnen ansehen?«

»In der vergangenen Woche könnte einer dagewesen sein, auf den Ihr gut hättet verzichten können«, sagte sein Kollege, »denn womöglich hätte er Euch die Kehle aufgeschnitten und alles mitgenommen, was zu stehlen war. Doch Ihr seid jedenfalls sicher vor ihm, denn er wartet im Burgverlies auf seinen Mordprozeß.«

»Und es war sogar ein Priester, den er umbrachte! Er wird gewiß mit dem eigenen Kopf dafür büßen, wenn das auch ein armseliger Ausgleich für einen toten Priester ist.«

Meriet hatte sich steif umgedreht und starrte sie stirnrunzelnd an. »Einen Priester umgebracht? Welchen Priester? Von wem redet Ihr?«

»Was denn, habt Ihr es noch nicht gehört? Nun, der Kaplan des Bischofs von Winchester wurde im Großen Wald gefunden. Ein wilder Mann, der in den Häusern außerhalb der Stadt gestohlen hat, tötete ihn. Es ist, wie ich sagte: Da uns ein harter Winter ins Haus steht, mag er sehr wohl zitternd an Eurer Tür gebettelt haben, mit dem Dolch des Priesters unter dem Mantel, um Euch abzustechen.«

»Damit ich Euch recht verstehe«, sagte Meriet langsam. »Ihr sagt, ein Mann ist für diesen Mord festgenommen worden? Verhaftet und angeklagt?«

»Festgenommen, beschuldigt, eingesperrt und so gut wie gehängt«, erklärte der Informant fröhlich. »Das wäre mal einer, um den Ihr Euch nicht mehr zu sorgen braucht, Bruder.«

»Was für ein Mann ist er? Wie kam es dazu?« fragte Meriet drängend.

Sie sagten es ihm auf, immer einer nach dem anderen eine Strophe, und waren erfreut, in ihm jemand gefunden zu haben, der die Geschichte noch nicht kannte.

»Und leugnen wäre Zeitverschwendung, denn er hatte den Dolch, der dem ermordeten Mann gehörte, bei sich. Er hätte ihn im Meiler dort gefunden — nun, das mag glauben, wer will.«

Meriet starrte an ihnen vorbei und fragte mit leiser Stimme: »Was für ein Kerl ist er? Hier aus dem Ort? Wißt Ihr seinen Namen?«

Damit konnten sie nicht dienen, doch sie konnten ihn beschreiben. »Nicht aus dieser Gegend; ein Entlaufener, der im wilden Wald gelebt hat, ein armer, halbverhungerter Hund, der schwört, er hätte nie etwas Schlimmeres getan als etwas Brot oder ein Ei zu stehlen, um am Leben zu bleiben; doch die Wäldler sagen, daß er auch ihre Hirsche genommen hätte. Dünn wie ein Zaunpfahl und in Lumpen, ein armer Bursche...«

Sie nahmen ihren Korb und verabschiedeten sich, und Meriet ging den ganzen Tag über in kaltem Schweigen seiner Arbeit nach. Ein armer Bursche — ja, so schien es. So gut wie gehängt! Abgemagert und ein Flüchtling, im Wald gelebt und fast zu Tode gehungert...

Er sagte kein Wort zu Bruder Mark, doch eins der klügsten und neugierigsten Kinder hatte in der Küchentür die Ohren gespitzt und den Wortwechsel belauscht und die Neuigkeiten mit verständlichem Genuß im Haus verbreitet. Das Leben in St. Giles, so geschützt es auch verlief, konnte langweilig sein, und man war dankbar für eine gelegentliche Sensation, die die Alltagsroutine durchbrach. Die Geschichte kam schließlich auch Bruder Mark zu Ohren. Als er Meriets kalte Maske und das nach innen gewandte Starren sah, rang er mit sich, ob er das Wort ergreifen sollte oder nicht, doch schließlich wagte er eine Bemerkung.

»Du hast sicher gehört, daß ein Mann wegen des Mordes an Peter Clemence verhaftet wurde?«

»Ja«, sagte Meriet mit bleierner Stimme und blickte durch ihn hindurch in weite Ferne.

»Wenn er unschuldig ist«, sagte Mark nachdrücklich, »dann wird ihm auch kein Leid geschehen.«

Meriet hatte nichts weiter zu sagen, und Mark schien es nicht angebracht, noch etwas hinzuzusetzen. Doch von diesem Augenblick an beobachtete er seinen Freund mit unaufdringlicher Sorge, und es tat ihm weh, als er sah, wie Meriet sich so tief in das Wissen zurückgezogen hatte, das in ihm zu arbeiten schien wie Gift.

Mark konnte im Dunkel der folgenden Nacht nicht schlafen. Es war schon eine Weile her, daß er sich das letzte Mal des Nachts zur Scheune gestohlen hatte, um aufmerksam am Fuß der Leiter, die zum Dachboden hinaufführte, zu lauschen und in der Stille beruhigt festzustellen, daß Meriet fest schlief; doch in dieser Nacht machte er sich wieder auf die Pilgerschaft. Er kannte nicht den wahren Grund und die Natur von Meriets

Qualen, doch er wußte, daß der vergiftete Stachel tief im Herzen saß. Er erhob sich vorsichtig und lautlos, um seine Nachbarn nicht zu stören, und ging zur Scheune hinaus.

Der Frost war in dieser Nacht nicht sehr grimmig, die unbewegte Luft war etwas dunstig und hatte nicht das sternenklare Glitzern der vergangenen Nächte. Der Dachboden war warm, es duftete heimelig nach Holz, Stroh und Korn; doch hier fand dieser unzugängliche Schläfer, der fürchten mußte, seine Nachbarn aufzuschrecken, auch seine große Einsamkeit. Mark hatte sich einige Male gefragt, ob er Meriet nicht auffordern sollte, herunterzukommen und sich zu seinen Gefährten zu gesellen, doch das wäre nicht leicht zu vollbringen gewesen, ohne diesem ernsten Geist zu verstehen zu geben, daß sein Schlaf, wie wohlwollend auch immer, beobachtet worden war; und so hatte Mark sich nie durchringen können, den Versuch zu wagen.

Er fand trotz der dichten Dunkelheit den Fuß der steilen Treppe; im Grunde war es nur eine Trittleiter, die nicht durch ein Geländer geschützt war. Er verharrte mit angehaltenem Atem, die Nase voll vom Ernteduft der Scheune. Über ihm war unbehagliches Schweigen, gestört von leichten, kleinen Bewegungen. Zuerst dachte er, Meriet schliefe nur flach und drehte sich immer wieder im Bett, um eine Stellung zu finden, in der er tiefer in friedvollen Schlaf sinken konnte. Dann aber merkte er, daß er Meriets Stimme lauschte; gedämpft und unverständlich war sie, doch unverkennbar, ohne unterscheidbare Worte, ein bloßes Murmeln, doch schrecklich anzuhören in einem beständigen Widerstreit zwischen dem einem und einem anderen Erfordernis, beide gleichermaßen zwingend. Wie ein Verbrecher, dem auseinanderstrebende Pferde Glied um Glied ausrissen. Und doch war das Geräusch so leise und schwach, daß er die Ohren anstrengen mußte, um es mitzubekommen.

Bruder Mark stand elend da und fragte sich, ob er hinaufsteigen und den Schläfer wecken sollte, falls er wirklich schlief, oder ob er sich neben ihn legen und sich weigern sollte, ihn zu verlassen, falls er wachte. Es gibt eine Zeit, da man einen Menschen, ob wohlauf oder krank, allein lassen muß, und eine Zeit, da man mit fliegenden Fahnen und schallenden Trompeten stürmen und die Kapitulation verlangen muß. Doch er wußte nicht, ob der Augenblick für dieses Extrem gekommen war. Bruder Mark betete; nicht mit Worten, sondern indem er im Geiste eine Kerze entzündete, die sogleich mit lichter Flamme brannte und seine Fürbitte für Meriet mit ihrem Rauch emportrug.

Über ihm in der Dunkelheit regte sich im feinen, trockenen Staub von Spreu und Stroh ein Fuß. Es klang wie Mäuse, die in der Nacht umherhuschten. Leise Schritte waren über ihm zu hören, gleichmäßig und langsam. Im Dunkel darunter, das durch eindringendes Sternenlicht etwas gemildert wurde, starrte Mark nach oben und sah die Dunkelheit flattern und wirbeln. Etwas Glattes, Bleiches tauchte in die klaffende Öffnung herab und tastete nach der obersten Leiterstufe: ein nackter Fuß. Sein Gegenstück folgte, trat eine Sprosse tiefer. Eine Stimme, immer noch tief in den Körper zurückgezogen, der am oberen Ende der Leiter lehnte, sagte leise, doch klar verständlich: »Nein, ich kann es nicht ertragen!«

Er kam herunter, er suchte Hilfe. Bruder Mark atmete dankbar auf und sprach leise zur Dunkelheit über ihm: »Meriet! Ich bin hier!« Sehr leise, doch es war genug.

Der Fuß, der auf der nächsten Sprosse Halt gesucht hatte, irrte ab und trat ins Leere. Es gab einen schwachen, verzweifelten Schrei, leise wie ein Vogel, dann kam ein Kreischen, wach und lebendig und verwirrt und empört. Meriet rutschte seitlich weg und fiel halb in Bruder Marks blind ausgestreckte Arme, halb neben ihn und landete mit einem dumpfen, bösen Knall auf dem Boden der Scheune. Mark hielt verzweifelt, was er erwischt hatte, und bevor es ihn ganz hinabzog, senkte er Meriet so sachte wie möglich nieder; die Glieder knickten schlaff zusammen, und Meriet blieb lahm und reglos liegen. Bis auf Marks schweren Atem war alles still.

Er tastete voller Panik den leblosen Körper ab, legte ein Ohr auf die Brust, um Atem und Herzschlag zu hören, berührte eine weiche Wange und das dichte, dunkle Haar und zog seine warmen, von Blut klebrigen Finger hastig zurück. »Meriet!« flüsterte er drängend in ein taubes Ohr und erkannte, daß Meriet tief bewußtlos war.

Mark rannte um Licht und Hilfe, doch selbst in dieser Not achtete er umsichtig darauf, nicht das ganze Dormitorium aufzuschrecken. Er schmeichelte zwei der kräftigsten und willigsten seiner Herde, die nahe an der Tür schliefen, aus dem Schlaf und führte sie hinaus, ohne die anderen zu wecken. Sie nahmen eine Laterne mit und untersuchten Meriet, der immer noch bewußtlos auf dem Scheunenboden lag. Mark hatte den Sturz etwas abgefangen, doch Meriets Schädel war an eine Kante der Trittleiter geschlagen, und ein heftig blutender, langer Riß lief quer über die rechte Schläfe. Sein rechter Fuß lag unnatürlich verdreht unter dem anderen Bein.

»Meine Schuld, meine Schuld!« flüsterte Mark elend, während er den schlaffen Körper nach gebrochenen Knochen abtastete. »Ich schreckte ihn auf. Ich wußte nicht, daß er noch schlief, ich dachte, er käme aus eigenem Willen zu mir herunter...«

Meriet reagierte nicht und ließ alles mit sich geschehen. Anscheinend war nichts gebrochen, doch es mochte einiges verrenkt sein, und seine Kopfwunde blutete beunruhigend stark. Um ihn so wenig wie möglich zu bewegen, holten sie seine Liege vom Dachboden herunter und stellten sie neben ihm in der Scheune auf, so daß er vor dem Rest des Haushalts Ruhe hatte. Sie wuschen und verbanden seinen Kopf, hoben ihn sanft auf seine Bettstatt und gaben ihm noch eine Decke, damit er es warm hatte, denn Verletzung und Schock hatten seine

Haut spürbar abgekühlt. Die ganze Zeit über blieb sein Gesicht unter dem sauber gewickelten Verband entrückt und friedlich und bleich, wie Mark es noch nie gesehen hatte; die Sorgen der letzten Stunden schienen von ihm gewichen.

»Geht nun zur Ruhe«, sagte Bruder Mark zu seinen fürsorglichen Helfern. »In diesem Augenblick können wir nichts weiter tun. Ich werde bei ihm wachen. Wenn ich euch brauche, werde ich rufen.«

Er stellte die Lampe ein, bis sie gleichmäßig brannte, und setzte sich für den Rest der Nacht neben das Lager. Meriet lag stumm und reglos bis nach dem Morgengrauen, wenn sich auch sein Atem deutlich verlangsamte und beruhigte, als er aus der Bewußtlosigkeit in den Schlaf hinüberglitt; doch sein Gesicht blieb blutleer. Nach der Prim begannen seine Lippen zu zittern und die Augenlider zu flattern, als wollte er sie öffnen, fände jedoch nicht die Kraft dazu. Mark wusch sein Gesicht und befeuchtete die sich abmühenden Lippen mit Wasser und Wein.

»Lieg still«, sagte er, indem er eine Hand auf Meriets Wange legte. »Ich bin hier — Mark. Mach dir keine Sorgen, du bist hier bei mir sicher.« Er hatte sich die Worte nicht vorher zurechtgelegt. Er versprach den ewigen Segen, doch welches Recht hatte er, eine solche Macht für sich zu beanspruchen? Und doch waren die Worte ungebeten zu ihm gekommen.

Die schweren Augenlider hoben sich, kämpften einen Augenblick mit dem ungewohnten Gewicht, das sie geschlossen hielt, und teilten sich über dem Reflex der Flamme in den verzweifelten grünen Augen. Ein Schaudern lief durch Meriets Körper. Er bewegte den trockenen Mund und sagte schwach: »Ich muß gehen — ich muß ihnen sagen... laßt mich aufstehen!«

Sein Versuch, sich aufzurichten, wurde durch eine leichte Hand auf seiner Brust vereitelt; er blieb hilflos zitternd liegen.

»Ich muß gehen! Helft mir!«

»Du mußt nirgends hingehen«, sagte Mark, indem er sich über ihn beugte. »Wenn du irgend jemand eine Botschaft schicken willst, dann lieg still und sage es mir. Du weißt, daß ich sie wortgetreu übermitteln werde. Du bist gestürzt; du mußt still liegen und ruhen.«

»Mark... seid Ihr es?« Er tastete blind umher, und Mark nahm seine irrende Hand und hielt sie. »Ihr *seid* es«, sagte Meriet seufzend. »Mark – der Mann, den sie gefaßt haben... weil er angeblich den Schreiber des Bischofs getötet hat... ich muß ihnen sagen... ich muß zu Hugh Beringar...«

»Sag es mir«, sagte Mark, »und damit soll es für dich erledigt sein. Ich will dafür sorgen, daß alles getan wird, was du für nötig hältst, und du kannst ruhen. Was soll ich nun Hugh Beringar sagen?« Doch im Herzen wußte er es bereits.

»Sagt ihm, daß er diese arme Seele freigeben muß... sagt ihm, er hat diese Untat nicht begangen. Sagt ihm, daß ich es *weiß*! Sagt ihm«, sagte Meriet, dessen geweitete Augen hungrig und smaragdgrün an Marks aufmerksamem Gesicht hingen, »daß ich meine Todsünde gestehe... daß ich es war, der Peter Clemence tötete. Ich schoß ihn im Wald nieder, drei Meilen oder weiter von Aspley entfernt. Sagt, daß es mir leid tut, dem Haus meines Vaters solche Schande gemacht zu haben.«

Er war schwach und benommen und zitterte unter dem verspäteten Schock; Tränen rannen aus seinen Augen und überraschten ihn mit ihrer unerwarteten Flut. Er packte und rang die Hand, die er hielt. »Versprecht es mir! Versprecht, daß Ihr es ihm erzählt...«

»Das tue ich, und ich selbst und kein anderer soll der Bote sein«, sagte Mark, der sich dicht über die angestrengten, blinden Augen beugte, damit Meriet ihn sah und ihm glaubte. »Jedes Wort, das du mir sagst, will ich übermitteln. Und du kannst, bevor ich gehe, ebenfalls ein gutes und nützliches Werk für dich selbst und mich tun. Dann magst du wieder friedlich schlafen.«

Die grünen Augen klärten sich verwundert und starrten zu ihm herauf. »Was soll ich tun?«

Mark erklärte es ihm sanft und doch sehr fest. Bevor er noch die Worte ganz ausgesprochen hatte, entriß Meriet ihm die Hand und warf sich trotz der Verletzungen im Bett herum, um sein Gesicht abzuwenden. »Nein!« sagte er, leise und verzweifelt klagend. »Nein, das will ich nicht! Nein...«

Mark sprach weiter und drängte ihn zu tun, was er gesagt hatte, doch als es abermals abgeschlagen, als es sogar noch heftiger zurückgewiesen wurde, hielt er inne. »Still!« sagte er schließlich versöhnlich. »Du brauchst dich nicht so zu erregen. Auch wenn du es nicht tust, werde ich deinen Auftrag erfüllen und Wort für Wort alles weitergeben. Sei du nur still und schlafe.«

Meriet glaubte ihm sofort; der trotzig steife Körper entspannte sich sichtlich. Der verbundene Kopf drehte sich wieder zu ihm herum; sogar das trübe Licht in der Scheune ließ ihn blinzeln und die Augen zusammenkneifen. Bruder Mark löste die Laterne und zog die Decken enger um ihn. Dann küßte er seinen Patienten und Büßer und ging hinaus, um seinen Auftrag zu erledigen.

Bruder Mark ging durch die Klostersiedlung und über die Steinbrücke in die Stadt, wechselte unterwegs mit allen, die er traf, einen Gruß, und fragte in Hugh Beringars Haus bei St. Mary's nach dem stellvertretenden Sheriff. Als er erfuhr, daß dieser bereits in der Burg war, ging er unverzagt weiter. Es war ein glücklicher Zufall, daß Bruder Cadfael ebenfalls anwesend war; er hatte dem Gefangenen gerade einen frischen Verband auf die entzündete Wunde am Unterarm gelegt. Hunger und kaltes Wetter sind einer raschen Heilung nicht förderlich, doch Haralds Verletzungen sprachen schon auf die Behandlung an. Er hatte etwas Fleisch auf die langen, groben Knochen bekommen, und seine eingefallenen Wangen sahen etwas jugendlicher aus. Massive Steinwände um ihn herum, furchtloser Schlaf, warme Decken und drei einfache Mahlzeiten am Tag waren der Himmel für ihn.

Zwischen den Steinmauern der Wache und außer Reichweite des trüben Morgenlichts wirkte Bruder Marks schmächtige Gestalt noch kleiner; doch sein würdevoller Ernst war in keiner Weise gemindert. Hugh begrüßte ihn erstaunt, da er ihn an diesem Ort nicht erwartet hätte, und bat ihn in den Vorraum, wo ein Feuer brannte und Fackeln das Tageslicht, das nicht hierher vordrang, ersetzten.

»Ich komme, eine Botschaft zu übermitteln«, sagte Bruder Mark, indem er sofort zur Sache kam. »Sie ist gerichtet an Hugh Beringar, und sie kommt von Bruder Meriet. Ich habe versprochen, sie wortgetreu zu überbringen, da er es nicht, wie er wollte, selbst tun kann. Bruder Meriet erfuhr erst gestern – wie wir alle in St. Giles –, daß Ihr hier im Gefängnis einen Verdächtigen festhaltet, der des Mordes an Peter Clemence beschuldigt wird. In der letzten Nacht, nachdem er sich zur Nachtruhe zurückgezogen hatte, wurde Meriets Schlaf schlimm gestört, und er erhob sich und begann zu wandern. Er stürzte schlafend vom Dachboden und liegt nun mit gebrochenem Kopf und vielen Quetschungen im Bett. Doch er ist zu sich gekommen, und ich bin zuversichtlich, daß er keinen bleibenden Schaden davontragen wird. Doch wenn Bruder Cadfael kommen und nach ihm sehen könnte, wäre mir wohler ums Herz.«

»Von Herzen gern!« sagte Cadfael entsetzt. »Doch was soll das heißen? Im Schlaf gewandelt? Er hat bei seinen Anfällen noch nie das Bett verlassen. Und Menschen, die es tun, treten gewöhnlich sehr vorsichtig auf und gehen selbst an Stellen sicher, an die sich ein wacher Mensch nicht wagen würde.«

»So wäre es wohl gewesen«, räumte Mark schuldbewußt ein, »wenn ich ihn nicht von unten angesprochen hätte. Denn ich dachte, er sei wach und käme herunter, um Trost und Hilfe zu finden; doch als ich seinen Namen rief, trat er fehl, schrie auf und fiel. Und nun ist er zu sich gekommen. Ich weiß, wohin er wollte, selbst im Schlaf, und zu welchem Zweck. Denn er übertrug seinen Botengang, da er nun hilflos ist, mir, und hier bin ich, die Nachricht zu übermitteln.«

»Ihr habt ihn doch gut behütet zurückgelassen?« fragte Cadfael besorgt, doch zugleich ein wenig beschämt, weil er damit Zweifel an Bruder Marks Fähigkeiten verriet.

»Zwei brave Seelen behalten ihn im Auge, doch ich glaube, er wird schlafen. Er hat mir die Last übergeben, die seinen Geist beschwerte, und hier lade ich die Last nun ab«, sagte Bruder Mark, und er hatte dabei die aufrechte, schlichte Haltung eines Priesters. »Er bittet mich zu sagen, daß Hugh Beringar seinen Gefangenen freilassen muß, weil dieser nicht den Mord beging, der ihm angelastet wird. Er bittet mich zu sagen, daß er aus eigenem Wissen spricht und sich zu seiner eigenen Todsünde bekennt, denn er war es, der Peter Clemence tötete. Er schoß ihn in den Wäldern nieder, sagt Meriet, mehr als drei Meilen nördlich von Aspley. Und er bittet mich zu sagen, daß es ihm leid tut, dem Hause seines Vaters solche Schande gemacht zu haben.«

Er stand fest vor ihnen, mit offenen Augen und offenem Gesicht, wie es seiner Natur entsprach, und sie erwiderten sein Starren mit verschlossenen, nachdenklichen Mienen. So ein einfaches Ende! Der Sohn, von Natur aus leidenschaftlich und rasch im Handeln, tötet; und der Vater, ein aufrechter und strenger Mann, der eifersüchtig über die Ehre seines alten Hauses wacht, bietet dem Sünder die Wahl zwischen der öffentlichen Schande, die das Haus seiner Vorfahren vernichtet hätte, oder der lebenslangen Buße im Kloster. Und der Sohn dieses Vaters zieht das persönliche Fegefeuer dem schändlichen Tod und der Entwürdigung seiner Familie vor. So konnte es gewesen sein! Damit war jede Frage beantwortet.

»Doch natürlich«, sagte Bruder Mark mit der starken Zuversicht eines Engels oder Erzengels und der Einfachheit eines Kindes, »ist es nicht wahr.«

»Ich suche keinen Streit mit Euch«, sagte Hugh nach einer langen, nachdenklichen Pause sanft, »wenn ich Euch frage, ob Ihr dies nur sagt, weil Ihr auf Bruder Meriet vertraut — ihr mögt glauben, dafür einen guten Grund zu haben —, oder aufgrund eines Wissens, das sich beweisen läßt? Woher wißt Ihr, daß er lügt?«

»Ich kenne ihn und weiß, was ich von ihm zu halten habe«, sagte Mark fest. »Doch ich versuche, dies beiseite zu lassen. Wenn ich sage, daß er kein Mensch ist, der einen anderen aus dem Hinterhalt erschießt, sondern sich ihm eher in den Weg stellt und ihn offen herausfordert, dann sage ich, was ich fest glaube. Doch ich bin von niedriger Geburt, und wie soll ich auf dem Feld der Ehre mit Gewißheit sprechen? Nein. Ich habe ihn geprüft. Als er mir sagte, was ich gerade übermittelte, erwiderte ich, daß er mich zu seinem Seelenfrieden unseren Kaplan rufen lassen sollte, damit er als kranker Mann die Beichte ablegen und die Absolution empfangen könne. Und er wollte nicht«, sagte Mark lächelnd. »Schon der Gedanke ließ ihn zittern und sich abwenden. Als ich drängte, geriet er in starke Erregung. Denn für eine Sache, die ihm gut genug scheint, kann er mich anlügen oder Euch oder gar vor dem Gesetz des Königs lügen«, sagte Mark, »doch er kann nicht vor seinem Beichtvater lügen und durch seinen Beichtvater vor Gott.«

10

Nach langem, düsterem Nachdenken sagte Hugh: »Für den Augenblick sieht es so aus, als würde der Junge die Wahrheit für sich behalten. Er liegt mit verletztem Kopf im Bett und wird sich wohl eine Weile nicht rühren; und er glaubt, wir hätten akzeptiert, was er, aus welchem Grund auch immer, uns glauben machen will. Sorgt für ihn, Mark, und laßt ihn glauben, daß er erreicht hat, was er beabsichtigte. Sagt ihm, er soll sich um unseren Gefangenen keine Sorgen machen, weil er nicht angeklagt werde, und er würde nicht zu Schaden kommen. Doch verbreitet nicht weiter, daß wir einen Unschuldigen festhalten, der keineswegs Gefahr läuft, sein Leben zu verlieren. Meriet mag es erfahren, doch keine Menschenseele außer ihm. Für die Öffentlichkeit haben wir den Mörder in sicherem Gewahrsam.«

Eine Täuschung zog eine andere Täuschung nach sich, und beide waren gedacht, um einem guten Zweck zu dienen; und wenn auch Bruder Mark der Meinung war, daß diese Täuschung bei der Suche nach Wahrheit keinen Platz haben durfte, so erkannte er doch das geheimnisvolle Zusammenwirken aller Arten unwahrscheinlicher Hilfsmittel in den Werken und der Absicht Gottes an, und er sah die Wahrheit sogar in Lügen gespiegelt. Er wollte Meriet glauben lassen, daß sein Opfergang beendet und sein Geständnis akzeptiert sei, worauf Meriet ohne Furcht und Hoffnung traumlos schlafen und die freudlose Befriedigung finden konnte, daß er sich freiwillig geopfert hatte; und damit konnte er gesunden und einer besseren, noch nicht enthüllten Welt entgegensehen.

»Ich werde dafür sorgen«, sagte Mark, »daß nur er es erfährt. Und ich will dafür einstehen, daß er jederzeit zu Eurer Verfügung steht, falls Ihr ihn braucht.«

»Gut! Dann geht jetzt zu Eurem Patienten zurück. Cadfael und ich werden Euch in Kürze folgen.«

Mark entfernte sich zufrieden und machte sich auf den Rückweg durch die Stadt und die Klostersiedlung. Als er gegangen war, wechselten Hugh und Cadfael einen langen Blick. »Nun?«

»Seine Geschichte klingt äußerst einleuchtend«, sagte Cadfael, »und ein großer Teil davon ist höchstwahrscheinlich wahr. Ich denke aber wie Mark. Ich glaube nicht, daß der Junge getötet hat. Aber der Rest? Der Mann, der das Feuer aufbauen ließ und es entzündete, hatte genug Macht, um seine Männer seinem Willen zu unterwerfen und sie zum Schweigen zu veranlassen. Ein Mann, dem sie widerspruchslos dienten, den sie fürchteten, den sie vielleicht sogar liebten. Ein Mann, der weder selbst dem Toten etwas stahl, noch erlaubte, daß seine Leute es taten. Alles wurde dem Feuer übergeben. Die, die für ihn arbeiteten, respektierten ihn und gehorchten ihm. Leoric Aspley ist ein solcher Mann, und er könnte sich so verhalten, wenn er glaubt, einer seiner Söhne hätte aus dem Hinterhalt einen Mann ermordet, der vorher bei ihm zu Gast war. Vergebung käme nicht in Frage. Wenn er den Mörder vor seinem verdienten Tod schützte, dann wahrscheinlich nur, um seinen Namen zu retten und unter der Bedingung, daß der Mörder eine lebenslange Buße auf sich nahm.«

Er erinnerte sich an die Ankunft von Vater und Sohn im Regen; der eine — streng, kalt und feindselig — war ohne den Kuß fortgegangen, der zwischen Blutsverwandten hätte gegeben werden müssen; der andere unterwürfig und pflichtbewußt, doch gewiß gegen seinen Willen, zugleich rebellisch und resigniert. Fieberhaft eifrig im Wunsch, die Probezeit zu verkürzen und ohne Hoffnung auf Umkehr eingesperrt zu werden, doch im Schlaf wie ein Dämon um seine Freiheit kämpfend. Es ergab ein glaubwürdiges Bild. Doch Mark war absolut sicher, daß Meriet gelogen hatte.

»Es fehlt nichts«, sagte Hugh kopfschüttelnd. »Er hat immer wieder bekräftigt, daß es sein eigener Wunsch war, die Kutte anzulegen ⌐ und so mag es wohl sein; und ein guter Grund dafür ist, daß die einzige Alternative der Galgen war. Der Tod kam bald nach dem Aufbruch von Aspley. Das Pferd wurde weit nach Norden geführt und laufen gelassen, damit die Leiche weit entfernt vom Ort, wo der Mann getötet worden war, gesucht wurde. Und was immer der Junge sonst noch weiß, er wußte nicht, daß er die Holzsammler direkt an die Stelle führte, an der die Knochen zu finden waren, so daß die umsichtige Arbeit seines Vaters zunichte gemacht wurde. Ich nehme Marks Wort ernst, und bei Gott, ich bin geneigt, Mark auch den Rest zu glauben. Doch wenn Meriet den Mann nicht getötet hat, warum sollte er dann die Bürde und das Urteil auf sich nehmen? Aus eigenem Willen?«

»Es gibt nur eine mögliche Antwort«, sagte Cadfael. »Um einen anderen zu schützen.«

»Dann meint Ihr, er wüßte, wer der Mörder ist.«

»Oder er glaubt es zu wissen«, entgegnete Cadfael. »Denn Schleier auf Schleier verhüllt die Menschen voreinander, und es scheint mir, daß Aspley, wenn er seinem Sohn dies antat, ohne jeden Zweifel zu wissen glaubt, daß der Junge schuldig ist. Und Meriet, da er sich opfermütig einem Leben verschrieb, gegen das sein ganzer Geist rebelliert, und nun sogar einen schändlichen Tod auf sich nimmt, muß ebenso sicher von der Schuld dieses anderen Menschen überzeugt sein, den er liebt und den er retten will. Doch wenn Leoric sich so sehr irrt, warum sollte Meriet nicht ebenfalls irren?«

»Und wir alle ebenfalls?« sagte Hugh seufzend. »Kommt, laßt uns zuerst zu diesem schlafwandelnden Patienten gehen, und wenn er — wer weiß? — bereit ist zu gestehen und sich dazu eine Lüge bereitgelegt hat, dann mag ihm doch etwas entgleiten, das uns einen

Nutzen bringt. Ich will ihm zugute halten, daß er nicht bereit war, einen anderen armen Teufel an seiner Stelle leiden zu lassen; nicht einmal an der Stelle eines Menschen, der ihm lieber ist als er selbst. Harald hat ihn rasch aus seinem Schweigen gerissen.«

Meriet schlief, als sie nach St. Giles kamen. Cadfael stand neben dem Lager in der Scheune und blickte auf ein Gesicht herab, das seltsam friedlich und kindlich schien. Der Teufel war ausgetrieben. Meriets Atem ging langsam und tief und entspannt. Man konnte glauben, daß da ein gequälter Sünder lag, der durch ein Geständnis sein Herz geläutert hatte, das danach wieder unbeschwert schlagen konnte. Doch er wollte sein Geständnis nicht vor einem Priester wiederholen. Mark hatte ein sehr starkes Argument vorgebracht.

»Laßt ihn ruhen«, sagte Hugh, als Mark, wenn auch widerstrebend, daran ging, den Schläfer zu wecken. »Wir können warten.« Und sie mußten fast eine Stunde warten, bis Meriet sich regte und die Augen aufschlug. Und selbst dann wollte Hugh, daß er erst versorgt und gespeist wurde und zu Trinken bekam, ehe er sich neben ihn setzte, um anzuhören, was er zu sagen hatte. Cadfael hatte ihn untersucht und nichts gefunden, das nach ein paar Tagen Ruhe nicht heilen würde; allerdings hatte Meriet sich beim Sturz ein Fußgelenk verrenkt, und es würde ihm noch eine Weile Schmerzen bereiten, den Fuß zu belasten. Der Schlag auf den Kopf hatte sein Gehirn heftig erschüttert, und seine Erinnerung an die letzten Tage war vielleicht verschwommen; doch er klammerte sich an eine fernere Erinnerung, die er unbedingt gestehen mußte. Der Riß auf seiner Schläfe würde bald heilen; die Blutung hatte bereits aufgehört.

Seine Augen, die im trüben Licht in der Scheune dunkelgrün glänzten, starrten geweitet und drängend herauf. Seine Stimme war schwach doch entschlossen, als er langsam und betont das Geständnis wiederholte, das er bereits vor Bruder Mark abgelegt hatte. Er gab sich Mühe, überzeugend zu sprechen, gab sich willig und steuerte geduldig Details bei. Beim Zuhören mußte Cadfael sich entsetzt eingestehen, daß Meriet in der Tat äußerst überzeugend sprach. Hugh mußte ähnlich denken.

Er fragte langsam und gleichmütig: »Ihr saht also den Mann in Begleitung Eures Vaters davonreiten und wart fest entschlossen. Ihr folgtet ihm mit Eurem Bogen — beritten oder zu Fuß?«

»Beritten«, sagte Meriet mit grimmiger Bereitwilligkeit; denn wenn er zu Fuß gegangen wäre, wie hätte er den Reiter rasch überholen und vor ihm sein können, nachdem seine Eskorte ihn verlassen hatte, um nach Hause zurückzukehren? Cadfael erinnerte sich an Isoudas Erklärung, Meriet sei an diesem Nachmittag spät in der Gesellschaft seines Vaters zurückgekehrt, doch er sei nicht mit ihnen ausgeritten. Sie hatte nicht gesagt, ob er bei seiner Rückkehr beritten war oder gegangen war; es war einer näheren Untersuchung wert.

»Mit der Absicht zu morden?« fragte Hugh freundlich weiter. »Oder kam es unvermutet über Euch? Denn was konntet Ihr gegen Herrn Clemence haben, daß Ihr seinen Tod wolltet?«

»Er hat sich schlimme Freiheiten mit der Braut meines Bruders erlaubt«, sagte Meriet. »Ich hielt es ihm vor — ein Priester als Schmeichler, seiner Überlegenheit über uns so sicher. Ein Mann, ohne Land, der nur seine Bildung und den Namen seines Gönners als Grundlage seiner Ehre besitzt, der auf uns herabblickt, die wir eine so lange Ahnenreihe haben. Er hat meinem Bruder Kummer gemacht...«

»Und doch machte Euer Bruder keine Anstalten, Genugtuung zu verlangen«, sagte Hugh.

»Er war zu den Lindes, zu Roswitha gegangen... Er hatte sie am Abend zuvor nach Hause begleitet, und ich bin sicher, daß er mit ihr stritt. Er ging früh hinaus, er sah den Gast nicht einmal scheiden; er ging, um gutzumachen, was zwischen ihnen beiden verkehrt war... er kam erst spät am Abend zurück«, erklärte Meriet nachdrücklich und fest, »als alles schon lange vorbei war.«

Das wurde durch Isoudas Aussage bestätigt, dachte Cadfael. Als alles vorbei war und Meriet als Mörder dastand, fest entschlossen, aus eigenem Willen um Aufnahme ins Kloster zu bitten und bereit, bei seiner Aussage zu bleiben und sich als Oblat dem Abt in die Hände zu geben, im vollen Bewußtsein dessen, was er tat – erst dann war sein Bruder zurückgekehrt. So hatte er es seiner scharfsinnigen, klugen Spielgefährtin erklärt, ruhig und beherrscht. Er tat, was er tun wollte.

»Doch Ihr, Meriet, Ihr überholtet Herrn Clemence. Hattet Ihr da schon Mord im Sinn?«

»Daran hatte ich nicht gedacht«, sagte Meriet, der zum erstenmal zögerte. »Ich ging allein... aber ich war sehr zornig.«

»Ihr wart in Eile«, drängte Hugh ihn, »wenn Ihr den scheidenden Gast umgehen und überholen und stellen wolltet, wie Ihr sagt.«

Meriet streckte sich auf seinem Lager und versteifte sich, und seine großen Augen richteten sich auf den Frager. Er schob den Unterkiefer vor. »Ich beeilte mich, doch nicht aus einem bewußten Grund. Ich war in guter Deckung, als ich ihn gemächlich auf mich zureiten sah. Ich spannte den Bogen und ließ den Pfeil fliegen. Er stürzte...« Schweiß brach auf der blassen Stirn unter den Bandagen aus. Er schloß die Augen.

»Laßt es gut sein!« sagte Cadfael leise, der dicht neben Hugh stand. »Er hat genug.«

»Nein«, sagte Meriet lauter. »Laßt es mich zu Ende bringen. Er war tot, als ich mich über ihn beugte. Ich hatte ihn getötet. Und mein Vater sah mich so, das Blut noch an den Händen. Die Hunde – er hatte Hunde bei sich – hatten mich gewittert und ihn zu mir geführt. Um mich und seinen guten Namen zu retten, hat er gedeckt, was ich tat, doch für alles Ungesetzliche, das ihm anzulasten wäre — wie mich am Leben zu lassen —, nehme ich die Schuld auf mich, denn ich bin der Grund dafür. Doch er verzieh mir nicht. Er versprach mir, mein verwirktes Leben zu schützen, wenn ich die Verbannung aus der Welt annahm und ins Kloster ging. Was danach geschah, wurde mir nie erzählt. Ich nahm aus eigenem Entschluß und bereitwillig die Strafe auf mich. Ich hoffte sogar... und ich versuchte... doch lastet alles, was geschah, mir an; und nun laßt mich die Rechnung begleichen.«

Er glaubte, er hätte alle überzeugt, und seiner Brust entrang sich ein tiefer Seufzer, und auch Hugh seufzte und machte Anstalten, sich zu erheben; doch dann fragte er beiläufig: »Zu welcher Stunde trug sich dies zu, Meriet? Als Euer Vater Euch auf frischer Tat ertappte?«

»Etwa um drei Uhr nachmittags«, sagte Meriet und ging ihm sauber in die Falle.

»Und Herr Clemence brach nach der Prim auf? Dann brauchte er sehr lange«, sagte Hugh täuschend freundlich, »um nur wenig mehr als drei Meilen zu reiten.«

Meriet riß die Augen, die müde und von der Spannung befreit schon halb geschlossen waren, entsetzt wieder auf. Ein Zucken durchlief ihn, bis er Stimme und Gesicht wieder unter Kontrolle hatte, doch es gelang ihm, aus der Tiefe seines Entsetzens eine entschlossene und glaubwürdige Antwort herauszufischen. »Ich habe meine Geschichte verkürzt, da ich sie hinter mich bringen wollte. Als dies geschah, war noch nicht einmal die Hälfte des Morgens verstrichen. Doch ich lief fort und ließ ihn liegen und wanderte durch die Wälder, voller Angst angesichts dessen, was ich getan hatte. Doch schließlich ging ich zurück. Es schien mir besser, ihn im dichten Gebüsch neben den Wegen zu verstecken, wo er unentdeckt liegen konnte, bis ich nachts zurückkäme, um ihn zu begraben. Ich hatte Angst, doch schließlich ging ich zurück. Es tut mir nicht leid«, sagte Meriet schließlich; so einfach, daß in diesen letzten Worten die

Wahrheit liegen mußte. Doch er hatte niemand nieder-geschossen. Er war auf einen toten Mann gestoßen, der in seinem Blute lag – genau wie damals, als er zurück-geschreckt war und entsetzt dagestanden hatte, als er Bruder Wolstan blutend am Fuß des Apfelbaums liegen sah. Ein Ritt von drei Meilen von Aspley aus – ja, dach-te Cadfael überzeugt. Doch der Ritt hatte sich weit in den Herbstnachmittag ausgedehnt, bis sein Vater mit Falken und Hunden unterwegs war. »Es tut mir nicht leid«, sagte Meriet noch einmal leise. »Es ist gut, daß ich so ertappt wurde. Und noch besser, daß ich Euch alles erzählt habe.«

Hugh erhob sich und blickte mit undurchdringlichem Gesicht zu ihm hinab. »Nun gut! Ihr dürft Euch noch nicht bewegen, und es gibt keinen Grund, warum Ihr nicht hier in Bruder Marks Obhut bleiben solltet. Bruder Cadfael sagte mir, daß Ihr in den nächsten Tagen Krük-ken zum Gehen braucht. Ihr seid hier so sicher wie an je-dem anderen Ort.«

»Ich würde Euch mein Wort geben«, sagte Meriet traurig, »doch ich bezweifle, ob Ihr es annehmt. Doch Mark wird mir glauben, und ihm liefere ich mich aus. Nur – der andere Mann – werdet Ihr ihn freilassen?«

»Macht Euch keine Sorgen. Er ist von jeder Schuld reingewaschen. Nur einige kleine Diebstähle, um sich den Bauch zu füllen, werden ihm noch angelastet, und auch die werden bald vergessen sein. Ihr solltet lieber über Eure eigene Lage nachdenken«, sagte Hugh ernst. »Ich möchte Euch nahelegen, einen Priester aufzusu-chen und die Beichte abzulegen.«

»Ihr und der Scharfrichter sollt meine Priester sein«, sagte Meriet und bekam irgendwie ein wehmütiges, schmerzliches Lächeln zustande.

»Er lügt und spricht im gleichen Atemzug die Wahr-heit«, sagte Hugh resigniert und verzweifelt, als sie durch die Klostersiedlung zurückgingen. »Was er über die Rolle seines Vaters sagt, ist mit ziemlicher Sicherheit wahr; er wurde ertappt, und er wurde beschützt und verdammt. So kam er zu Euch, willig und unwillig. Das erklärt das Hin und Her, das Ihr mit ihm erlebtet, den Unterschied zwischen Wachen und Schlafen. Doch es beantwortet nicht unsere Frage, wer Peter Clemence tötete, denn es ist so gut wie sicher, daß es nicht Meriet war. Er hatte nicht einmal diesen auffälligen Irrtum in der Tageszeit bedacht, bis ich ihn darauf stieß. Und angesichts des Schrecks, der ihm dabei in die Glieder fuhr, hat er es gut erklärt. Doch viel zu spät. Dieser Fehler hat ihn verraten. Doch was tun wir nun? Sollen wir herumposaunen, daß der junge Aspley den Mord gestanden und den Hals in die Schlinge gesteckt hat? Wenn er sich wirklich für jemand anders opfern will — würde der Betreffende dann vortreten und den Knoten lösen und seinen eigenen Hals hineinstecken, wie Meriet es für ihn tat?«

Cadfael sagte mit absoluter Sicherheit: »Nein. Wenn dieser andere ihn ohne einen Finger zu rühren in die Hölle gehen läßt, um seine eigene Haut zu retten, dann bezweifle ich, daß er auch nur eine Hand hebt, um ihn vom Galgen herunter zu geleiten. Gott vergib mir, wenn ich ihn falsch einschätze, doch auf dieses Gewissen würde ich mich nicht verlassen. Und Ihr hättet vor Euch selbst und vor dem Gesetz für nichts und wieder nichts eine Lüge verbreitet und den Jungen nur noch tiefer in seine Not gestoßen. Nein. Wir haben immer noch ein wenig Zeit, den Dingen ihren Lauf zu lassen. In zwei oder drei Tagen wird bei uns in der Abtei die Hochzeit gefeiert, und Leoric Aspley kann dazu gebracht werden, für sich selbst zu antworten; doch da er fest von Meriets Schuld überzeugt ist, kann er uns kaum helfen, den wirklichen Mörder zu finden. Hugh, versucht bis zur Hochzeit nicht, ihn zu einer Aussage zu bewegen. Überlaßt ihn bis dahin mir. Ich habe so meine Gedanken über Vater und Sohn.

»Ihr sollt ihn gern haben«, sagte Hugh, »denn ich will verdammt sein, wenn ich weiß, was ich mit ihm anfangen soll. Sein Vergehen betrifft eher die Kirche als irgendein Gesetz, dem ich Geltung verschaffen müßte. Einen Toten um sein christliches Begräbnis und die ihm zustehenden Zeremonien zu bringen, ist kein Vergehen, das ich ahnden könnte. Aspley ist der Abtei eng verbunden, und so soll der Herr Abt sein Richter sein. Ich will den Mörder. Ich weiß, Ihr wollt dem alten Tyrannen in den Kopf hämmern, daß er seinen Sohn schlecht kennt. Immerhin kennen wir ihn erst wenige Wochen, und doch setzen wir mehr Vertrauen in den Burschen und haben mehr Verständnis für ihn als der Vater. Und ich wünsche Euch Erfolg. Doch was mich betrifft, Cadfael, so will ich Euch sagen, was mir die größten Sorgen macht. Ich kann beim besten Willen nicht sehen, welchen Grund irgend jemand in dieser Gegend hätte − ob Aspley, Linde oder Foriet oder wer auch immer −, Peter Clemence aus der Welt zu schaffen. Ihn niederschießen, weil er sich Freiheiten bei dem Mädchen erlaubte und sich einschmeichelte? Dummheit! Der Mann verabschiedete sich, er hatte sich vorher kaum einmal blicken lassen, wahrscheinlich würde er nie wieder kommen, und anscheinend war es die einzige Sorge des Bräutigams, mit seiner Braut nach allzu scharfen Vorwürfen wieder Frieden zu schließen. Aus einem solchen Grund töten? Nicht, wenn der Täter nicht völlig den Verstand verloren hat. Ihr sagtet mir, das Mädchen ließe für jeden Bewunderer die Wimpern flattern, doch bislang ist noch niemand dafür gestorben. Nein, es gibt einen anderen Grund, es muß ihn geben; doch ich kann ihn ums Leben nicht erkennen.«

Darüber hatte sich auch Cadfael schon den Kopf zerbrochen. Ein kleiner abendlicher Zank um ein Mädchen und allzu artige Schmeicheleien, kein offener Streit, eine kleine Unruhe im ansonsten geruhsamen Leben der Familie − nein, aus so trivialem Anlaß tötet kein Mann.

Und niemand hatte bisher angedeutet, daß es mit Peter Clemence einen ernsthaften Streit gegeben hätte. Seine entfernten Verwandten kannten ihn nur flüchtig, die Nachbarn überhaupt nicht. Wenn man sich über einen neuen Bekannten ärgert, dabei aber weiß, daß man ihn nur für eine Nacht beherbergen muß, dann kann man ihn großmütig ertragen und ihn lächelnd auf der Türschwelle verabschieden, um danach erleichtert aufzuatmen. Doch man schleicht nicht im Wald herum, um ihm den Weg abzuschneiden und ihn niederzuschießen.

Doch wenn es nicht der Mann selbst war, welchen Grund konnte es sonst geben, ihn zu töten? Sein Auftrag? Er hatte nicht darüber gesprochen; wenigstens Isoudas Erklärung nach. Und selbst wenn, was an diesem Auftrag hätte es nötig machen können, den Mann aufzuhalten? Eine freundliche diplomatische Mission zu zwei Grafen im Norden, um sich ihrer Mitwirkung bei Bischof Henrys Friedensbemühungen zu versichern. Eine Mission, die Kanonikus Eluard danach erfolgreich selbst ausgeführt hatte, und zwar mit so glücklichem Ausgang, daß sein König die Übereinkunft besiegeln konnte; und im Augenblick begleitete er den König sogar nach Süden, um höchst zufrieden das Weihnachtsfest zu begehen. Daran war nichts Falsches zu finden. Alle großen Männer haben ihre privaten Pläne und genießen zuweilen einen Besuch, den sie bei einer anderen Gelegenheit meiden; doch der Beweis für die Annäherung lag auf der Hand, und es stand ein vergleichsweise friedliches Weihnachtsfest ins Haus.

Also doch der Mann. Aber der Mann war harmlos, ein durchreisender Verwandter, der es sich unter dem Dach der Familie bequem gemacht und sich erholt hatte, um am nächsten Tag weiterzureisen.

Also kein persönlicher Groll. Was blieb noch außer den üblichen Gefahren beim Reisen – ein heimtückischer Dieb und Mörder, der in der Wildnis umherstreifte, bereit, einen Mann vom Pferd zu reißen und ihm den

Kopf abzuschlagen, um die Kleider, die der Mann trug, natürlich sein hervorragendes Pferd und eine Handvoll Juwelen zu bekommen? Und das konnte ausgeschlossen werden, weil Peter Clemence nicht beraubt worden war — keine Silberschnalle fehlte, und nicht das juwelenbesetzte Kreuz. Niemand hatte sich nach seinem Tod an seinen Gütern oder Gerätschaften bereichert; sogar das Pferd war mit unberührtem Geschirr frei im Moor herumgelaufen.

»Ich habe lange über das Pferd nachgedacht«, sagte Hugh, als hätte er Cadfaels Gedanken verfolgt.

»Ich auch. Am Abend, nachdem Ihr das Tier zur Abtei zurückbrachtet, rief Meriet im Schlaf seinen Namen. Habe ich Euch das schon erzählt? Barbar — und er pfiff. Sein Teufel hätte ihm mit einem Pfiff geantwortet, sagten die Novizen. Ich frage mich, ob das Tier auch dort draußen im Wald zu ihm kam, oder ob Leoric ihm später Männer nachschicken mußte? Ich glaube, es ist zu Meriet gekommen. Als er den Mann tot auffand, galt sein nächster Gedanke wohl dem Tier, und er rief es.«

»Die Hunde erkannten vielleicht sogar seine Stimme, ehe sie seine Witterung aufnahmen«, sagte Hugh bedauernd, »und führten seinen Vater zu ihm.«

»Hugh, ich habe nachgedacht. Der Bursche antwortete sehr tapfer, als Ihr ihn auf diesen zeitlichen Fehler aufmerksam machtet. Doch ich glaube nicht, daß ihm da schon dämmerte, was es bedeutete. Seht doch: Wenn Meriet einfach auf einen toten Körper im Wald gestoßen war, ohne ein Anzeichen, das seinen Verdacht auf irgend jemand lenkte, dann wußte er doch nur, daß Clemence ein kurzes Stück geritten war, ehe er niedergeschossen wurde. Wie konnte der Junge dann wissen oder erraten, wer der Täter war? Doch wenn er einen anderen traf, den er ertappte, wie er selbst ertappt wurde, über den Toten gebeugt oder im Versuch, ihn in ein Versteck zu schleppen — jemand, der ihm nahestand und teuer war —, dann ist ihm noch nicht klar, daß dieser andere genau wie er mindestens sechs Stunden zu spät zu dieser Stelle im Wald kam, um der Mörder zu sein!«

Am 18. Dezember ritt Kanonikus Eluard, von sich selbst äußerst eingenommen, in Shrewsbury ein, denn es war ihm gelungen, seinen König zu einem Besuch zu bewegen, der ausgesprochen günstig verlaufen war. Er eskortierte ihn nun wieder nach Süden, denn der König wollte wie gewohnt in London Weihnachten feiern. Auf halbem Wege war Eluard dann nach Westen abgeschwenkt, um sich nach den Neuigkeiten über die Suche nach Peter Clemence zu erkundigen. Chester und Lincoln, inzwischen nicht nur den Umständen, sondern auch den Titeln nach Grafen, hatten Stephen in die Arme geschlossen und ihm unerschütterliche Treue gelobt, was dieser ihnen mit Landgeschenken und Titeln vergolten hatte. Das Schloß von Lincoln hielt er, mit einer starken Garnison besetzt, in der eigenen Hand, doch die Stadt und die Grafschaft gehörten nun seinem neuen Grafen. Die Atmosphäre in Lincoln hatte an einen entspannten Urlaub erinnert, wozu das milde Dezemberwetter seinen Teil beigetragen hatte. Das Weihnachtsfest würde im Nordosten ein sorgenfreies Ereignis werden.

Hugh kam von der Burg herunter, um den Kanonikus zu begrüßen und die Neuigkeiten mit ihm auszutauschen, obwohl es ein sehr einseitiger Austausch wurde. Er hatte die Überreste von Peter Clemence' Juwelen und Zaumzeug mitgebracht, gesäubert von verkrusteter Asche und Erde, doch durch das Feuer verfärbt. Die Knochen des toten Mannes ruhten inzwischen in einem mit Blei ausgeschlagenen Sarg in der Friedhofskapelle der Abtei, doch der Sarg war noch nicht versiegelt. Kanonikus Eluard ließ ihn öffnen und betrachtete mit grimmigem, doch gefaßtem Gesicht die sterblichen Überreste des Mannes.

»Bedeckt ihn«, sagte er und wandte sich ab. Da war nichts zu sehen, woran Clemence noch zu erkennen gewesen wäre. Das Kreuz und der Ring waren eine andere Sache.

»Die erkenne ich. Ich habe häufig gesehen, wie er sie trug«, sagte Eluard, indem er das Kreuz in der Hand wog. Über den silbernen Flächen glomm der farbige Schimmer, den der Brand hinterlassen hatte, doch die Edelsteine funkelten hell wie eh und je. »Dies ist gewiß Clemence«, sagte Eluard ernst. »Eine schlimme Nachricht für meinen Bischof. Und Ihr habt einen Burschen als Täter verhaftet?«

»Wir haben einen Mann im Gefängnis, das ist richtig«, sagte Hugh, »und wir haben überall verbreiten lassen, daß er der richtige Mann ist, doch um die Wahrheit zu sagen, er ist nicht angeklagt, und mit großer Sicherheit wird es nie dazu kommen. Das Schlimmste, das ich von ihm weiß, ist, daß er hier und dort aus Hunger einige kleine Diebstähle beging, und aus diesem Grund halte ich ihn gefangen. Doch ich bin sicher, daß er kein Mörder ist.« Er erzählte die Geschichte der Suche, doch er ließ Meriets Geständnis unerwähnt. »Wenn Ihr die Absicht habt, zwei oder drei Tage hier zu rasten, ehe Ihr weiterreitet, dann könnt Ihr möglicherweise neue Nachrichten mit auf den Weg nehmen.«

Ihm fiel dabei ein, daß er ein Narr war, wenn er so etwas versprach, doch ihm hatten die Finger gejuckt, und nun war es heraus. Cadfael wollte sich mit Leoric Aspley beschäftigen, wenn er kam; und die bevorstehende Versammlung all jener, die Peter Clemence in seinen letzten Stunden am nächsten gewesen waren, schien Hugh wie die Verdichtung und das Herabsinken einer Wolke, bevor der Sturm losbricht und der Regen fällt. Wenn der Regen nicht fallen sollte, dann wollte er nach der Hochzeit in Aspley alles berichten, was er wußte und nach dem forschen, was er nicht wußte, und dabei so unbedeutende Dinge wie sechs unerklärte Stunden berücksichtigen und die bloßen drei Meilen, die Clemence geritten war, bevor er den Tod fand.

»Niemand kann die Toten zurückbringen«, sagte Kanonikus Eluard feierlich, »doch es ist nur recht und billig, daß der Mörder zur Rechenschaft gezogen wird. Ich vertraue darauf, daß dies bald geschehen wird.«

»Und Ihr werdet noch einige Tage hierbleiben? Ihr seid nicht in Eile, Euch wieder dem König anzuschließen?«

»Ich gehe nach Winchester, nicht nach Westminster. Und es ist einige Tage Wartezeit wert, wenn ich dann dem Bischof etwas mehr über diesen schlimmen Verlust berichten kann. Ich muß auch gestehen, daß ich eine kurze Rast wohl gebrauchen kann, denn ich bin nicht mehr der jüngste. Euer Sheriff überläßt Euch übrigens immer noch die alleinige Verantwortung für die Grafschaft. König Stephen wünscht ihn über das Fest in seiner Gesellschaft zu behalten; sie reisen direkt nach London.«

Das war ganz und gar keine unangenehme Nachricht für Hugh. Er war fest entschlossen, die Sache, die er begonnen hatte, zu Ende zu bringen, und zwei Köpfe, der eine ungeduldiger als der andere, die das gleiche Ziel anstrebten, verhalfen einer Sache nicht unbedingt zu einem günstigen Ausgang. »Und Ihr seid anscheinend mit Eurem Besuch zufrieden«, sagte er. »Er muß recht günstig verlaufen sein.«

»Es war all die Reiserei wert«, sagte Eluard zufrieden. »Der König kann in bezug auf den Norden beruhigt schlafen. Ranulf und William haben jede Meile fest im Griff, und kein Mann wird es wagen, ihnen ins Gehege zu kommen. Seiner Gnaden Kastellan in Lincoln steht mit den Grafen und ihren Damen auf gutem Fuße. Und die Botschaften, die ich dem Bischof bringe, sind in der Tat sehr vorteilhaft. Ja, es war die Meilen wert, die ich dafür geritten bin.«

Am folgenden Tag traf mit kleinem herrschaftlichem Gefolge die Hochzeitsgesellschaft ein und bezog die für sie vorbereiteten Kammern in den Gästehäusern der Abtei: die Aspleys, die Lindes, die Erbin von Foriet und ein ganzer Haufen geladener Gäste von allen umliegenden Anwesen am Rande des Großen Waldes. Der Gesellschaft wurden alle Räume außer dem Gemeinschaftsschlafsaal und dem Dormitorium für die Bettler und Zugvögel überlassen. Kanonikus Eluard, der Gast des Abtes, zeigte aus seiner privilegierten Distanz wohlwollendes Interesse am fröhlichen Gewimmel. Die Novizen und Jungen flogen neugierig und entzückt auf jede Störung ihres geordneten Lebens. Sogar Prior Robert ließ sich gütig und würdevoll im Hof und im Kloster blicken, stets guter Laune, wenn Zeremonien geleitet werden konnten und ein bewunderndes, adliges Publikum anwesend war; und Bruder Jerome tat mit den Novizen und Laiendienern noch geschäftiger und autoritärer als üblich. Auch in den Stallungen herrschte reges Treiben, und alle Boxen waren besetzt. Brüder, die unter den Gästen Verwandte hatten, durften sie im Sprechzimmer empfangen. Eine gewaltige Woge aus Begeisterung und Interesse fegte durch die Höfe und Gärten, und dies umso mehr, als das Wetter, obwohl frisch und sehr kalt, dennoch klar und schön war und das Tageslicht sich bis weit in den Abend hielt.

Cadfael stand mit Bruder Paul an der Ecke des Klosters und sah die Gäste in ihrer besten Reitkleidung hereinreiten, Packponys hinter sich führend, auf denen die noch feineren Hochzeitskleider festgezurrt waren. Die Lindes kamen als erste. Wulfric Linde war ein einfacher, stämmiger Mann in mittleren Jahren, der ein liebenswertes, lethargisches Gesicht hatte, und Cadfael konnte nicht anders als sich fragen, wie wohl seine verstorbene Frau gewesen sein mochte, daß die beiden zwei so wunderschöne Kinder hervorbringen konnten. Seine Tochter ritt auf einem hübschen, cremefarbenen Zelter und lächelte, als sie so viele Augen auf sich spürte, während sie die eigenen Augen neckisch niedergeschlagen hielt und einen Eindruck von Bescheidenheit erweckte, der jedem raschen Seitenblick nur noch mehr Kraft gab. Warm in einen feinen blauen Mantel gehüllt, der alles außer dem rosigen Oval ihres Gesichtes bedeckte, wußte sie dennoch mit ihrer Schönheit zu spielen; und ob sie es wußte, denn ihr war völlig klar, daß mindestens vierzig Paare unschuldiger Männeraugen auf ihr ruhten und über die fremden Freuden nachsannen, die ihnen verborgen blieben. Frauen von jedem Alter gingen zielstrebig durch die Tore ein und aus mit Beschwerden, Vorschlägen, Bitten und Geschenken und erregten weder Aufsehen, noch verlangten sie Tribut. Roswitha kam gewappnet mit dem Wissen ihrer Macht und entzückt über die Unruhe, die sie mit sich brachte. Bruder Pauls Novizen würden einige eigenartige Träume bekommen.

Dicht hinter ihr und einen Moment lang kaum zu erkennen, kam Isouda Foriet auf einem großen, lebhaften Pferd. Herausgeputzt und beschuht und gut beritten, ihr Haar gekämmt und unbedeckt im Licht, ein helles Braun wie Herbstlaub, die Kapuze auf die Schultern zurückgeworfen, der Rücken gerade aufgerichtet und geschmeidig wie eine Birke, ritt Isouda völlig ungekünstelt – so gut wie ein Junge! So gut wie der Junge, der neben ihr ritt und eine Hand leicht auf ihre Zügelhand gelegt hatte. Nachbarn, jeder mit einem Anwesen – wäre es da verwunderlich, wenn Janyns Vater und Isoudas Vormund die beiden zusammenbringen wollten? Genau im gleichen Alter, von gleichem Stand, einander seit der Kindheit vertraut – was könnte passender sein? Doch die beiden, um die es ging, schwatzten und stritten wie Bruder und Schwester, unbefangen und vertraut. Und außerdem hatte Isouda andere Pläne.

Janyn zeigte hier wie überall sonst seinen aufrichtigen Blick und lächelte erfreut jeden an, den er sah. Er musterte freundlich alle aufmerksamen Gesichter, die er in der Runde sah, erkannte Bruder Cadfael und strahlte sofort erfreut und neigte den hellen Kopf.

»Er kennt Euch«, sagte Bruder Paul, der die Geste gesehen hatte.

»Der Bruder der Braut — ihr Zwillingsbruder. Ich traf ihn, als ich zu Meriets Vater unterwegs war. Die beiden Familien sind befreundete Nachbarn.«

»Eine Schande«, sagte Bruder Paul mitfühlend, »daß Bruder Meriet noch nicht wohlauf ist und hier sein kann. Ich bin sicher, daß er dabei sein möchte, wenn sein Bruder heiratet, um ihm Gottes Segen zu wünschen. Kann er noch nicht gehen?«

Alles, was unter jenen, die ihr Bestes für Meriet getan hatten, bekannt war, war die Tatsache, daß er gestürzt und geschwächt und mit einem verrenkten Fuß bettlägerig war.

»Er humpelt mit einem Stock«, sagte Cadfael. »Ich würde ihm nicht raten, sich auf den Weg hierher zu machen. In ein oder zwei Tagen können wir sehen, wie weit wir ihn seine Kräfte erproben lassen.«

Janyn kam mit einem Sprung aus dem Sattel und hielt aufmerksam Isoudas Zaumzeug, als sie abstieg. Sie legte ihm freundlich eine Hand auf die Schulter und kam wie eine Feder herab; sie lachten zusammen und schlossen sich der bereits versammelten Gesellschaft an.

Nach ihnen kamen die Aspleys. Leroic ritt genau so, wie Cadfael ihn sich vorgestellt und wie er ihn gesehen hatte: bolzengerade in Körper und Seele, groß wie ein Kirchturm im Sattel; ein heißblütiger, unduldsamer Ehrenmann, der seine Pflichten getreulich erfüllte und seine Rechte genau kannte. Seinen Dienern ein Halbgott, dem sie vertrauen konnten, falls sie selbst vertrauenswürdig waren, seinen Söhnen ein Gott. Was er seiner toten Frau gewesen war, konnte man kaum erraten, und ebensowenig, was sie für ihren zweiten Jungen empfunden hatte. Der bewundernswürdige Erstgeborene sprang dicht neben seinem Vater wie ein auffliegender Vogel aus dem Sattel; groß, kräftig und wunderschön. Nigel machte seinem Erzeuger und seinem

Namen mit jeder Bewegung Ehre. Die jungen Männer des Klosters beobachteten ihn murmelnd und bewundernd, und sie hatten allen Grund dazu.

»Schwierig«, sagte Bruder Paul, der sehr empfindsam für junge Menschen und ihre geheimen Nöte war, »bei so einem der zweite zu sein.«

»Wirklich schwierig«, stimmte Cadfael wehmütig zu.

Verwandte und Nachbarn folgten, kleine Lehnsmänner und ihre Damen, selbstbewußte Menschen, die ihre kleinen Reiche absolutistisch regierten und gut auf ihre Besitztümer aufpaßten. Sie stiegen ab, ihre Burschen führten die Pferde und Ponys fort, der Hof leerte sich langsam nach diesem plötzlichen Ausbruch von Farben und Bewegung, und die feste und bewährte Ordnung ging ungebrochen weiter, denn die Vesper rückte näher.

Bruder Cadfael ging nach dem Abendessen in seine Hütte im Herbarium, um gewisse getrocknete Kräuter zu holen, die Bruder Petrus, der Koch der Abtei, für das Essen des nächsten Tages brauchte; die Aspleys und die Lindes sollten mit Kanonikus Eluard am Tisch des Abtes speisen. Zur Nacht kam wieder Frost, und über der frischen, unbewegten Luft spannte sich ein sternenklarer Himmel. Selbst die kleinsten Geräusche hallten laut wie Glockenschläge durch das schwarze Schweigen. Die Schritte, die ihm über den Trampelpfad zwischen den dichten Hecken folgten, waren sehr leise, doch er hörte sie; ein kleiner, leichtfüßiger Mensch, der auf Distanz blieb und mit einem scharfen Ohr auf Cadfaels vorausgehende Schritte lauschte, während das andere nach hinten horchte, ob nicht noch jemand folgte. Als er die Tür seiner Hütte öffnete und hineinglitt, blieb der Verfolger stehen und gab ihm Zeit, aus dem Feuerstein einen Funken zu schlagen und die kleine Lampe zu entzünden. Dann kam sie, in ein dunkles Gewand gehüllt und das Haar lose im Nacken, wie er sie zum erstenmal gesehen hatte, zur offenen Tür herein. Die Kälte hatte ihre Wangen rosenrot gezwickt, und die Lampenflamme machte Sterne aus ihren Augen.

»Kommt herein, Isouda«, sagte Cadfael freundlich, während er in den Kräuterbüscheln, die von den Balken herabhingen, herumraschelte. »Ich hatte gehofft, noch eine Möglichkeit zu finden, mit Euch zu reden. Ich hätte mir denken können, daß Ihr Euch die Gelegenheit selbst schafft.«

»Ich kann aber nicht lange bleiben«, sagte sie, indem sie ganz hereinkam und die Tür hinter sich schloß. »Ich bin angeblich in der Kirche und zünde eine Kerze für die Seele meines Vaters an und bete für ihn.«

»Und warum tut Ihr es nicht?« fragte Cadfael lächelnd. »Kommt, setzt Euch und macht es Euch in der kurzen Zeit, die Euch bleibt, gemütlich, und sagt frei heraus, was Ihr von mir wollt.«

»Ich habe meine Kerze angezündet«, sagte sie, als sie auf der Bank an der Wand saß, »und man kann sie sehen, doch mein Vater war ein guter Mann, und Gott wird auf seine Seele auch achtgeben, ohne daß ich mich einmische. Ich muß wissen, was wirklich mit Meriet los ist.«

»Man hat Euch berichtet, daß er schlimm gestürzt ist und noch nicht gehen kann?«

»Bruder Paul hat es uns erzählt. Er sagte, es würde nichts zurückbleiben. Ist das so? Wird er wieder ganz gesund werden?«

»Gewiß doch. Er hat sich beim Sturz einen Schnitt am Kopf zugezogen, doch der ist bereits geheilt, und sein verrenkter Fuß braucht nur noch etwas Ruhe, bis er ihn wieder belasten kann wie früher. Er ist in guten Händen; Bruder Mark umsorgt ihn, und Bruder Mark ist sein treuer Freund. Sagt mir, wie hat sein Vater die Nachricht von seinem Sturz aufgenommen?«

»Mit ernster Miene«, erwiderte sie, »und wenn er auch sagte, daß es ihn schmerzte, es zu hören, so klang es doch so kalt, daß man ihm kaum glauben konnte. Trotzdem, es tut ihm weh.«

»Hat er nicht darum gebeten, ihn besuchen zu können?«

Sie verzog verächtlich das Gesicht über die Verstocktheit der Männer. »Der doch nicht! Er hat ihn Gott übergeben, und nun soll Gott für ihn einstehen. Er wird nicht zu ihm gehen. Doch ich kam zu Euch, um Euch zu bitten, *mich* zu ihm zu bringen.«

Cadfael dachte einen langen Augenblick ernsthaft darüber nach, setzte sich dann neben sie und erzählte ihr alles, was geschehen war, und alles, was er wußte oder vermutete. Sie war klug, tapfer und resolut, sie wußte, was sie wollte und war bereit, dafür zu kämpfen. Sie nagte nachdenklich an ihrer Lippe, als sie hörte, daß Meriet den Mord gestanden hatte, und glühte stolz und anerkennend, als Cadfael betonte, daß sie außer ihm selbst und Mark und dem Vertreter des Gesetzes die einzige Eingeweihte war. Sie wußte es zu schätzen, und sie erfuhr zu ihrer Beruhigung, daß man dem Geständigen nicht glaubte.

»So eine Dummheit!« sagte sie unverblümt. »Ich danke Gott, daß Ihr ihn durchschaut wie einen dünnen Schleier. Und sein Narr von Vater *glaubt* es? Doch er hat Meriet nie gekannt, er hat ihn nie geschätzt und war ihm nie nahe seit dem Tag seiner Geburt. Und doch ist er ein aufrichtiger Mann, das muß ich einräumen; er würde nie wissentlich einem anderen Unrecht tun. Er muß einen wichtigen Grund haben, es zu glauben. Und Meriet muß einen ebenso ernsten Grund haben, ihn in diesem Irrtum zu belassen — obwohl er ihm eigentlich vorwerfen müßte, daß er so leicht bereit ist, bei seinem eigen Fleisch und Blut an Böses zu glauben. Bruder Cadfael, ich sage Euch, ich habe noch nie so deutlich gesehen, wie diese beiden sind, so stolz und störrisch und einsam, jederzeit bereit, sich eine Last aufzubürden, die ihnen in den Weg kommt, und die ganze Familie und die Lehnsmänner und alle anderen auszuschließen. Ich könnte ihnen beiden auf die Narrenkappen eindreschen. Aber was würde das nützen ohne die Antwort, die beiden den Mund verschließen würde? Und Meriet will nicht die Beichte ablegen.«

»Es wird eine solche Antwort geben«, sagte Cadfael, »und wenn Ihr den beiden auf die Köpfe drescht, dann schwöre ich Euch, daß beide unrasiert sein werden. Und ja, morgen werde ich Euch zu einem von ihnen mitnehmen, damit Ihr üben könnt, doch erst nach dem Essen — denn davor beabsichtige ich, Euren Onkel Leoric dazu zu bringen, seinen Sohn zu besuchen, ob er nun will oder nicht. Sagt mir, wenn Ihr es wißt, wie die Pläne für morgen aussehen. Es ist noch ein Tag Zeit bis zur Hochzeit.«

»Sie wollen das Hochamt besuchen«, sagte sie mit hoffnungsvollem Blitzer in den Augen, »und dann werden die Frauen ihre Kleider anprobieren und ihren Schmuck aussuchen und hier und dort noch einen letzten Stich an den Hochzeitskleidern nähen. Nigel wird ausgeschlossen bleiben, bis wir zum Essen mit dem Herrn Abt gehen; ich glaube, er und Janyn wollen in die Stadt, um einige letzte Kleinigkeiten zu erledigen. Onkel Leoric wird nach der Messe sich selbst überlassen sein. Vielleicht könnt Ihr ihn in die Falle locken, wenn Ihr den richtigen Augenblick erhascht.«

»Ich werde darauf achtgeben«, versicherte Cadfael ihr. »Und wenn Ihr Euch nach dem Essen beim Abt freimachen könnt, werde ich Euch zu Meriet bringen.«

Sie erhob sich freudig, als sie glaubte, daß es Zeit sei, ihn zu verlassen, und ging tapfer davon, ihrer selbst und ihres Sterns und ihrer Übereinstimmung mit den Mächten des Himmels sicher. Und Cadfael lieferte bei Bruder Petrus, der bereits über den Meisterwerken für das Mittagsmahl des nächsten Tages brütete, die gewünschten Kräuter ab.

Nach dem Hochamt am Morgen des 20. Dezember zogen sich die Frauen in ihre Gemächer zurück, um sich

über die rechte Kleidung für das Essen mit dem Abt klar-
zuwerden. Leorics Sohn und sein Busenfreund gingen
zu Fuß in die Stadt, die Gäste nutzten die seltene Gelegenheit für Besuche in der Umgebung und kauften Vorräte für ihre Landsitze ein, da sie schon einmal in der
Stadt waren, oder sie polierten für den großen Tag ihren
Schmuck auf. Leoric wanderte in der frostigen Luft
durch die Gärten, um die Fischteiche und Felder herum
zum Meole-Bach hinunter, der mit zartem Eis wie von
einem Spitzentuch überzogen war, und verschwand.
Cadfael hatte gewartet, um ihm Zeit zum Alleinsein zu
geben, wie er es offenbar wünschte; doch dann verlor er
ihn aus den Augen und fand ihn in der Friedhofskapelle
an Peter Clemence' Sarg wieder, der jetzt geschlossen
und reich geschmückt auf Bischof Henrys Verfügungen
wartete. Auf einem gegabelten Halter am Kopfende
brannten zwei neue, schöne Kerzen, und Leoric Aspley
kniete am Fußende auf dem gefliesten Boden. Er bewegte in stillem, ruhigem Gebet die Lippen, die offenen Augen ruhten unbeirrt auf dem Sarg. Cadfael wußte nun,
daß seine Ahnungen richtig waren. Die Kerzen mochten
nur das höfliche Opfer eines Mannes an einen toten Verwandten, wie entfernt auch immer, gewesen sein; doch
das grimmige, bekümmerte Gesicht, das im Stillen eine
Schuld anerkannte, die noch nicht gestanden oder gesühnt war, bestätigte, welche Rolle er gespielt hatte, als
diesem Toten das Begräbnis vorenthalten wurde, und
erklärte auch den Grund dafür.

Cadfael zog sich schweigend zurück und erwartete
ihn am Ausgang. Leoric blinzelte, als er ins Freie trat,
und sah sich plötzlich einem kleinen, stämmigen, nuß-
braunen Bruder gegenüber, der ihm in den Weg trat und
geheimnisvoll wie ein warnender Engel zu ihm sprach:

»Gnädiger Herr, ich habe eine dringende Botschaft an
Euch. Ich bitte Euch, mit mir zu kommen. Ihr werdet gebraucht. Euer Sohn ist sterbenskrank.«

Es kam so plötzlich und knapp, daß es eindrang wie

eine Lanze. Die beiden jungen Männer waren vor einer halben Stunde gegangen – Zeit genug für den Schwertstreich eines Mörders oder das Messer eines heimtückischen Diebes, Zeit genug für jede denkbare Katastrophe. Leoric hob den Kopf, schnaufte erschreckt und keuchte: »Mein Sohn...?«

Erst dann erkannte er den Bruder, der im Auftrag des Abtes nach Aspley gekommen war. Cadfael sah feindseliges Mißtrauen in den tiefliegenden, arroganten Augen aufflammen und kam allem zuvor, was sein Gegenspieler sagen konnte.

»Es ist hohe Zeit«, sagte Cadfael, »daß Ihr Euch daran erinnert, daß Ihr zwei Söhne habt. Wollt Ihr einen von ihnen ohne tröstendes Wort sterben lassen?«

11

Leoric ging mit ihm; er schritt ungeduldig und mißtrauisch aus und regte sich unduldsam, doch er ging weiter
mit. Er fragte und bekam keine Antwort. Als Cadfael
einfach sagte: »Dann geht nur zurück, wenn das Euer
Wille ist, und schließt für Euch allein Euren Frieden mit
Gott und ihm!« knirschte Leoric mit den Zähnen und
ging weiter.

An der Steigung des langen Grashanges vor St. Giles blieb er stehen; doch eher, um den Ort zu mu-
stern, an dem sein Sohn diente und litt, und weniger
aus Furcht vor den vielen Krankheiten, die er drinnen
sehen würde. Cadfael führte ihn zur Scheune, wo
noch Meriets Pritsche stand. Meriet saß in diesem Augenblick darauf, den stabilen Stab, mit dem er im Spital umherhumpelte, aufrecht in der rechten Hand,
den Kopf an den Griff gelehnt. Er war, so gut er
konnte, seit der Prim herumgestreift, und Mark hatte
ihm vor dem Mittagsmahl eine Ruhepause verordnet.
Er bemerkte sie nicht sofort, denn das Licht in der
Scheune war trüb und sanft, und die Schatten verla-
gerten sich ständig. Er wirkte mehrere Jahre älter als
der schweigsame, unterwürfige Jugendliche, den Leoric vor fast drei Monaten als Postulanten zur Abtei gebracht hatte.

Der Vater, der mit dem schräg einfallenden Licht eintrat, blieb stehen und betrachtete Meriet. Sein Gesicht
war verschlossen und zornig, doch die Augen darin
starrten verwirrt und bekümmert und auch entrüstet, da
er unter falschem Vorwand hergeführt worden war und
der Kranke offensichtlich kein Zeichen des Todes zeigte;
doch er schwieg resigniert wie ein Mann, der mit seinem
Schicksal Frieden geschlossen hat.

»Geht hinein«, sagte Cadfael an Leorics Schulter, »und sprecht mit ihm.«

Einen Augenblick schien Leoric unsicher zu schwanken, ob er nicht doch noch kehrtmachen und seinen betrügerischen Führer zur Seite stoßen sollte, um auf dem Weg zurückzugehen, den er gekommen war. Er warf tatsächlich einen düsteren Blick über die Schulter und zog sich etwas aus der Tür zurück; doch entweder Cadfaels leise Stimme oder die leichte Bewegung war zu Meriet durchgedrungen und hatte ihn aufgeschreckt. Er hob den Kopf und sah seinen Vater. Eine befremdliche Mischung aus Erstaunen, Schmerz und widerstrebender, unwilliger Zuneigung verzerrte sein Gesicht. Er wollte sich respektvoll erheben, doch in seiner Hast gelang es ihm nicht. Die Krücke rutschte ihm aus der Hand und fiel krachend auf den Boden, und er langte mit verkniffenem Gesicht danach.

Leoric war schneller. Er überwand die Entfernung zwischen ihnen mit drei langen, ungeduligen Sätzen, drückte, indem er ihm brüsk eine Hand auf die Schulter legte, seinen Sohn auf das Lager zurück und gab ihm die Krücke in die Hand; er wirkte dabei eher wie jemand, der durch Ungeschicklichkeit gereizt ist, und nicht wie ein Vater, der dem behinderten Sohn hilft. »Bleib sitzen!« sagte er grob. »Du brauchst nicht aufzustehen. Man hat mir gesagt, daß du gestürzt bist und noch nicht richtig laufen kannst.«

»Mir ist nichts Schlimmes geschehen«, sagte Meriet, der unverwandt zu ihm aufblickte. »Ich werde schon bald wieder gehen können. Es ist sehr freundlich, daß Ihr mich sehen wollt; ich hätte keinen Besuch erwartet. Wollt Ihr Euch setzen, Vater?«

Nein, Leoric war zu aufgewühlt und ruhelos; er betrachtete die Einrichtung der Scheune und warf nur hin und wieder einen raschen Blick zu seinem Sohn. »Dieses Leben – der Weg, den du willig beschritten hast – ich hörte, daß es dir schwerfällt, dich dareinzufinden. Du hast die Hand an den Pflug gelegt, und du mußt die Furche bis zu Ende ziehen. Erwarte nicht, daß ich dich herausnehme.« Seine Stimme war barsch, doch sein Gesicht war schmerzverzerrt.

»Meine Furche hat gute Aussichten, eine sehr kurze zu sein, und ich darf sagen, daß ich sie bis zu Ende gehe«, sagte Meriet scharf. »Denn haben sie Euch nicht auch gesagt, daß ich gestand, was ich getan habe, und daß Euer Schutz nicht weiter nötig ist?«

»Du hast gestanden...« Leoric war fassungslos. Er strich sich mit der Hand über die Augen, starrte und schüttelte den Kopf. Die kalte Ruhe des Jungen war verwirrender, als es jede leidenschaftliche Äußerung gewesen wäre.

»Es tut mir leid, wenn ich Euch für eine üble Sache soviel Mühe und Schmerzen bereitet habe«, sagte Meriet. »Doch es war nötig zu sprechen. Sie begingen einen großen Irrtum, indem sie einen anderen Mann beschuldigten, einen armen Kerl, der wild im Wald lebte und hier und dort Essen gestohlen hatte. Habt Ihr es nicht gehört? Wenigstens konnte ich ihn entlasten. Hugh Beringar hat mir versichert, daß ihm kein Leid geschehen wird. Ihr hättet doch nicht gewollt, daß ich ihn an meiner Stelle sterben ließ? Gebt wenigstens dieser Tat Euren Segen.«

Leoric stand einige Minuten sprachlos vor ihm. Sein großer Körper war gelähmt und zitterte, als kämpfte er mit seinem eigenen Dämon. Dann setzte er sich abrupt neben seinen Sohn auf das krachende Lager und nahm linkisch Meriets Hand; und obwohl sein Gesicht noch immer hart wie Marmor war und die Geste eher aussah wie ein Schlag und seine Stimme, als er schließlich die richtigen Worte fand, streng und barsch klang, zog Cadfael sich still von ihnen zurück und drückte hinter sich die Tür zu. Er setzte sich auf die Terrasse; gerade so weit entfernt, daß er ihre Stimmen drinnen noch hören konnte, doch weit genug, um die Worte nicht mehr zu verstehen, und an einer Stelle, von der aus er die Tür beobachten konnte. Er glaubte nicht, daß er noch gebraucht würde; doch hin und wieder erhob sich die Stimme des Vaters in hilflosem Zorn, und ein- oder zweimal war auch Meriets Stimme mit klarer, störrischer Schroffheit zu hören. Das spielte keine Rolle; sie wären nicht sie selbst ohne die Funken, die sie aneinander schlugen.

Danach, dachte Cadfael, soll er wieder so gleichgültig und kalt tun, wie er will. Ich weiß es jetzt besser.

Er ging wieder hinein, als er den richtigen Zeitpunkt für gekommen hielt, denn auch er hatte Leoric noch viel zu sagen, ehe das Essen beim Abt begann. Der rasche, hitzige Wortwechsel hörte auf, als er eintrat, und die wenigen Worte, die sie noch sprachen, kamen leise und lahm heraus.

»Seid mein Botschafter für Nigel und Roswitha. Sagt ihnen, daß ich immer für ihr Glück bete. Ich hätte gern an der Hochzeit teilgenommen«, sagte Meriet fest, »doch das kann ich nun nicht mehr erwarten.«

Leoric blickte zu ihm hinab und fragte unbeholfen: »Kümmert man sich hier gut um dich? Um Körper und Seele?«

Meriet lächelte erschöpft; ein bleiches Lächeln, doch warm und süß. »So gut wie je in meinem Leben. Ich bin hier unter meinen Brüdern gut gelitten. Bruder Cadfael kann es bezeugen!«

Und dieser Abschied fiel etwas anders aus als der letzte. Cadfael hatte sich schon Gedanken darüber gemacht. Leoric wandte sich zum Gehen, drehte sich wieder um, rang einen Augenblick mit seinem unbeugsamen Stolz und bückte sich schließlich unbeholfen und sehr kurz und setzte einen Kuß, der immer noch einem Schlag ähnelte, auf Meriets hochgereckte Wange. Eine heftige Röte färbte Meriets geschundene Haut, als Leoric sich aufrichtete, sich umdrehte und aus der Scheune schritt.

Er ging stumm und steif zum Tor, und seine Augen blickten eher nach drinnen als nach draußen, so daß er kaum den Schlag bemerkte, als er mit Schulter und Hüfte gegen den Torpfosten prallte.

»Wartet!« sagte Cadfael. »Kommt mit mir in die Kirche und sagt, was immer Ihr zu sagen habt, und ich will dasselbe tun. Wir haben noch genug Zeit.«

In der kleinen, einschiffigen Kirche des Spitals, direkt unter dem gedrungenen Turm, war es düster und kalt und sehr still. Leoric faltete seine von dicken Adern durchzogenen Hände, rang sie und wandte sich in verhaltener, doch heißer Wut an seinen Führer. »War das wirklich ein gutes Werk, Bruder? Ihr habt mich unter falschen Voraussetzungen hergebracht! Ihr sagtet mir, mein Sohn sei sterbenskrank.«

»Das ist er auch«, sagte Cadfael. »Habt Ihr nicht sein eigenes Wort vernommen, wie nahe er sich dem Tode fühlt? Genau wie Ihr, genau wie wir alle. Die Krankheit, die Sterblichkeit genannt wird, steckt uns vom Mutterleib an in den Knochen, denn gleich nach der Geburt beginnt unsere Reise zum Tod. Was spielt es da für eine Rolle, wie wir reisen. Ihr habt ihn gehört. Er hat den Mord an Peter Clemence gestanden. Warum habt Ihr das noch nicht von jemand anders als von Meriet erfahren? Weil es Euch niemand außer Bruder Mark, Hugh Beringar oder mir selbst sagen konnte, denn niemand sonst weiß es. Meriet glaubt, er würde als überführter Missetäter betrachtet und die Scheune sei sein Gefängnis. Nun will *ich* Euch sagen, Aspley, daß dem nicht so ist. Nicht einer von uns dreien, die sein Bekenntnis hörten, zweifelt im Herzen, daß er lügt. Ihr seid der vierte, sein Vater, und der einzige, der an seine Schuld glaubt.«

Leoric schüttelte ebenso heftig wie elend den Kopf. »Ich wünschte, es wäre so, doch ich weiß es besser. Wie könnt Ihr sagen, daß er lügt? Welchen Beweis habt Ihr für Euer Vertrauen, verglichen mit dem, was mir Gewißheit gibt?«

»Ich will Euch«, sagte Cadfael, »im Austausch gegen alle Eure Beweise für seine Schuld einen einzigen für mein Vertrauen geben. Sobald er hörte, daß ein anderer Mann beschuldigt wurde, gestand Meriet seine Schuld vor dem Gesetz, die ihn das Leben kosten kann. Doch er weigerte sich entschlossen und weigert sich immer noch, das Geständnis vor einem Priester zu wiederholen und die Buße und Absolution für eine Sünde zu bekommen, die er nicht beging. Deshalb halte ich ihn für unschuldig. Nun sagt mir, wenn Ihr könnt, einen ebenso guten Grund für Euren Glauben, daß er schuldig sei.«

Der überhebliche, ergraute Mann schüttelte immer noch gequält den Kopf. »Ich wünsche bei Gott, daß Ihr recht habt und ich nicht, doch ich weiß, was ich sah und was ich hörte. Ich werde es nie vergessen. Nun, da ich es offenbaren muß, denn schließlich steht das Leben eines Unschuldigen auf dem Spiel, und da Meriet, was ihm hoch angerechnet werden muß, gestanden hat, kann ich es Euch auch erzählen. Mein Gast war sicher auf den Weg gebracht, es war ein Tag wie viele andere. Ich ritt aus, um die Falken und Hunde zu bewegen, und drei Männer kamen mit mir: mein Kaplan, mein Jäger und ein Bursche. Alle drei aufrichtige Männer, die meine Worte bestätigen können. Drei Meilen nördlich von unserem Anwesen erstreckt sich dichtes Waldland in einem breiten Gürtel. Die Hunde hörten Meriets Stimme, für mich kaum mehr als ein ferner Ruf, bis wir näherkamen und ich ihn erkannte. Er pfiff und rief Barbar – das Pferd, das Clemence ritt. Vielleicht hatten die Hunde auch zuerst das Pfeifen gehört und begannen eifrig, doch still, nach Meriet zu suchen. Als wir ihn fanden, hatte er das Pferd bereits angebunden – Ihr wißt ja, wie gut er mit Tieren umgehen kann. Als wir ihn überraschten, hatte er einen toten Mann unter den Armen gepackt und schleppte ihn jenseits des Pfades in ein Gebüsch. Ein Pfeil in Peters Brust, Bogen und Köcher auf Meriets Rücken. Braucht Ihr noch mehr? Als ich ihn anrief, was er getan hätte, da kam kein Leugnen über seine Lippen. Als ich befahl, daß er mit uns zurückkehrte, damit ich ihn hinter Schloß und Riegel halten konnte, bis ich wußte, was angesichts dieser schrecklichen Schande zu tun wäre, weigerte er sich nicht, sondern unterwarf sich ganz und gar. Als ich ihm erklärte, daß ich ihn am Leben lassen und seine Todsünde decken wollte, doch nur unter gewissen Bedingungen, akzeptierte er das Leben und den Rückzug ins Kloster. Ich glaube, daß er es ebenso zum Wohle unseres Namens tat wie für sein eigenes Leben, doch er traf seine Wahl.«

»Er traf seine Wahl, und er tat mehr, als sie nur hinzunehmen«, sagte Cadfael. »Denn er erklärte Isouda, was er später uns allen erklärte — daß er nämlich aus eigenem Willen und auf eigenen Wunsch zu uns käme. Nie hat er gesagt, daß er gezwungen worden war. Doch fahrt fort und sagt mir, was Ihr wißt.«

»Ich tat, was ich ihm versprochen hatte. Ich ließ das Pferd weit nach Norden führen, in die Richtung, die Clemence genommen hätte, und gab es in den Sümpfen frei, so daß man glauben konnte, der Reiter sei versunken. Die Leiche nahmen wir heimlich mit allem, was Clemence gehört hatte, mit uns und legten sie auf der alten Lichtung des Köhlers in einen neuen Meiler und zündeten ihn an. Es war ein böses Werk und ging mir gegen das Gewissen, doch ich will gern den Preis bezahlen, der dafür verlangt wird.«

»Euer Sohn«, erwiderte Cadfael hart, »hat sich bemüht, alles, auch den Todesfall und alles, was Ihr tatet, um ihn zu verbergen, auf sich selbst zu nehmen. Doch er ist nicht bereit, seinem Beichtvater Lügen zu gestehen, da es eine Todsünde ist, die Wahrheit zu verschleiern.«

»Doch warum?« fragte Leoric aufgebracht. »Warum sollte er so nachgiebig sein und alles hinnehmen, wenn er doch eine Antwort für mich hatte? Warum?«

»Weil die Antwort, die er hatte, für Euch wie für ihn selbst nicht zu ertragen gewesen wäre. Er tat es gewiß aus Liebe«, sagte Bruder Cadfael. »Ich bezweifle, daß er je in seinem Leben einen gerechten Anteil Liebe bekam, doch jene, die am meisten danach hungern, vermögen sie am besten zu verschenken.«

»Ich habe ihn geliebt«, protestierte Leoric zornig und leidend. »Doch er war immer eine störrische Seele; immer mußte er genau das Gegenteil tun.«

»Das Gegenteil zu tun, ist eine Art, Aufmerksamkeit zu bekommen«, sagte Cadfael wehmütig, »wenn Gehorsam und Tugend nicht anerkannt werden. Doch wir wollen es dabei belassen. Ihr wollt Beweise. Diese Stelle, an der Ihr ihn überraschtet, war doch kaum mehr als drei Meilen von Eurem Gut entfernt? Ein Ritt von — nun, vierzig Minuten? Und als Ihr dorthin kamt, war es schon Nachmittag. Wie lange hatte Clemence dort schon tot gelegen? Und plötzlich seht ihr Meriet, der den toten Körper verbergen will und dem reiterlos streunenden Pferd pfeift. Selbst wenn er voller Angst weggelaufen wäre und nach der Untat fiebernd durch die Wälder lief — hätte er sich nicht schon vor der Flucht um das Pferd gekümmert? Es entweder geschlagen, damit es durchging und sich entfernte, oder es gefangen und selbst geritten? Was hat es zu bedeuten, daß er erst am Nachmittag das Pferd rief und festband, Stunden nach dem Tod des Mannes? Habt Ihr nie darüber nachgedacht?«

»Gewiß«, sagte Leoric. Er sprach jetzt langsam und mit großen Augen drängend dicht vor Cadfaels Gesicht. »Wie Ihr sagtet, ist er nach der Untat voller Schrecken fortgelaufen und später, spät am Tag, zurückgekommen, um die Tat vor aller Augen zu verbergen.«

»Das sagte er auch selbst, doch es kostete ihn viel Überwindung und Gewitztheit, diese Entschuldigung aus dem Teich zu fischen.«

»Was«, flüsterte Leoric, der jetzt verwirrt und halbherzig hoffend zitterte, zu ängstlich, um schon zu vertrauen, »was hat ihn dann bewegt, eine so schreckliche Schuld auf sich zu nehmen? Wie kann er sich selbst und mir ein solches Unrecht antun?«

»Aus dem Wunsch vielleicht, Euch vor noch Schlimmerem zu bewahren. Und aus Liebe zu jemand, an dem er Grund zu zweifeln hat, wie Ihr Grund hattet, an ihm zu zweifeln. Meriet hat Euch viel Liebe zu geben«, sagte Bruder Cadfael gemessen, »doch Ihr wolltet ihm nicht erlauben, Euch viel davon zu schenken. Er gab sie einem anderen, der sie nicht zurückwies, wenn dieser andere sie auch sehr unterschätzte. Muß ich eigens noch betonen, daß Ihr zwei Söhne habt?«

»Nein!« rief Leoric. Es war ein gedämpfter, protestierender, zorniger Schrei, und in seinem Zorn richtete er Kopf und Schultern hoch über den gedrungenen, stämmigen Cadfael auf. »Das will ich nicht anhören! Eine Unterstellung! Es ist unmöglich!«

»Unmöglich bei Eurem Erben und Liebling, doch sofort glaubwürdig bei seinem Bruder? In dieser Welt sind alle Menschen fehlbar, und alle Dinge sind möglich.«

»Doch ich sage Euch, daß ich ihn sah, wie er diesen toten Mann versteckte und wie er dabei schwitzte. Wenn er ihn unschuldig gefunden hätte, dann hätte er keinen Grund gehabt, den Toten zu verstecken, sondern hätte laut um Hilfe gerufen.«

»Nicht, wenn er zufällig auf jemand stieß, der ihm teuer war wie ein Bruder oder Freund, und der eben diese Schreckenstat vollbracht hatte. Wenn Ihr glaubt, was Ihr saht, warum soll dann nicht auch Meriet glauben, was er sah? Ihr habt Eure eigene Seele ins Verderben gestürzt, um das zu decken, was er, wie Ihr glaubt, getan hat — warum sollte er nicht dasselbe für einen anderen tun? Ihr verspracht ihm Schweigen und Vertuschen, doch es hatte seinen Preis. Und dieser Schutz für ihn war ebenso ein Schutz für einen anderen — nur, daß der Preis in jedem Fall von Meriet gefordert wurde. Und Meriet wehrte sich nicht dagegen. Er zahlte ihn aus eigenem Willen — und das war kein bloßes Hinnehmen Eurer Bedingungen, sondern er wünschte es und versuchte, darüber froh zu sein, denn das gab einem Menschen, den er liebte, die Freiheit. Kennt Ihr einen anderen Menschen, den er liebt wie seinen Bruder?«

»Das ist verrückt!« sagte Leoric keuchend wie ein Mann, der sich halb zu Tode gerannt hat. »Nigel war den ganzen Tag bei den Lindes, Roswitha kann es bestätigen, und Janyn auch. Er hatte bei dem Mädchen eine Entgleisung gutzumachen; er ging früh am Morgen zu ihr und kam erst spät am Abend zurück. Er wußte nicht, was an diesem Tag vorging, doch er war entsetzt, als er es hörte.«

»Vom Gut der Lindes bis zu diesem Ort im Wald ist es zu Pferd kein weiter Weg«, sagte Cadfael erbarmungslos. »Was, wenn Meriet ihn mit Clemence' blutender Leiche beschäftigt sah und zu ihm sagte: Geh, entferne dich und überlaß das mir − geh und laß dich den ganzen Tag woanders sehen. Ich will tun, was getan werden muß. Was wäre dann?«

»Wollt Ihr damit wirklich sagen«, verlangte Leoric mit rauhem Flüstern zu wissen, »daß Nigel den Mann tötete? Ein solches Verbrechen gegen die Gastfreundschaft, gegen einen Verwandten, gegen seine Natur?«

»Nein«, sagte Cadfael. »Doch ich sage, daß es vielleicht wahr ist, daß Meriet ihn so fand, genau wie Ihr Meriet fandet. Warum sollte, was für Euch ein so deutlicher Beweis war, für Meriet weniger überzeugend gewesen sein? Hatte er nicht allen Grund zu der Annahme, daß sein Bruder schuldig war? Er fürchtete, daß er schuldig war, oder nicht weniger schrecklich, daß er unschuldig überführt werden konnte. Denn vergeßt nicht, wenn Ihr bei einem solchen Anblick irren könnt, dann kann es auch Meriet. Denn die fehlenden sechs Stunden liegen mir immer noch im Magen, und ich weiß noch nicht, wie ich sie erklären soll.«

»Ist es möglich?« flüsterte Leoric erschüttert und verwundert. »Habe ich ihm solches Unrecht angetan? In Gottes Namen, was sollen wir tun, um wiedergutzumachen, was noch gutgemacht werden kann?«

»Ihr müßt, denke ich, zu Abt Radulfus' Essen gehen«, sagte Cadfael, »und ein so fröhlicher Gast sein, wie er erwartet, und morgen müßt Ihr wie geplant Euren Sohn verheiraten. Wir tappen immer noch im Dunkeln, und wir können nichts tun als auf die Erleuchtung warten. Denkt über meine Worte nach, doch sprecht mit niemandem sonst darüber. Noch nicht. Laßt ihnen einen friedlichen Hochzeitstag.«

Doch er war in diesem Augenblick schon sicher, daß der Tag nicht friedlich werden würde.

Isouda fand ihn in der Hütte im Herbarium. Er sah sie kurz an, vergaß sein Brüten und lächelte. Sie trug die schlichten, feinen Kleider, die sie für das Essen mit einem Abt für angemessen hielt. Als sie das Lächeln und das Strahlen in Cadfaels Augen bemerkte, entspannte sie sich, zeigte ihr schalkhaftes Grinsen und nahm die Kapuze ab, damit er sie bewundern konnte.

»Meint Ihr, das geht so?«

Ihr Haar, zu kurz für einen Zopf, wurde über der Stirn von einem bestickten Band von genau der Art gehalten, wie Meriet es in seinem Bett im Dormitorium versteckt hatte, um im Nacken als dicke, lockige Mähne herunterzufallen. Ihr Überkleid war ein tiefblauer Überwurf, der an der Hüfte eng anlag und in sanften Falten auslief; darunter trug sie ein langärmliges, hochgeschlossenes Hemd aus hellrosafarbener Wolle: Alles wirkte ausgesprochen erwachsen und ganz und gar nicht wie die Farben oder der Schnitt, für den sich ein Wildfang entscheiden würde, der endlich einmal mit den Erwachsenen speisen durfte. Ihr Betragen, wie immer aufrecht und selbstbewußt, war nun, derart bekleidet, durch eine herrschaftliche Würde ergänzt, und als sie eintrat, schritt sie wie eine Prinzessin. Die enge Halskette aus schweren Natursteinen, die ungeschnitten poliert worden waren, lenkte das Auge geschickt auf die feine Haltung ihres Kopfes. Anderen Schmuck trug sie nicht.

»Für mich wäre es gut genug«, sagte Cadfael einfach, »wenn ich ein grüner Junge wäre, der eine Range aus seiner Kindheit erwartet. Ich frage mich nur, ob Ihr ebenso unvorbereitet seid wie er.«

Isouda schüttelte den Kopf, daß die braunen Locken tanzten und zu einem neuen hübschen Muster auf ihren Schultern zusammenfanden. »Nein! Ich habe über alles nachgedacht, was Ihr mir erzählt habt, und ich kenne meinen Meriet. Ihr braucht euch keine Sorgen zu machen. Ich komme schon zurecht!«

»Dann solltet Ihr«, sagte Cadfael, »bevor wir gehen, mit allem gewappnet sein, was ich inzwischen zusammentragen konnte.« Und er setzte sich mit ihr nieder und erzählte es ihr. Sie hörte mit ernstem, doch gelassenem Gesicht unerschüttert zu.

»Hört, Bruder Cadfael, warum sollte er *nicht* die Heirat seines Bruders mitansehen, wenn die Dinge doch so liegen, wie Ihr sagt? Ich weiß, daß es nicht gut wäre — noch nicht jedenfalls —, ihm zu sagen, daß wir *wissen*, daß er unschuldig ist und niemand täuschen kann; denn dies würde ihm nur Sorgen um den bereiten, den er schützt. Doch Ihr kennt ihn inzwischen. Wenn er sein Wort gegeben hat, dann wird er es nicht brechen, und er ist unschuldig genug, Gott mag es bezeugen, zu glauben, daß andere Männer ebenso aufrichtig sind wie er und sein Wort so nehmen, wie er es gibt. Er würde nicht einmal etwas dabei finden, wenn Hugh Beringar einem überführten Dieb erlaubte, ebenfalls an der Feier teilzunehmen.«

»Er kann noch nicht so weit laufen«, sagte Cadfael, doch der Gedanke ließ ihn nicht mehr los.

»Braucht er auch nicht. Ich würde ihm einen Burschen mit einem Pferd schicken. Bruder Mark könnte mit ihm kommen. Warum nicht? Er könnte früh kommen und eingekleidet werden und einen versteckten Platz finden, von dem aus er zusehen kann. Was auch immer geschieht«, sagte Isouda fest entschlossen, »ich bin nicht so dumm, nicht zu erkennen, daß irgendein Kummer über ihr Haus kommen wird – doch was immer geschieht, ich will, daß er ans Tageslicht kommt. Und egal, wer darob das Gesicht verzieht! Denn seines ist schön genug, und ich will, daß es gesehen wird.«

»Ich auch«, sagte Cadfael herzlich, »ich auch.«

»Dann fragt Hugh Beringar, ob ich ihn holen lassen darf. Ich weiß nicht – ich habe das Gefühl, daß er gebraucht werden könnte, und daß er das Recht hat, dabei zu sein, daß er dabei sein muß.«

»Ich will mit Hugh sprechen«, sagte Cadfael. »Und nun kommt, laßt uns nach St. Giles gehen, bevor der Abend dämmert.«

Sie gingen zusammen durch die Klostersiedlung, bogen am bleichen Grasdreieck des Pferdemarktes rechts ab und gingen zwischen vereinzelten Häusern und grünen Feldern weiter zum Spital. Die Skelette der Bäume zeichneten feine Muster in den grünlich bleichen Himmel, der Frost versprach.

»Ist das der Ort, an dem sogar Aussätzige Zuflucht finden?« fragte sie, als sie den sanften Grashang zum Grenzzaun hinaufstiegen. »Werden sie hier versorgt und wenn möglich geheilt? Das ist edel!«

»Hin und wieder haben sie sogar Erfolg«, sagte Cadfael. »Es gibt immer Freiwillige, die hier dienen wollen, sogar nach einem Todesfall. Mark hat sich sehr bemüht, Euren Meriet an Körper und Seele zu heilen.«

»Wenn ich beendet habe, was er begann«, sagte sie mit einem plötzlichen, strahlenden Lächeln, »dann werde ich ihm danken, wie es sich gehört. Wohin müssen wir nun?«

Cadfael führte sie direkt in die Scheune, doch zu dieser Stunde war sie verlassen. Es war noch nicht Zeit fürs Abendessen, obwohl das Licht schon zu schwach war, um noch draußen arbeiten zu können. Das einsame, niedrige Lager stand sauber mit der graubraunen Decke bezogen.

»Ist das sein Bett?« fragte sie, während sie es nachdenklich betrachtete.

»Ja, das ist es. Vorher hatte er es oben im Dachboden
aufgestellt, um mit seinen schlimmen Träumen nicht die
Gefährten zu stören; und dort stand es auch, als er stürzte. Wie Mark erzählte, wollte er schlafend zu Hugh Beringar gehen und gestehen, damit der Gefangene frei-
kam. Wollt Ihr hier auf ihn warten? Ich werde ihn suchen und zu Euch bringen.«

Meriet saß an Bruder Marks kleinem Schreibtisch im
Vorraum der Halle und flickte mit einem Streifen Leder
den Einband eines Liturgiebuches. Er war ernst auf seine
Aufgabe konzentriert, und seine Finger bewegten sich geduldig und gewandt. Erst als Cadfael ihm sagte, daß in
der Scheune ein Besucher auf ihn wartete, schien er plötzlich aufgeregt. Er war an Cadfael gewöhnt, und der Bruder störte ihn nicht; doch er wollte sich nicht gern anderen
zeigen, als ob er eine ansteckende Krankheit hätte.

»Es wäre mir lieber, niemand würde kommen«, sagte
er, hin- und hergerissen zwischen Dankbarkeit für die
erwiesene Freundlichkeit und widerwillig beim Gedanken an die Schmerzen, die der Besuch nach sich ziehen
mochte. »Was soll das jetzt noch nützen? Was könnte
noch gesagt werden? Ich war froh, hier meine Ruhe zu
finden.« Er nagte zweifelnd an der Unterlippe und fragte schließlich resigniert: »Wer ist es?«

»Niemand, vor dem du dich fürchten mußt«, sagte
Cadfael, der an Nigel dachte, dessen brüderliche Zuneigung, wäre sie angeboten worden, nicht zu ertragen gewesen wäre. Doch das war nicht der Fall. Brautleute haben gewiß eine gute Entschuldigung, alles andere beiseite zu schieben, doch er hätte wenigstens nach seinem
Bruder fragen können. »Es ist nur Isouda.«

Nur Isouda! Meriet atmete erleichtert ein. »Isouda hat
an mich gedacht? Das ist freundlich. Aber — weiß sie es?
Daß ich ein geständiger Missetäter bin? Ich möchte
nicht, daß sie in falschem Glauben...«

»Sie weiß es. Es ist nicht nötig, auch nur ein Wort darüber zu verlieren, und auch sie wird schweigen. Sie ließ sich von mir herführen, weil sie aufrichtige Zuneigung zu dir empfindet. Es kostet dich nicht viel, einige Minuten mit ihr zu verbringen, und ich bezweifle, daß du viel zu sagen hast, denn das wird sie schon tun.«

Meriet ging immer noch etwas widerstrebend mit ihm, doch er war nicht sonderlich verstört darüber, daß er die Aufmerksamkeit, das Mitgefühl und die beständige Kameradschaft einer Spielgefährtin aus seiner Kinderzeit ertragen mußte. Die Kinder unter seinen Bettlern hatten ihm gutgetan; sie hatten ihn einfach ohne Fragen und ohne Ansprüche akzeptiert. Isoudas schwesterliche Zuneigung konnte er auf die gleiche Weise nehmen; jedenfalls glaubte er das.

Sie hatte den Feuerstein und den Zunder neben dem Lager genommen, Funken geschlagen, den Docht der kleinen Lampe entzündet und die Leuchte vorsichtig auf den bereitstehenden breiten Stein gesetzt, wo sie nicht mit fliegendem Stroh in Berührung kommen und ihr mildes, weiches Licht über das Fußende des Bettes, auf das sie sich gesetzt hatte, werfen konnte. Sie hatte den Mantel lose über die Schultern gelegt, so daß er die nüchterne Pracht ihres Gewandes, ihren gestickten Gürtel und die im Schoß gefalteten Hände umrahmte. Sie begrüßte Meriet, als er eintrat, mit dem leisen, allwissenden Lächeln, das die Jungfrau Maria auf den weltlichen Gemälden im Augenblick der Verkündigung zeigt − ein Lächeln, das die Botschaft des Engels überflüssig macht, weil die Jungfrau es schon lange weiß.

Meriet hielt den Atem an und blieb stehen, als er diese erwachsene Dame ruhig und erwartungsvoll auf dem Bett sitzen sah. Wie konnten wenige Monate einen Menschen so verändern? »Du hättest nicht kommen dürfen«, hatte er sanft aber unverblümt sagen wollen, doch die Worte wurden nie gesprochen. Da saß sie selbstbewußt und strahlend, und er bekam fast Angst vor ihr und vor den traurige Veränderungen, die sie an ihm finden mochte – mager, humpelnd, ausgestoßen, in keiner Weise mehr der Junge, der vor gar nicht langer Zeit mit ihr noch Streiche ausgeheckt hatte. Doch Isouda erhob sich, ging mit erhobenen Händen zu ihm, zog seinen Kopf zu sich herunter und küßte ihn herzhaft.

»Weißt du, daß du beinahe hübsch geworden bist? Es tut mir leid, daß du dir den Kopf angeschlagen hast«, sagte sie, indem sie eine Hand zur fast verheilten Wunde hob, »doch das wird bald vergessen sein, es wird nichts zurückbleiben. Da hat jemand mit viel Erfahrung den Schnitt geschlossen. Du darfst mich gern küssen, du bist noch kein Mönch.«

Meriets Lippen, die ruhig und kalt auf ihrer Wange lagen, regten sich und zitterten plötzlich und drängten in hilfloser Leidenschaft. Nicht sie als Frau war gemeint, noch nicht, sondern ihre Wärme, ihre Freundlichkeit: ein Mensch, der mit offenen Armen und ohne Fragen oder Vorwürfe gekommen war. Er umarmte sie linkisch, schwankte zwischen der Heftigkeit und der Schüchternheit seines neu entdeckten Wesens und zitterte unter der Berührung.

»Du bist noch lahm«, sagte sie umsichtig. »Komm und setz dich zu mir. Ich will nicht lange bleiben, um dich nicht zu ermüden, doch ich wollte nicht so nahe sein, ohne dich wiederzusehen. Erzähl mir von diesem Haus«, befahl sie, während sie ihn neben sich aufs Bett zog. »Hier gibt es doch auch Kinder, ich habe ihre Stimmen gehört. Ganz kleine Kinder.«

Wie verzaubert begann er in stolpernden, abgerissenen Sätzen von Bruder Mark zu erzählen, dem kleinen, zerbrechlichen und unverwüstlichen Gefährten, der das Zeichen Gottes an sich trug und sich danach sehnte, Priester zu werden. Es war nicht schwer, über den Freund zu reden und über die Unglücklichen, die doch glücklich waren, in solche Hände zu kommen. Kein Wort wurde über ihn und sie gesprochen, während sie

Schulter an Schulter saßen und einander näherkamen, während Isoudas Augen unablässig beobachteten und abschätzten, welche Veränderungen seine Prüfungen bewirkt hatten. Er vergaß, daß er sich selbst verurteilt hatte, daß nur noch ein kurzes, doch seltsam ruhiges Leben vor ihm lag, daß sie die plötzlich zu Schönheit erblühte junge Erbin eines doppelt so großen Anwesens wie Aspley war. Sie saßen losgelöst von der Zeit und ausgeschlossen von der Welt; und Cadfael huschte zufrieden hinaus und ging, ein Wort mit Bruder Mark zu wechseln, solange er noch Zeit hatte. Sie hatte den Finger am Puls der Stunde, sie würde nicht zu lange bleiben. Die Kunst bestand darin zu erstaunen, zu wärmen, eine absurde, doch ausgesprochen realistische Hoffnung zu entfachen und zu scheiden.

Als sie gehen wollte, führte Meriet sie an der Hand aus der Scheune. Sie hatten beide eine lebhafte Farbe und strahlende Augen bekommen, und wie sie zusammen gingen, hatten sie anscheinend die erste Scheu überwunden und wie alte Bekannte geredet, und das war gut so. Er beugte sich herunter, um zum Abschied einen Kuß zu bekommen, und sie gab ihn stürmisch und bot ihm dafür ihre Wange und erklärte, daß er immer noch der alte störrische Esel sei, und ließ den Freund aufgeregt und fast zufrieden zurück, während sie selbst mit vorsichtiger Hoffnung ging.

»Ich habe ihm so gut wie versprochen, ihm mein Pferd zu schicken, damit er gleich morgen früh abgeholt wird«, sagte sie, als sie die ersten verstreuten Häuser der Klostersiedlung erreichten.

»Ich habe Mark praktisch dasselbe versprochen«, sagte Cadfael. »Doch er sollte besser verhüllt und im stillen kommen. Gott weiß, ob ich wirklich einen guten Grund habe, doch mir jucken die Finger, und ich will ihn dabei haben, ohne daß es seine nächsten Verwandten wissen.«

»Wir machen uns zu viele Sorgen«, sagte das Mädchen munter und von ihrem Erfolg erregt. »Ich sagte Euch schon damals, daß er mein ist und daß niemand sonst ihn bekommen wird. Wenn es nötig ist, Peter Clemence' Mörder zu stellen, damit ich Meriet bekomme, warum sollen wir uns dann sorgen? Dann werden wir ihn stellen.«

»Mädchen«, sagte Cadfael mit einem tiefen Atemzug, »Ihr schreckt mich wie eine Tat Gottes. Und ich glaube, Ihr werdet wohl die Donnerschläge loslassen.«

In der Wärme und dem weichen Licht in der kleinen Gästehalle saßen die beiden Mädchen, die ein Bett teilten, nach dem Abendessen beisammen und brüteten über ihre Pläne für den nächsten Tag. Sie waren nicht schläfrig, denn ihnen ging viel zuviel im Kopf herum, um den Schlaf zu suchen. Roswithas Zofe, die sie beide bediente, war schon vor einer Stunde ins Bett gegangen; sie war ein ungebildetes Mädchen vom Lande, der man die Auswahl der Juwelen, des Schmucks und des Parfüms für eine Hochzeitsfeier nicht zumuten konnte. Isouda würde ihrer Freundin das Haar richten, ihr ins Hochzeitskleid helfen und sie von der Gästehalle zur Kirche und wieder zurück führen, ihr an der Kirchentür in der Dezemberkälte den Übermantel abnehmen und ihn ihr wieder anlegen, wenn sie am Arm ihres Gatten als frischvermählte Frau herauskam.

Roswita hatte ihr Hochzeitskleid auf dem Bett ausgebreitet, um jede Falte, den Schnitt der Ärmel und den Sitz der Taille zu betrachten und sich zu überlegen, ob es nicht doch besser sei, den vergoldeten Gürtel etwas enger zu schnallen.

Isouda streifte ruhelos durch die Kammer und antwortete munter auf Roswithas verträumte Kommentare und Fragen. Sie hatten die mit Leder ausgeschlagenen Kisten mit ihren Siebensachen an einer Wand gestapelt, und die kleinen Dinge, die sie herausgenommen hatten, waren überall verteilt – auf dem Bett, auf dem Tisch und dem Schrank. Die kleine Kiste mit Roswithas Juwelen stand neben der spuckenden Lampe auf dem Wäscheschränkchen. Isouda steckte müßig eine Hand hinein und nahm Schmuckstück auf Schmuckstück heraus. Sie hielt nicht viel von solchem Flitterzeug.

»Würdest du die gelben Bernsteine tragen?« fragte Roswitha. »Meinst du, sie passen zu dem Goldfaden im Gürtel?«

Isouda hielt die bernsteingelben Steine ins Licht und ließ sie behutsam durch ihre Finger gleiten. »Sie würden gut passen. Aber laß mich mal sehen, was du sonst noch hast. Du hast sie mir noch nie alle gezeigt.« Sie wühlte neugierig in den Steinen herum, bis sie gefärbtes Email freilegte und vom Boden der Kiste eine große Spange von der alten Art — ein Ring mit einer Nadel — hervorzog. Der Ring bildete mit seiner breiten, flachen Fassung und den kunstvollen goldenen Filigranornamenten einen wundervollen Rahmen für das Email; bei näherem Betrachten sah man, daß die Ornamente schlanke, sich windende Tiere darstellten, die sich in verflochtene Ranken verwandelten, die sich wiederum in zwei Schlangen verwandelten. Die Nadel war aus Silber, trug einen wie ein Diamant geformten Kopf mit einer Blume aus Email und war vom Ring aus, der ihre Handfläche fast ausfüllte, länger als ihr Finger. Der Schmuck eines Prinzen, gemacht, um die schweren Falten eines Männermantels zu halten. Sie hatte begonnen: »Das habe ich aber noch nie gesehen...« bevor sie es herausgeholt hatte und es deutlich sah. Doch sie unterbrach sich, und das plötzliche Schweigen ließ Roswith aufblicken. Sie erhob sich rasch und steckte selbst die Hand in die Kiste, um die Spange außer Sicht auf den Boden zu schieben.

»O nein, nicht das«, sagte sie mit einer Grimasse. »Es ist zu schwer und so altmodisch. Leg alles wieder zurück. Ich brauche nur die gelbe Halskette und die silbernen Haarspangen.« Sie klappte energisch den Deckel zu und zog Isouda zum Bett zurück, wo das Hochzeitskleid sorgfältig ausgebreitet lag. »Sieh mal her, in der Stickerei sind ein paar Stiche ausgefranst. Könntest du sie nachnähen? Du kannst besser mit der Nadel umgehen als ich.«

Isouda setzte sich gelassen aufs Bett, tat mit ruhiger Hand, worum sie gebeten worden war, und versagte sich weitere Blicke zu der Kiste, in der die Spange war. Doch kurz vor der Komplet riß sie den Faden nach dem letzten Stich ab, legte ihr Werk beiseite und erklärte, daß sie am Gottesdienst teilnehmen wollte. Roswitha, die sich bereits müde auskleidete, um zu Bett zu gehen, widersprach nicht und machte keine Anstalten, ihr zu folgen.

Bruder Cadfael verließ die Kirche nach der Komplet durch die Südpforte, denn er wollte noch einmal kurz in seine Hütte sehen, ob die Kohlenpfanne, die Bruder Oswin benutzt hatte, auch gelöscht war und ob alle Gefäße zugestöpselt und die Tür geschlossen war, um die restliche Wärme festzuhalten. Die Nacht war sternenklar und bitterkalt, und er brauchte kein zusätzliches Licht, um den vertrauten Weg zu gehen. Doch er hatte gerade den Bogengang vor dem Hof erreicht, als er drängend am Ärmel gezupft wurde und ihm eine atemlose Stimme ins Ohr flüsterte: »Bruder Cadfael, ich muß mit Euch reden!«

»Isouda! Was ist los? Ist etwas geschehen?« Er zog sie in eine Lesenische der Schreibstube; dort würde sie niemand stören, und in der Dunkelheit der hintersten Ecke waren sie unsichtbar. Ihr Gesicht an seiner Schulter schien aufgeregt, ein bleiches Oval über ihrem dunklen Mantel.

»Das kann man wohl sagen! Ihr *sagtet* doch, ich würde die Donnerschläge loslassen«, flüsterte sie ihm hastig und leise ins Ohr. »Ich habe in Roswithas Juwelenkästchen etwas gefunden. Auf dem Boden versteckt. Eine große Ringbrosche, sehr alt und schön, aus Gold und

Silber und Email; die Sorte, die Männer trugen, bevor die Normannen kamen. So groß wie meine Hand — mit einer langen Nadel. Als sie sah, was ich da hatte, kam sie sofort und warf es wieder in die Kiste und schloß den Deckel und sagte, die Spange sei zu schwer und altmodisch, um sie zu tragen. Ich beließ es dabei und verschwieg, was ich wußte. Ich bezweifle, daß sie weiß, was sie da hat oder wie der, der sie ihr gab, in ihren Besitz kam. Allerdings glaube ich, daß er sie warnte, sie nicht zu tragen und sie niemand zu zeigen, noch nicht... warum sonst hätte sie sie so schnell vor mir versteckt? Oder sie mag sie einfach nicht — vielleicht ist auch nicht mehr dahinter. Aber *ich* weiß, was es ist und woher es kam, und Ihr werdet es gleich erfahren...« Ihr war in der Hast der Atem ausgegangen, und sie schnaufte warm und leise an seiner Wange und beugte sich näher zu ihm. »Ich habe die Spange schon einmal gesehen, und sie vielleicht nicht. Ich nahm ihm den Mantel ab und trug ihn hinein, in die Kammer, die wir für ihn vorbereitet hatten. Fremund trug seine Satteltaschen und ich den Mantel... und diese Spange steckte im Kragen.«

Cadfael legte eine Hand über ihre kleine Hand, die seinen Ärmel packte und fragte halb zweifelnd und halb wissend: »Wessen Mantel? Wollt Ihr sagen, daß dieses Ding Peter Clemence gehörte?«

»Genau das sage ich. Ich würde es beschwören.«

»Seid Ihr sicher, daß es dieselbe Spange ist?«

»Ganz sicher. Ich sage Euch, ich trug den Mantel, ich berührte und bewunderte sie.«

»Nein, es kann kaum zwei von der Sorte geben«, sagte er und holte tief Luft. »Von so kostbaren Dingen werden selten zwei gleiche hergestellt.«

»Und selbst wenn, warum sollten beide gleichzeitig in diese Grafschaft kommen? Aber nein, sie wurde für einen Prinzen oder Anführer gemacht, und sie ist einzigartig. Mein Großvater hatte eine solche Spange, doch sie war lange nicht so schön und groß; er sagte, sie sei vor langer Zeit aus Irland gekommen. Außerdem erinnere ich mich an die Farben und die seltsamen Tiere. Es ist dieselbe. Und sie hat sie!« Ihr fiel noch etwas ein, und sie sprach es eifrig aus. »Kanonikus Eluard ist noch hier. Er erkannte Kreuz und Ring, und er wird auch die Spange sicherlich erkennen und es beschwören. Doch wenn es sich als Fehler erweist, so will ich dafür einstehen. Morgen – wie sollen wir uns morgen verhalten? Denn Hugh Beringar ist nicht hier, und wir haben so wenig Zeit. Es liegt bei uns. Sagt mir, was ich tun soll.«

»Das will ich«, sagte Cadfael langsam, der immer noch fest ihre Hand hielt. »Wenn Ihr mir noch das Allerwichtigste verraten habt. Diese Spange – ist sie heil und sauber? Kein Flecken, keine Verfärbung auf Metall oder Email? Keine blanken Stellen, wo solche Verfärbungen weggescheuert worden sein könnten?«

»Nein!« sagte Isouda nach kurzem Schweigen. Dann atmete sie verstehend ein. »Daran hatte ich noch nicht gedacht! Nein, sie ist, wie sie gemacht wurde, wunderschön und vollkommen. Nicht wie die anderen Sachen... nein, *dieses* Ding hat *nicht* im Feuer gelegen.«

12

Der Hochzeitstag dämmerte klar, strahlend und sehr kalt. Eine oder zwei Schneeflocken, fast zu kalt, um gesehen zu werden, machten sich mit kleinen Stichen auf Isoudas Wange bemerkbar, als sie über den Hof zur Prim ging; doch der Himmel war so rein und hoch, daß es wahrscheinlich nicht stärker schneien würde. Isouda betete ernst und schlicht und verlangte eher die Hilfe des Himmels, als zaghaft darum zu bitten. Nach der Kirche ging sie in die Ställe und trug dem Burschen auf, mit ihrem Pferd loszugehen und Meriet mit Marks Hilfe rechtzeitig zu holen, damit Meriet die Vermählung seines Bruders miterleben konnte. Dann ging sie, um Roswitha einzukleiden, ihr Haar zu flechten und sie mit den Silberkämmen und dem goldenen Netz hochzustecken. Sie legte ihr die gelbe Kette um den Hals, ging um sie herum und rückte die Falten zurecht. Onkel Leoric, ob er nun bewußt die Kammern der Frauen mied oder grimmig über die auseinanderstrebenden Schicksale seiner Söhne grübelte, ließ sich jedenfalls erst sehen, als der Augenblick gekommen war, seinen Platz in der Kirche einzunehmen. Wulfric Linde jedoch kam, um zufrieden die Schönheit seiner Tochter zu genießen, und die Überzahl der Frauen schien ihm keineswegs den Atem zu rauben. Isouda begrüßte ihn mit freundlicher Toleranz; ein einfacher, herzlicher Mann, der fähig war, aus einem Anwesen etwas zu machen, und der vernünftig mit Pächtern und Leibeigenen umging, doch selten einen Blick über seine Felder hinaus warf; er war immer der letzte, der erfuhr, was seine Kinder oder Nachbarn taten.

Im gleichen Augenblick waren Janyn und Nigel an einem anderen Ort mit einem ähnlichen, uralten Tanz beschäftigt, denn sie bereiteten den Bräutigam auf das Ereignis vor, das zugleich Triumph und Opfer war.

Wulfric musterte den Sitz von Roswithas Brautkleid und drehte sie liebevoll herum, um sie aus jedem Winkel zu bewundern. Isouda zog sich zur Wäschekommode zurück und ließ die beiden sich völlig vertieft beraten, während sie, ohne hinzusehen, die alte Ringspange, die Peter Clemence gehört hatte, vom Boden des Schmuckkästchens fischte und mit der Nadel in ihrem weiten Ärmel befestigte.

Der Bursche Edred kam rechtzeitig mit zwei Pferden nach St. Giles, um Meriet und Bruder Mark in die düstere Abgeschiedenheit der Kirche zu ringen, bevor sich die geladene Gesellschaft versammelte. Trotz seines verständlichen Wunsches, die Hochzeit seines Bruders mitzuerleben, hatte Meriet sich zuerst gesträubt zu kommen, da er ein überführter Missetäter und eine Schande für das Haus seines Vaters sei. Dies hatte er Isouda erklärt, als sie ihm anbot, ihn abzuholen; doch sie hatte ihm versichert, daß Hugh Beringar gewiß dem Wort des Gefangenen, daß dieser das Entgegenkommen nicht ausnutzte, trauen würde. Seine Skrupel kamen Isoudas Absichten sehr entgegen, und sie begrüßte sie nun sogar noch mehr. Er durfte sich niemand zeigen, und niemand sollte ihn bemerken oder gar erkennen. Edred würde ihn früh bringen, und er konnte sicher in einer düsteren Ecke des Chorgestühls sitzen, bevor die Gäste hereinkamen; an einem abgeschiedenen Ort, von dem aus er sehen konnte, ohne gesehen zu werden. Und wenn die Frischvermählten und nach ihnen die Gäste hinausgingen, konnte er unbemerkt folgen und mit seinem freundlichen Aufseher in sein Gefängnis zurückkehren. Dabei war der Aufseher eher ein Freund, der, wenn nötig, ihn stützen und als Zeuge dienen konnte, wenn Meriet auch nicht ahnte, daß die Anwesenheit eines gut informierten Zeugen notwendig werden könnte.

»Und die Herrin von Foriet befahl mir«, sagte Edred munter, »die Pferde außerhalb des Klosters anzubinden, damit sie bereitstehen, wann immer Ihr zurückkehren wollt. Ich werde sie vor dem Torhaus zurücklassen, denn dort sind Bügel in die Wand eingelassen, und wenn Ihr wollt, könnt Ihr Euch Zeit lassen, bis die anderen hineingegangen sind. Es wird Euch doch nichts ausmachen, Brüder, wenn ich mir eine oder zwei Stunden freinehme, solange Ihr drinnen seid? Unten in der Klostersiedlung wohnt meine Schwester mit ihrem Mann in einem kleinen Haus.« Und in der Nachbarhütte das Mädchen, das er liebte, doch er hielt es nicht für nötig, auch das zu erwähnen.

Meriet kam hart gespannt wie eine zu hoch gestimmte Laute aus der Scheune, die Kapuze tief ins Gesicht gezogen. Den Stock brauchte er jetzt nur noch, wenn er am Ende des Tages müde wurde, doch mit dem verrenkten Fuß humpelte er noch leicht. Mark hielt sich dicht bei seinem Ellbogen und betrachtete das scharfe, schlanke Profil, das unter dem dunklen Tuch der Kapuze noch schärfer geschnitten schien − die hochgezogenen Augenbrauen, die spitze, fast überhebliche Nase.

»Darf ich dort wirklich eindringen?« fragte Meriet, dessen leise Stimme seinen Schmerz verriet. »Er hat nicht nach mir gefragt«, sagte er mühsam und wandte beschämt, da er solche Zweifel hatte, das Gesicht ab.

»Du sollst und du mußt dabei sein«, sagte Mark fest. »Du hast es der Dame versprochen, und sie hat sich selbst bemüht, dir den Weg leicht zu machen. Nun laß dir von ihrem Burschen in den Sattel helfen, denn du kannst deinen Fuß noch nicht wieder voll belasten wie ein junger Hüpfer.«

Meriet gab nach und ließ sich in den Sattel helfen. »Und da habt Ihr sogar ihr eigenes Reitpferd«, sagte Edred, der stolz zum großgewachsenen jungen Wallach hinaufblickte. »Und sie ist eine gewandte kleine Reitersfrau, die große Stücke auf ihn hält. Sie läßt nicht viele in diesem Sattel reiten, das kann ich Euch sagen.«

Meriet begann sich mit einiger Verspätung zu fragen, ob er Bruder Mark nicht etwas überforderte, wenn er ihn zwang, auf ein Tier zu klettern, das ihm fremd war und ihm womöglich Angst machte. Er wußte so wenig von diesem kleinen, unverwüstlichen Bruder — nur das, was er jetzt war und nicht, was er früher gewesen war und wie lange er die Kutte trug; im Kloster waren schließlich Brüder, die von Kindheit an nichts anderes gekannt hatten. Doch Bruder Mark setzte den Fuß energisch in den Steigbügel und schwang sich ungeziert und mühelos in den Sattel.

»Ich bin als Bauernsohn groß geworden«, sagte er, als er Meriets große Augen bemerkte. »Ich hatte von Kindheit an mit Pferden zu tun, wenn auch nicht mit dieser edlen Sorte, sondern mit stämmigen Ackergäulen. Ich kann rackern wie sie, und ich bekomme mein Tier dahin, wohin ich es haben will. Ich begann schon früh«, sagte er, als er sich an die langen, schläfrigen Stunden erinnerte, wenn er durch die Felder gestapft war und mit seiner kleinen Hand die Steine in seinem Beutel umklammert hatte, um hin und wieder einen herauszuziehen und mit einem Wurf die Krähen aus den Furchen zu verscheuchen.

So zogen sie durch die Klostersiedlung — zwei berittene Benediktinerbrüder und ein junger Bursche, der neben ihnen trottete. Der Wintermorgen war noch jung, doch es waren schon viele Menschen unterwegs — Männer, um das Vieh zu füttern, Frauen, um einzukaufen, Hausierer mit ihren schweren Packen, rennende und spielende Kinder, und alle eifrig, um aus dem schönen Morgen das Beste zu machen, da doch das Tageslicht nicht lange anhalten würde und ein schöner Morgen eine Seltenheit war. Als Brüder der Abtei wechselten sie unterwegs zahlreiche Grüße und Ehrenbezeugungen.

Sie stiegen vor dem Torhaus ab und ließen die Pferde

bei Edred, der sie, wie abgesprochen, versorgen sollte. Hier im Kloster, wo Meriet, aus welchem Grund auch immer, aufgenommen werden wollte, zögerte er unentschlossen und zitternd, doch Mark nahm ihn am Arm und zog ihn hinein. Sie gingen über den großen Hof, in dem einige Menschen in ihre eigenen Angelegenheiten vertieft waren, und betraten die gesegnete Düsterkeit und Kühle der Kirche; und selbst wenn sie bemerkt wurden, so wunderte sich doch niemand über die beiden Brüder, die an einem so kalten Morgen mit hochgezogener Kapuze in die Kirche eilten.

Edred band, wie versprochen, fröhlich pfeifend die Pferde fest und ging davon, um seine Schwester und die Nachbarstochter zu besuchen.

Hugh Beringar, obwohl nicht als Hochzeitsgast geladen, erschien dennoch früh am Ort des Geschehens, und er war nicht allein. Zwei seiner Offiziere schlenderten unauffällig durch das Gedränge auf dem Hof, wo sich eine ganze Anzahl neugieriger Nachbarn unter die Laienbrüder, Burschen und Novizen und die Zugvögel, die in der Gästehalle logierten, gemischt hatte. So kalt es auch war, sie alle wollten sehen, was es zu sehen gab. Hugh hielt sich im Vorraum des Torhauses außer Sicht, von wo aus er beobachten konnte, ohne selbst beobachtet zu werden. Nun hatte er alle in Reichweite, die in irgendeiner Weise mit dem Tod von Peter Clemence zu tun hatten. Wenn die Mischung dieses Tages nichts Neues erbrachte, dann mußte man sich an Leoric und Nigel wenden und sie dazu bringen zu verraten, was sie wußten.

Als Dank an den großzügigen Gönner der Abtei hatte Abt Radulfus sich entschieden, die Trauung selbst zu vollziehen, und so würde sein Gast Kanonikus Eluard ebenfalls anwesend sein. Außerdem würde, da der Abt die Zeremonie leitete, das Sakrament vor dem Hochaltar und nicht am Gemeindealtar vollzogen werden, und die Chormönche würden ihre Plätze einnehmen. Dadurch war Hugh daran gehindert, vorher ein vertrauliches Wort mit Cadfael zu sprechen. Ein Jammer, doch sie kannten sich inzwischen gut genug, um auch ohne Absprache einmütig zu handeln.

Die Menschen begannen sich bereits müßig zu sammeln, die Gäste gingen in ihrer besten Kleidung zu zweit oder zu dritt von der Gästehalle zur Kirche. Eine Versammlung auf dem Lande, nicht bei Hofe, doch gleichermaßen stolz auf lange und längste Ahnenreihen. Von einer großen Traube Neugieriger umgeben, zu gleichen Teilen Sachsen und Normannen, ging Roswitha Linde zur Trauung. Shrewsbury war dem Grafen Roger kurz nach Herzog Williams Krönung übertragen worden, doch viele Anwesen im Umland hatten dem alten Herrn die Treue gehalten, und mancher spät aufgestiegene normannische Adlige war so vernünftig gewesen, eine Sächsin zur Frau zu nehmen und seinen Besitz durch Blut zu sichern, das älter war als sein eigenes, und durch eine Treue, um die er sich nicht unbedingt selbst verdient gemacht hatte.

Die neugierige Menge wimmelte murmelnd herum, die Leute verrenkten sich die Hälse, um den besten Blick auf die vorbeiziehenden Gäste zu bekommen. Da schritt Leoric Aspley, dort sein Sohn Nigel, dieser strahlende junge Mann, mit den besten Kleidern herausgeputzt; da war Janyn Linde, der ihn lebhaft begleitete und gutmütig und nachsichtig lächelte, da er einem Gefährten half, den Junggesellenstand zu verlieren. Das bedeutete, daß nun alle Gäste ihre Plätze eingenommen hatten. Die beiden jungen Männer blieben an der Kirchentür stehen und bauten sich auf.

Roswitha kam, in ihren schönen blauen Mantel gehüllt, von der Gästehalle herüber; ihr Hochzeitskleid war für den Wintermorgen zu leicht. Keine Frage, sie war wunderschön, dachte Hugh, als er sie an Wulfrics plumpem Arm die Steintreppe herunterschweben sah. Cadfael hatte ihm erzählt, daß sie nicht anders konnte, als die Aufmerksamkeit aller Männer auf sich zu ziehen, wobei sie selbst unansehnliche und nicht besonders stattliche ältere Mönche nicht ausschloß. Sie hatte jetzt das Publikum ihres Lebens. Die Menschen bildeten das Spalier für ihren gemächlichen Gang zur Kirche und rissen bewundernd die Mäuler auf. Und sie nahm die Aufmerksamkeit mit einer Unschuld und Schlichtheit, als sei es auf ihrer Seite nicht mehr als eine große Vorliebe zum Beispiel für Honig. Es wäre absurd, auf sie eifersüchtig zu sein.

Isouda Foriet, deren Auftritt von dieser Schönheit überstrahlt wurde, trug hinter der Braut das vergoldete Gebetbuch und war bereit, ihr an der Tür zu helfen, wo Wulfric die Hand seiner Tochter von seinem Arm nahm und sie in Nigels erwartungsvoll gestreckte Hand legte. Braut und Bräutigam betraten zusammen den Vorraum der Kirche, wo Isouda den warmen Mantel von Roswithas Schultern nahm und über dem Arm zusammenlegte, um danach dem Brautpaar in das düstere Mittelschiff der Kirche zu folgen.

Nicht am Gemeindealtar des Heiligen Kreuzes, sondern am Hochaltar von St. Peter und St. Paul wurden Nigel Aspley und Roswitha Linde zu Mann und Frau erklärt.

Nigel verließ die Kirche triumphierend durch das große Westtor, das gerade außerhalb der Enklave der Abtei dicht neben dem Torhaus lag. Er hielt Roswitha feierlich an der Hand und war in seinem Besitzerstolz so blind und trunken, daß er Isouda im Vorraum völlig übersah und auch nicht bemerkte, daß sie den Mantel ausbreitete und Roswitha über die Schultern legte, bevor Braut und Bräutigam in die klare Kälte des Wintertages hinaustraten. Hinter ihnen kamen die stolzen Väter und die Ehrengäste; und wenn Leorics Gesicht für einen solchen Anlaß unerklärlich grau und düster wirkte, so schien es niemand zu bemerken, denn er war immer ein strenger Mann gewesen.

Ebensowenig bemerkte Roswitha das kleine zusätzliche Gewicht an der linken Schulter – ein Schmuckstück, das ursprünglich für einen Mann gedacht gewesen war. Ihre Augen ruhten auf der Menge, die wogte und bewundernd seufzte, als sie hinaustrat. Hier, außerhalb der Mauern, war das Gedränge noch größer, denn jeder, der in der Klostersiedlung wohnte oder gerade dort zu tun gehabt hatte, war gekommen, um zu gaffen. Nicht hier, dachte Isouda, die aufmerksam folgte; hier wird es keine Reaktion geben, denn alle, die die Spange erkennen könnten, gehen hinter ihr; und Nigel sieht genausowenig wie sie. Erst wenn sie wieder zum Torhaus hereinkommen, nachdem sie sich in der Kirchentür gezeigt haben, erst dann wird es jemand bemerken. Und wenn Kanonikus Eluard mich im Stich läßt, dachte sie resolut, dann werde *ich* das Wort ergreifen, und mein Wort wird gegen ihres oder das eines Mannes stehen.

Roswitha hatte es nicht eilig; sie schritt langsam die Treppe herunter, über das Pflaster des Vorhofes zum Tor und wieder in den Hof hinein. Sie ging gemächlich und majestätisch, damit jeder Mann starren konnte, bis ihm die Augen herausfielen. Es war eine Chance, die der Himmel schickte, denn unterdessen hatten Abt Radulfus und Kanonikus Eluard die Kirche durchs Querschiff und Kloster verlassen und standen auf der Treppe der Gästehalle, um wohlwollend von dort aus zuzusehen. Die Chormönche waren ihnen gefolgt und hatten sich in der Menge verstreut, etwas distanziert, doch voller Interesse.

Bruder Cadfael wanderte unauffällig in die Nähe des Abtes und seines Gastes hinüber, so daß er wie sie das näherkommende Paar beobachten konnte. Vor dem schweren blauen Stoff von Roswithas Mantel hob sich die große Spange, das auffällige, männliche Schmuckstück, deutlich strahlend ab. Kanonikus Eluard hatte eine leise, für das Ohr des Abtes bestimmte Bemerkung mitten im Wort unterbrochen. Sein wohlwollendes Lächeln verblaßte, und er runzelte nachdenklich die Stirn, als könnte er trotz der geringen Entfernung seinen Augen nicht recht trauen.

»Aber was...« murmelte er eher zu sich selbst als zu einem anderen. »Aber nein, wie kann das sein?«

Braut und Bräutigam kamen näher und erwiesen den kirchlichen Würdenträgern artig die Ehre. Hinter ihnen kamen Isouda, Leoric, Wulfric und die Gesellschaft der Gäste. Unter dem Bogengang des Torhauses sah Cadfael Janyns hellen Kopf und die blitzenden blauen Augen, als er aus der Reihe schlenderte, um mit einem Bekannten aus der Klostersiedlung einige Worte zu wechseln. Dann kam er mit seinem leichten, federnden Schritt lächelnd heran.

Nigel führte seine Frau gerade auf die erste Stufe der Steintreppe, als Kanonikus Eluard vortrat und ihnen mit einer strengen Handbewegung Halt gebot. Erst in diesem Augenblick, als sie seinem starren Blick folgte, sah Roswitha am Kragen ihres Mantels, der locker über ihren Schultern lag, das Glitzern emaillierter Farben und die schlanken goldenen Fabeltiere, die sich in verflochtene Blätter verwandelten.

»Kind«, sagte Eluard, »darf ich dies näher betrachten?« Er berührte die erhabenen Goldlinien und den silbernen Kopf der Nadel. Sie schwieg bestürzt, überrascht und unbehaglich, doch sie war nicht abweisend oder ängstlich. »Ihr habt dort ein wunderschönes, seltenes Stück«, sagte der Kanonikus, während er sie etwas unsicher beäugte. »Woher habt Ihr es?«

Hugh war aus dem Torhaus herangekommen und sah und hörte aus dem Hintergrund zu. An der Ecke des Klosters standen zwei Klosterbrüder und beobachteten die Szene. Eingesperrt zwischen den Zuschauern vor dem Westtor und der Versammlung, die durch den Aufenthalt auf dem Hof entstanden war, und nicht bereit, sich von irgend jemandem sehen zu lassen, stand Meriet stocksteif und reglos neben Bruder Mark im Schatten und wartete darauf, daß er ungesehen zu seinem Gefängnis und seiner Fluchtburg zurückkehren konnte.

Roswitha leckte sich die Lippen und sagte mit bleichem Lächeln: »Es ist das Geschenk eines Verwandten.«

»Seltsam!« sagte Eluard und wandte sich mit ernstem Gesicht an den Abt. »Mein Herr Abt, ich kenne diese Spange gut, zu gut, um sie zu verwechseln. Sie gehörte dem Bischof von Winchester, der sie Peter Clemence schenkte – dem bevorzugten Schreiber seines Haushaltes, dessen sterbliche Überreste nun in Eurer Kapelle liegen.«

Bruder Cadfael hatte bereits eine wichtige Kleinigkeit bemerkt. Er hatte Nigels Gesicht beobachtet, seit der junge Mann das Schmuckstück, das soviel Interesse auf sich zog, betrachtete, und bislang hatte es kein Anzeichen dafür gegeben, daß die Spange ihm irgend etwas bedeutete. Er blickte von Kanonikus Eluard zu Roswitha und wieder zurück und runzelte verwirrt seine breite Stirn, während ein leichtes, fragendes Lächeln um seine Lippen spielte, da er darauf wartete, von irgend jemand eingeweiht zu werden. Doch nun, als der Besitzer erwähnt wurde, bekam das Schmuckstück plötzlich eine Bedeutung für ihn, und zwar eine schlimme und erschreckende. Er erbleichte und versteifte sich, als er den Kanonikus anstarrte; doch obwohl Hals und Lippen sich bewegten, fand er entweder keine Worte oder wollte die, die er fand, nicht aussprechen, denn er blieb stumm. Abt Radulfus war auf einer Seite nähergekommen, und Hugh Beringar auf der anderen.

»Was soll das bedeuten? Ihr erkennt diesen Schmuck als das Eigentum von Herrn Clemence wieder? Seid Ihr sicher?«

»So sicher, wie ich bei seinen anderen Besitztümern war, die Ihr mir bereits gezeigt habt – das Kreuz, der Ring und der Dolch, die mit ihm durchs Feuer gingen. Dieses Stück schätzte er als Geschenk des Bischofs ganz besonders. Ich kann nicht sagen, ob er es auf seiner letz-

ten Reise trug, doch es war seine Gewohnheit, weil er es
so liebte.«

»Wenn ich etwas sagen darf, gnädiger Herr«, sagte
Isouda energisch hinter Roswithas Schulter, »*ich* weiß,
daß er es trug, als er nach Aspley kam. Die Spange steckte am Mantel, den ich ihm an der Tür abnahm und in die
vorbereitete Schlafkammer trug; und sie steckte noch am
Mantel, als ich ihm am Morgen seiner Abreise den Mantel zurückbrachte. Er brauchte den Mantel nicht zum
Reiten, da es ein warmer, schöner Morgen war. Er hatte
ihn über den Sattelknauf gelegt, als er fortritt.«

»Also für jedermann zu sehen«, sagte Hugh scharf.
Denn Kreuz und Ring waren bei dem toten Mann geblieben und mit ihm ins Feuer gegangen. Entweder war die
Zeit knapp und Eile geboten gewesen, oder eine aber-
gläubische Furcht hatte den Mörder davon abgehalten,
einem Priester seine Amtsgeschmeide vom Körper zu
rauben, während er keine Skrupel hatte, dieses schöne
Ding, das offen getragen wurde, mitzunehmen. »Ihr bemerkt sicher, meine Herren«, sagte Hugh, »daß dieses
Schmuckstück nicht beschädigt ist. Wenn Ihr uns erlaubt, es zu nehmen und zu untersuchen...«

Gut, dachte Cadfael befriedigt. Ich hätte mir denken
können, daß Hugh keinen Anstoß von mir braucht. Jetzt
kann ich es ihm überlassen.

Roswitha machte keine Anstalten, zuzustimmen oder
sich zu wehren, als Hugh die große Spange aus dem
Mantel zog. Sie sah schweigend, mit bleichem, ängstli-
chem Gesicht zu. Nein, Roswitha war in dieser Angelegenheit nicht ganz unschuldig; ob sie nun gewußt hatte,
was für ein Geschenk es war und wie es erworben worden war oder nicht — auf jeden Fall hatte sie gewußt,
daß es gefährlich war und nicht gezeigt werden durfte —
noch nicht! Vielleicht nicht hier? Und nach ihrer Heirat
hatten sie zu Nigels Gut im Norden reisen wollen, wo es
niemand wiedererkannt hätte.

»Dieses Ding war nicht im Feuer«, sagte Hugh, indem

er es Kanonikus Eluard in die Hand gab, damit dieser es selbst sehen konnte. »Alles andere, was der Mann besaß, brannte mit ihm. Dieses eine Ding aber wurde ihm abgenommen, bevor jene, die ihm den Scheiterhaufen bauten, Hand an ihn legen konnten. Und nur ein Mensch, der letzte, der ihn lebend sah und der erste, der ihn tot sah, kann es ihm vom Mantel genommen haben. Und dieser Mensch ist sein Mörder.« Er wandte sich an Roswitha, die fast durchscheinend blaß vor ihm stand wie eine Frau aus Eis und ihn mit weiten, erschreckten Augen anstarrte.

»Wer gab es Euch?«

Sie sah hastig in die Runde, und dann, als faßte sie sich plötzlich ein Herz, holte sie tief Luft und antwortete laut und deutlich: »Meriet.«

Cadfael wurde plötzlich klar, daß er Dinge wußte, die er Hugh noch nicht anvertraut hatte; und wenn er darauf wartete, daß dieser kühnen Erklärung von den Lippen eines anderen widersprochen würde, dann wartete er vielleicht vergeblich und würde verlieren, was bereits gewonnen war. Für die meisten, die hier versammelt waren, schien diese gewaltige Lüge, die sie gerade ausgesprochen hatte, durchaus nicht unglaubwürdig, nicht einmal überraschend, denn die Umstände von Meriets Eintritt ins Kloster und die Geschichte des Teufelsnovizen waren in diesen Mauern gut bekannt. Und sie nahm nun das kurze allgemeine Schweigen als Ermutigung und setzte frech hinzu: »Er hat mich immer mit seinen Hundeaugen beobachtet. Ich wollte sein Geschenk nicht, doch ich nahm es als Akt der Freundlichkeit. Wie konnte ich wissen, woher er es hatte?«

»*Wann*?« fragte Cadfael laut wie einer, der die Amtsgewalt dazu hat. »*Wann* gab er euch dieses Geschenk?«

»Wann?« Sie blickte in die Runde, wußte nicht recht, woher die Frage gekommen war, doch sie beeilte sich, sie zu beantworten, um die Zuhörer rasch zu überzeugen. »Es war am Tag, nachdem Herr Clemence Aspley verlassen hatte – der Tag nach seinem Tod – am Nachmittag. Er kam zur Pferdekoppel in Linde herüber. Er drängte mich so, es zu nehmen... ich wollte ihn nicht verletzen...« Cadfael sah aus dem Augenwinkel, daß Meriet von seinem schattigen Platz vorgetreten und etwas nähergekommen war. Mark war ihm besorgt gefolgt, doch er versuchte nicht, ihn aufzuhalten. Doch im nächsten Augenblick ruhten aller Augen auf der großen Gestalt Leoric Aspleys, der sich mit ausholenden Schritten durch die Menge drängte, bis er groß neben seinem Sohn und der Frau seines Sohnes stand.

»Mädchen«, rief Leoric, »überlege dir, was du sagst! Ist es recht zu lügen? Ich *weiß*, daß das nicht wahr sein kann.« Er drehte sich heftig herum, bis er mit bekümmerten, grimmigen Augen Abt und Kanonikus und dem stellvertretenden Sheriff gegenüberstand. »Meine Herren, Ihr alle – was sie sagt, ist falsch. Ich will gestehen, welchen Anteil ich daran habe und willig jede Strafe auf mich nehmen, die ich dafür verdient habe. Denn dies weiß ich: Ich brachte meinen Sohn Meriet am gleichen Tag nach Hause, als ich die Leiche meines Gastes und Verwandten nach Hause brachte, und da ich Grund zu der Annahme hatte, mein Sohn sei der Mörder, hielt ich ihn von Stund an hinter Schloß und Riegel, bis ich mich entschieden hatte; und er akzeptierte die Buße, die ich ihm auferlegte. Vom späten Nachmittag des Tages, an dem Peter Clemence starb, bis zum Mittag des dritten Tages war mein Sohn Meriet in meinem Haus festgesetzt. Er hat das Mädchen nicht besucht. Er hat ihr dieses Geschenk nicht gegeben, weil es nie in seinem Besitz war. Und wie sich jetzt erweist, hat er nie eine Hand gegen meinen Gast und Verwandten erhoben! Gott vergib mir, daß ich es je glaubte!«

»Ich lüge nicht!« schrie Roswitha, die mühevoll versuchte, die Glaubwürdigkeit zurückzugewinnen, die sie schon fast auf ihrer Seite gespürt hatte. »Ein Irrtum –

ich habe den Tag verwechselt! Er kam am dritten Tag...«

Meriet war langsam nähergekommen. Tief aus der dunklen Kapuze starrte er mit großen Augen und musterte verwundert und gepeinigt seinen Vater, seinen verehrten Bruder und seine erste Liebe, die so eifrig bemüht waren, ihm das Messer im Leib herumzudrehen. Roswithas irrende, flehende Augen begegneten seinem Blick; sie verstummte wie ein Singvogel, der im Flug abgeschossen wird, und sank mit einem kleinen Verzweiflungsschrei in Nigels Umarmung in sich zusammen.

Meriet blieb einen langen Augenblick schweigend stehen. Dann machte er auf dem Absatz kehrt und humpelte lahm davon. Die Bewegung seines lahmen Fußes sah aus, als schüttelte er mit jedem Schritt Staub von sich ab.

»Wer gab es Euch?« fragte Hugh mit entschlossener, erbarmungsloser Geduld.

Die Menschen hatten sich beobachtend und lauschend näher herangedrängt, denn sie begriffen wohl die Logik der Ereignisse. Hundert Augenpaare wanderten nach und nach unerbittlich zu Nigel. Er wußte es, und sie wußte es.

»Nein, nein, nein!« rief sie, indem sie sich umdrehte und heftig ihren Mann in die Arme nahm. »Es war nicht mein Gatte — nicht Nigel! Mein Bruder gab mir die Brosche!«

In diesem Augenblick sahen sich alle Anwesenden hastig um und suchten im Hof nach dem hellen Kopf, den blauen Augen und dem fröhlichen Lächeln, während Hughs Männer sich durchs Gedränge schoben und ohne erkennbaren Grund zum Tor hinausrannten. Denn Janyn Linde war still und unauffällig verschwunden, wahrscheinlich mit gelassenen, gemächlichen Schritten, seit Kanonikus Eluard die Brosche an Roswithas Schulter bemerkt hatte. Mit ihm verschwunden war Isoudas Reitpferd, das bessere der beiden, die vor dem Torhaus für Meriet angebunden waren. Der Pförtner hatte nicht auf den jungen Mann geachtet, der unschuldig herausgeschlendert kam und ohne Eile das Pferd bestieg. Es war ein Junge aus der Klostersiedlung mit hellen, klugen Augen, der die Unterführer informiert hatte, daß vor einer Viertelstunde ein junger Herr zum Tor hinausgegangen sei und sein Pferd bestiegen habe, um in die Klostersiedlung hinunterzureiten, nicht etwa zur Stadt. Er sei gemütlich losgeritten, sagte der gewitzte Bursche, doch an der Ecke des Pferdemarktes habe er seinem Pferd die Sporen gegeben, um in vollem Galopp zu verschwinden.

Hugh entzog sich dem Chaos im Hof, das ohne seine Hilfe aufgelöst werden mußte, und rannte mit seinen Offizieren in die Stallungen, um ihre Pferde zu holen. Er schickte nach weiteren Männern, die den Flüchtling verfolgen sollten; falls ein solches Wort wirklich bei einem so fröhlichen und fähigen Übeltäter wie Janyn benutzt werden konnte.

»Aber warum, in Gottes Namen, warum?« stöhnte Hugh, der im Stall den Sattel festzurrte und flehend zu Bruder Cadfael blickte, der neben ihm auf ähnliche Weise beschäftigt war. »Warum hat er ihn getötet? Was hatte er nur gegen den Mann? Er hatte ihn überhaupt nicht gesehen, er war in jener Nacht überhaupt nicht in Aspley. Wie, in drei Teufels Namen, wußte er, wie der Mann, nach dem er suchte, aussah?«

»Jemand hat ihn ihm beschrieben — und er wußte, wann der Mann abgereist war und welchen Weg er nehmen würde, das ist klar.« Doch alles andere war noch im Dunkel, für Cadfael wie für Hugh.

Janyn war verschwunden, er hatte sich elegant und zeitig dem Arm des Gesetzes entzogen und vorausgesehen, was kommen mußte. Mit seiner Flucht hatte er sich zu der Tat bekannt, doch die Tat selbst blieb unerklärlich.

»Nicht der Mann«, grübelte Cadfael halblaut, während er Hugh hinterdreinschnaufte und das gesattelte Pferd im Laufschritt über den Hof zum Tor führte. »Nicht der Mann; demnach also doch sein Auftrag. Aber warum sollte ihn jemand davon abhalten, den gutgemeinten Ritt nach Chester im Auftrag des Bischofs zu einem erfolgreichen Ende zu bringen? Welcher Schaden könnte irgend jemand daraus erwachsen?«

Die Hochzeitsgesellschaft hatte sich unschlüssig im Hof verstreut, die beteiligten Familien suchten Zuflucht in der Gästehalle, ihre nächsten Freunde folgten ihnen still und treu, so daß die Wunden geleckt und die Streitigkeiten außer Hörweite der Öffentlichkeit beigelegt werden konnten. Weniger gut befreundete Gäste gingen mit sich zu Rate, und einige entfernten sich diskret, da sie es vorzogen, nach Hause zu gehen. Die Einwohner der Klostersiedlung, die erfreut und angeregt wenig verläßliche Neuigkeiten austauschten und im Weitergeben fantasievoll ergänzten, blieben aufmerksam um das Torhaus versammelt.

Hugh hatte seine Männer aufgeboten und den Fuß schon im Steigbügel, als das wilde Trommeln galoppierender Hufe, sonst nur selten in der Klostersiedlung zu hören, zwischen den Mauern der Enklave und im Torbogen widerhallte. Ein erschöpfter Reiter, dessen Pferd Schaum vor dem Maul hatte, zügelte sein Reittier schwitzend und stürzte eher in Hughs Arme, als daß er abstieg, denn seine Knie wurden weich, ehe er richtig stand. Alle, die noch im Hof versammelt waren, unter ihnen Abt Radulfus und Prior Robert, eilten zu dem Ankömmling, denn sie ahnten schlimme Neuigkeiten.

»Sheriff Prestcote«, keuchte der taumelnde Bote, »oder wer immer ihn hier vertritt — eine eilige Nachricht vom Bischof von Lincoln, er bittet um Eile...«

»Ich vertrete den Sheriff«, sagte Hugh. »Sprich! Was will der Bischof uns so dringend mitteilen?«

»Ihr sollt alle Ritter des Königs in dieser Grafschaft in Dienst nehmen«, sagte der Bote, während er sich mühsam aufrichtete, »denn im Nordosten droht trotz der Reise Seiner Gnaden schwärzester Verrat. Zwei Tage, nachdem Seine Majestät Lincoln verließ, drangen Ranulf von Chester und William von Roumare unter einem Vorwand ins königliche Schloß ein und nahmen es mit Gewalt. Die Bürger von Lincoln flehen Seine Gnaden an, sie von der schrecklichen Tyrannei zu erretten, und der Herr Bischof hat es trotz der Belagerung vermocht, eine Warnung auszusenden, um Seine Gnaden zu unterrichten. Wir sind viele, die jetzt in alle Richtungen reiten, um die Nachricht zu verbreiten. Bei Einbruch der Nacht wird sie London erreichen.«

»König Stephen war vor kaum einer Woche dort«, rief Eluard, »und sie schworen ihm Treue. Wie ist das möglich? Sie versprachen ihm, den Norden mit ihren Festungen zu sichern.«

»Und das haben sie«, sagte der Bote schwer atmend, »doch nicht im Dienste König Stephens und auch nicht im Dienst der Kaiserin, sondern um im Norden ein eigenes Königreich auszurufen. Es war schon lange geplant. Im September riefen sie ihre Burgvögte nach Chester, und ihre Verbindungen reichen bis hierher in den Süden; Garnisonen und Truppen stehen für jede Burg bereit. Sie haben von überall her junge Männer für ihre Zwecke zusammengezogen...«

So war das also! Vor langer Zeit, schon im September, in Chester geplant, wohin Peter Clemence im Auftrage Henry von Blois' unterwegs war – ein ungelegener Besucher, der nur störte, wenn sich eine solche Gesellschaft unter Waffen versammelte und einen solchen Plan aushecke. Kein Wunder, daß Clemence nicht unbelästigt weiterreiten und seinen Auftrag erledigen konnte. Und die Verbindungen reichten bis hierher in den Süden!

Cadfael zupfte Hugh am Ärmel. »Sie waren beide beteiligt, Hugh. Morgen wollten die Frischvermählten nach Norden zur Grenze von Lincolnshire ziehen – und dort hat Aspley ein Gut, nicht Linde. Schnappt Euch Nigel, solange Ihr ihn noch greifen könnt! Wenn es nicht schon zu spät ist!«

Hugh starrte ihn nur einen Augenblick an, begriff die Bedeutung, ließ sein Zaumzeug los und rannte, seine Unterführer hinter sich herwinkend, zum Gästehaus. Cadfael war ihm dicht auf den Fersen, als sie über eine niedergeschlagene Hochzeitsgesellschaft hereinbrachen, der die Freude, der Appetit und die Munterkeit geraubt waren. Die Gäste saßen um die unberührte Tafel in ernste Gespräche vertieft, die eher zu einer Totenfeier als zu einer Hochzeit paßten. Die Braut weinte verzweifelt in den Armen einer stämmigen Matrone, und drei oder vier andere Frauen huschten wie Glucken um sie herum. Der Bräutigam war nirgends zu sehen.

»Er ist fort!« sagte Cadfael. »Als wir im Stall waren, ergriff er die Gelegenheit. Und ohne sie! Der Bischof von Lincoln hat seine Botschaft mindestens einen Tag zu früh aus der abgeriegelten Stadt herausbekommen.«

Als sie sich an die Möglichkeit erinnerten und hinausrannten, um sich zu vergewissern, fanden sie vor dem Torhaus kein Pferd mehr angebunden. Nigel hatte die erste Chance ergriffen, seinem Mitverschwörer zu den Ländereien, Ämtern und Rängen zu folgen, die William von Roumare ihnen versprochen hatte. Dort konnten in der Kriegskunst erfahrene, gewissenlose junge Männer eine üppigere Zukunft erwarten als auf zwei bescheidenen Anwesen in Shropshire am Rande des Großen Waldes.

13

Nun gab es neuen, sensationellen Stoff für Gerüchte, und die Zuschauer aus der Klostersiedlung, die alles aufgenommen hatten, was ihre gespitzten Ohren und scharfen Augen verdauen konnten, entfernten sich, um die Neuigkeiten weiter zu verbreiten – daß im Norden eine Rebellion geplant sei, daß die Grafen von Chester und Lincoln ein eigenes Königreich gründen wollten, daß der schöne junge Mann aus der Hochzeitsgesellschaft schon lange mit ihnen unter einer Decke steckte und nun geflohen war, weil die Sache ans Licht gekommen war, bevor sie sich wie geplant geordnet zurückziehen konnten. Der Herr Bischof von Lincoln, kein sehr enger Freund des Königs Stephen, hatte gegen Chester und Roumare dennoch einiges einzuwenden und sich entschlossen, die Nachricht an den König zu schicken und für sich selbst und die Stadt um Hilfe zu bitten.

Das Kommen und Gehen zwischen Brücke und Abtei wurde aufmerksam beobachtet. Hugh Beringar, der hin- und hergerissen war, hatte die Verfolgung der Verräter seinen Unterführern übertragen, während er selbst sofort zur Burg ritt, um die Ritter der Grafschaft in den Dienst zu rufen, damit sie sich der Armee anschlossen, die König Stephen gewiß bald aufstellen würde, um Lincoln zu stürmen. Gleichzeitig begann er Pferde für seine Streitmacht zu requirieren und darauf zu sehen, daß alles Kriegsgerät in Ordnung war. Der Botschafter des Bischofs wurde in der Abtei untergebracht, und seine Nachricht wurde von einem anderen Reiter an die Burgen im Süden der Grafschaft übermittelt. Die verstörte Gesellschaft und die verlassene Braut blieben in der Gästehalle zwischen den Trümmern ihres Festes außer Sicht.

All dies, und es war kaum zwei Uhr nachmittags am 21. Dezember! Was würde noch alles geschehen, bevor die Nacht kam? Wer konnte das erraten, wenn die Dinge mit solcher Geschwindigkeit geschahen?

Abt Radulfus hatte dafür gesorgt, daß im Haus alles wieder den Regeln entsprechend verlief, und die Brüder gingen auf seine ausdrückliche Anordnung gehorsam zum Essen ins Refektorium, wenn auch etwas später als üblich. Selbst unter so schrecklichen Umständen wie diesen, da ein Mord und ein Verrat geschehen waren und ein Mann gesucht wurde, konnte der Stundenplan des Hauses nicht völlig aufgegeben werden. Außerdem, dachte Bruder Cadfael nachdenklich, mußten jene, die als Gewinner und nicht als Verlierer aus der Unruhe hervorgegangen waren, eine Gelegenheit bekommen, Atem zu holen und zu entscheiden, was nun zu tun war. Und jene, die verloren hatten, brauchten Zeit, um ihre Wunden zu lecken. Was die Flüchtigen anging, so hatte der erste einen guten Vorsprung, während der zweite die Verkündung der schockierenden Nachricht benutzt hatte, um sich eine begrenzte Atempause zu verschaffen; trotzdem, die Hunde waren auf ihrer Fährte, und es war klar, welchen Weg man nehmen mußte, denn Aspleys nördliches Anwesen lag irgendwo südlich von Newark, und jeder der dorthin wollte, mußte die Straße nach Stafford benutzen. Irgendwo im Heideland kurz vor der Stadt würde die Dämmerung die Flüchtigen überraschen. Vielleicht hielten sie es für sicher, in der Stadt zu übernachten. Und dort konnte man sie womöglich überraschen und zurückbringen.

Als Cadfael das Refektorium verlassen hatte, wandte er sich wie gewohnt für die nachmittäglichen Arbeitsstunden zur Hütte im Herbarium, wo er seine Geheimnisse zusammenbraute. Und dort waren sie, die beiden Männer in der Benediktinertracht, und saßen still Seite an Seite auf der Bank an der Rückwand. Die winzige Glut in der Kohlenpfanne beleuchtete schwach ihre Gesichter. Meriet lehnte erschöpft an den Balken. Er hatte die Kapuze zurückgeschoben und starrte mit düsterem Gesicht vor sich hin. Er hatte Zorn, Kummer und Bitterkeit in ganzer Tiefe ausgekostet und war wieder aufgetaucht, um Mark immer noch unbeirrt und geduldig neben sich zu finden; nun war er ohne Gedanken oder Gefühle zur Ruhe gekommen, bereit, ohne Eile in einer neuen Welt wiedergeboren zu werden. Mark sah aus wie immer: milde, beinahe entschuldigend, als beriefe er sich unsicher auf das Recht, hier zu sein; und doch würde er, käme es darauf an, erst dem Tod weichen.

»Ich dachte mir schon, daß ich euch hier finde«, sagte Bruder Cadfael und blies mit dem kleinen Blasebalg in die Kohlenpfanne, bis sie zu rosigem Leben erwachte, denn es war nicht gerade warm in der Hütte. Er schloß die Tür und verriegelte sie, um den Zug draußen zu halten, der einen Weg durch die Ritzen gefunden hatte. »Ich glaube, ihr habt wohl noch nicht gegessen«, sagte er, während er über das Regal neben der Tür tastete. »Hier sind Eichelmehlkuchen und einige Äpfel, und ich glaube, ich habe noch ein Stückchen Käse. Ihr könnt sicher einen Bissen gebrauchen. Und ich habe einen Wein, der euch auch nicht schaden wird.«

Wie hungrig der Junge war! So einfach war das. Er war noch nicht lange neunzehn und körperlich ziemlich kräftig, und er hatte seit dem Morgengrauen nichts mehr gegessen. Er begann lustlos, folgte ergeben dem gutgemeinten Befehl, doch beim ersten Bissen wurde er lebendig und spürte seinen Hunger. Seine Augen leuchteten, das Glühen der angefachten Kohlenpfanne vergoldete seine eingefallenen Wangen und gab ihnen einen weichen Ton. Wie Cadfael vorausgesagt hatte, schadete der Wein ihm absolut nicht. Blut strömte wieder durch ihn und belebte ihn mit neuer Wärme.

Cadfael sagte kein Wort über Bruder, Vater oder verlorene Liebe. Es war noch zu früh. Meriet hatte gehört, wie er von der einen fälschlich beschuldigt und von dem anderen fälschlich verdächtigt wurde – und was hatte der dritte getan? Er überließ ihn seinem dummen Selbstopfer, ohne ihn auch nur mit einem Wort zu entlasten. Meriet hatte noch viel Bitterkeit aus seinem Herzen zu vertreiben. Doch gelobt sei der Herr, das Essen gab ihm das Leben zurück, und er aß wie ein verhungerter Schuljunge. Bruder Cadfael war sehr ermutigt.

In der Friedhofskapelle, wo Peter Clemence in seinem versiegelten Sarg auf der geschmückten Bahre lag, hatte Leoric Aspley endlich die Beichte abgelegt und Abt Radulfus als den Priester gewählt, der sie anhören sollte. Aus freiem Willen auf den Steinfliesen auf den Knien erzählte er die Geschichte, wie er sie gesehen hatte – die schreckliche Entdeckung seines jüngsten Sohnes, der sich mühte, einen toten Mann in Deckung zu schleppen und ihn vor aller Augen zu verbergen; Meriets schweigende Annahme der Schuld, sein eigenes Widerstreben, seinen Sohn dem Tod auszuliefern oder ihn ungestraft zu lassen.

»Ich versprach Meriet, mich um diesen Toten zu kümmern, selbst wenn es mich mein Seeelenheil kosten würde, damit er leben konnte; doch er sollte als Buße für immer aus der Welt verbannt werden. Er stimmte zu und nahm seine Strafe an; wie ich jetzt weiß oder zu wissen fürchte, aus Liebe zu seinem Bruder, den für einen Mörder zu halten er einen viel besseren Grund hatte, als ich ihn je hatte. Ich fürchte, Vater, daß er sein Schicksal ebenso zu meinem wie zu seines Bruders Wohl auf sich nahm, denn er hatte zu meiner Schande allen Grund zu glauben – nein, er mußte sicher sein! –, daß ich nur auf Nigel baute und viel zu wenig auf ihn. So konnte er weiterleben, wenn er aus meinem Leben verschwand, während der Verlust Nigels mein Tod gewesen wäre. Und nun ist er wirklich verloren, doch ich kann und werde leben. Deshalb ist meine schreckliche Sünde gegen meinen Sohn Meriet nicht nur der Zweifel an ihm, die Bereitwilligkeit, mit der ich sein Verbrechen glaubte und ihn ins Kloster verbannte, sondern sie begann schon, als er gerade geboren war; denn nie schätzte ich ihn als das, was er ist.

Und was meine Sünde gegen Euch, Vater, und gegen dieses Haus betrifft, so beichte und bereue ich auch sie; es war kein guter Weg, einen Mordverdächtigen zu beseitigen, indem ich einen jungen Mann ohne wirkliche Berufung in Euer Haus zwang. Das war für ihn und dieses Haus eine üble Tat. Rechnet auch dies ein, denn ich will alle Schuld büßen, die ich auf mich genommen habe.

Und die Sünde an Peter Clemence, meinem Gast und Verwandten. Ihm enthielt ich ein christliches Begräbnis vor, um den guten Namen meines Hauses zu schützen, und nun bin ich froh, daß Gottes Hand sich meines mißbrauchten Sohnes bediente, um das Böse, das ich tat, aufzudecken und ungeschehen zu machen. Welche Buße Ihr auch immer für angemessen haltet, ich will dazu die Verpflichtung aussprechen, mein Leben lang für Peter Clemence Messen zu bestellen...«

Beim Beichten von Sünden ebenso stolz und aufrecht wie stets, erzählte er die Geschichte zu Ende; und Radulfus lauschte geduldig und ernst bis zu Ende, erlegte ihm eine mäßige Buße auf und gab ihm die Absolution.

Leoric richtete sich steif auf und ging ungewohnt demütig und furchtsam hinaus, um den einen Sohn zu suchen, den er noch hatte.

Das Klopfen an der verschlossenen, verriegelten Tür von Cadfaels Hütte kam, als der Wein, eins von Cadfaels drei Jahre alten Gebräuen, Meriet einigermaßen erwärmt und mit dem Leben ausgesöhnt hatte; denn die scharfen Erinnerungen an den Betrug begannen sich zu verwischen. Cadfael öffnete die Tür, und in den sanften Lichtkreis der Kohlenpfanne trat Isouda in ihrem damenhaften Feiertagskleid, rot und rosa und elfenbeinfarben, ein Silberband im Haar, das Gesicht feierlich und ernst. Hinter ihr stand ein größerer Schatten in der Tür, der den Blick in die winterliche Dämmerung draußen versperrte.

»Ich dachte mir, daß wir euch hier finden«, sagte sie, und das Licht vergoldete ihr leichtes, selbstsicheres Lächeln. »Ich komme als Botin. Du wirst überall gesucht. Dein Vater bittet dich um Erlaubnis, mit dir zu sprechen.«

Meriet hatte sich versteift, denn er wußte, wer hinter ihr stand. »So wurde ich noch nie zu meinem Vater gerufen«, sagte er, indem er, an Bosheit und Schmerz erinnert, zusammenzuckte. »Diese Höflichkeit gab es nicht in seinem Haus.«

»Nun, auch gut«, sagte Isouda ungerührt. »Dann *befiehlt* dein Vater dir, ihn einzulassen, oder ich tue es an seiner Stelle, und du solltest es genau und respektvoll bedenken.« Und sie trat zur Seite, wobei sie es nicht versäumte, Bruder Cadfael und Bruder Mark einen auffordernden Blick zuzuwerfen. Leoric trat in die Hütte und streifte mit dem Kopf die raschelnden Bündel getrockneter Kräuter, die an den Deckenbalken hingen.

Meriet erhob sich von der Bank und vollzog eine langsame, feindselige und förmliche Ehrenbezeugung. Sein Rücken war steif vor Stolz, seine Augen brannten. Doch seine Stimme war ruhig und selbstsicher, als er sagte: »Seid willkommen. Wollt Ihr Euch setzen, Vater?«

Cadfael und Mark drückten sich zur Seite und folgten Isouda in die kalte Dämmerung hinaus. Hinter sich hörten sie Leoric sehr leise und demütig sagen: »Du willst mir doch nicht den Kuß vorenthalten?«

Es gab ein stilles, drohendes Schweigen; dann sagte Meriet rauh: »Vater...« und Cadfael schloß die Tür.

Im hochliegenden, unwirtlichen Heideland südlich der Stadt Stafford ritt Nigel Aspley etwa zu dieser Stunde Hals über Kopf auf dickem, federndem Torf durch dichtes Buschwerk und warf dabei beinahe seinen Freund,

Nachbarn und Mitverschwörer Janyn Linde um, der auf einem böse lahmenden Pferd fluchte und schwitzte. Das Tier war mit der Hinterhand ausgerutscht und auf den harten Boden gestürzt. Nigel begrüßte ihn mit einem erleichterten Ruf, denn er hatte keine große Lust, sich allein in ein Abenteuer zu stürzen. Er stieg ab und besah sich den Schaden. Doch Isoudas Pferd schien kurz vor dem Zusammenbruch; es konnte gewiß nicht weitergehen.

»Du?« rief Janyn. »Dann konntest du fliehen? Gott verfluche dieses verdammte Vieh. Er hat mich abgeworfen und sich dabei verletzt.« Er packte seinen Freund am Arm. »Was hast du mit meiner Schwester gemacht? Hast du es ihr überlassen, die Antworten zu geben? Sie wird wütend sein!«

»Es geht ihr gut und sie ist sicher. Wir können nach ihr schicken, sobald wir... *Du* wagst es, mich anzuschreien!« fauchte Nigel, der sich hitzig zu ihm umdrehte. »*Du* bist rechtzeitig geflohen und hast uns bis zum Hals in Schwierigkeiten zurückgelassen. Wer hat uns denn in diesen Morast geführt? Ich bat dich nur, einen Reiter mit einer Warnung vorauszuschicken, damit sie alles aufräumen konnten, bevor er kam. Das wäre ihnen auch gelungen! Wen sollte ich schicken? Der Mann war in unserem Hause abgestiegen, ich konnte niemand schicken, der nicht vermißt würde... aber du — *du* mußtest ihn ja niederschießen...«

»Ich hatte das schwere Los, um unsere Sicherheit Sorge zu tragen, wo du zurückgewichen bist«, spuckte Janyn, indem er verächtlich den Mund verzog. »Ein Reiter wäre zu spät dort angekommen. Ich sorgte dafür, daß der Lakai des Bischofs gar nicht erst ankam.«

»Und du ließest ihn liegen! Mitten auf dem Reitweg!«

»Und du warst so dumm, dorthin zu rennen, sobald ich es dir gesagt hatte!« zischte Janyn verächtlich angesichts solcher Willens- und Nervenschwäche. »Wenn du ihn gelassen hättest, wo er lag, wie hätte da herauskommen sollen, wer ihn niederschoß? Doch du hast Angst bekommen und bist losgerannt, um ihn zu verstecken, wo er doch besser unversteckt geblieben wäre. Und du schleppst deinen armen, idiotischen Bruder mit, und hinter ihm auch noch euren Vater! Daß ich einem so elenden Helfer eine so wichtige Aufgabe anvertraute!«

»Daß ich auf einen so glaubwürdigen Versucher hörte!« gab Nigel niedergeschlagen zurück. »Nun haben wir keine Hoffnung mehr. Das Tier kann nicht gehen – du siehst es ja! Die Stadt mehr als eine Meile entfernt, und die Nacht kommt...«

»Und ich hatte einen guten Vorsprung«, wütete Janyn, während er auf dem dichten, gebleichten Gras herumstampfte. »Und großes Glück vor mir, und das Biest mußte straucheln! Und du wirst verschwinden, um die Belohnung einzuheimsen, die uns beiden zusteht – du, der vor der kleinsten Schwierigkeit zurückscheut! Gott verfluche diesen Tag!«

»Halt den Mund!« Nigel drehte sich verzweifelt um und streichelte dem lahmenden Pferd die schwitzende Flanke. »Ich wünsche bei Gott, ich hätte dich nicht gesehen und wäre nicht diesen Weg geritten, doch ich werde dich nicht verlassen. Wenn du zurückgeschleppt wirst – glaubst du, daß sie noch weit hinter uns sind? –, dann werden wir zusammen gehen. Doch laß uns wenigstens *versuchen*, Stafford zu erreichen. Laß uns das Pferd hier anbinden, damit es gefunden wird, und abwechselnd auf dem anderen reiten...«

Er hatte immer noch dem anderen den Rücken gekehrt, als ihm der Silberdolch von hinten zwischen die Rippen glitt. Er sackte zusammen, stürzte, er wunderte sich, fühlte keinen Schmerz, sondern nur das Schwinden des Lebens und seiner Kraft, und landete fast weich im Gras. Blut strömte aus seiner Wunde und wärmte seine Seite, strömte um ihn herum und breitete sich auf dem Boden unter ihm aus. Er versuchte, sich zu erheben, doch er konnte keinen Finger rühren. Janyn stand

einen Augenblick über ihm und betrachtete ihn leiden-
schaftslos. Er bezweifelte, daß die Wunde selbst tödlich
war, doch er schätzte, daß sein ehemaliger Freund in
weniger als einer halben Stunde ausbluten würde, und
das wäre genauso gut. Er stieß den reglosen Körper
achtlos mit dem Fuß an, wischte den Dolch im Gras ab
und wandte sich um, um das Pferd zu besteigen, das Nigel geritten hatte. Ohne einen Blick zurück gab er dem
Tier die Sporen und ritt in raschem Handgalopp zwischen den düsteren Bäumen nach Stafford.

Hughs Offiziere, die in vollem Galopp herankamen, fanden etwa zehn Minuten später den halbtoten Mann und
das lahmende Pferd. Sie teilten sich; zwei Männer ritten
weiter, um Janyn einzuholen, während die anderen beiden Mann und Tier retteten. Sie gaben Isoudas Pferd auf
dem nächsten Hof zur Pflege ab und trugen den bleichen, bandagierten und bewußtlosen Nigel lebend nach
Shrewsbury zurück.

»... er versprach uns raschen Aufstieg, Burgen und
Kommandos – William von Roumare. Es geschah, als
Janyn im Mittsommer mit mir nach Norden ritt, um
mein Anwesen zu besichtigen. Janyn überzeugte mich.«
Nigel brachte die traurigen, gestammelten Fragmente
seines Geständnisses spät am Abend des folgenden Tages heraus. Er war wieder bei Bewußtsein und wünschte
fast, er wäre es nicht. So viele Augen um sein Bett. Sein
Vater saß aufrecht und mit eingefallenem Gesicht am
Fußende und starrte seinen Erben mit bekümmerten Augen an; Roswitha kniete an seiner Seite, ohne Tränen
jetzt, doch das Gesicht vom Weinen aufgedunsen; Bruder Cadfael und Bruder Edmund, der Krankenwärter,
blieben aufmerksam im Schatten, falls ihr Patient seine
Kräfte überforderte. Und zu seiner Linken war Meriet,
wieder in Hemd und Hose und des schwarzen Gewandes ledig, das ihm nie recht gepaßt und ihn nie recht ge-

kleidet hatte; er wirkte seltsam größer, schlanker und älter als vor seinem Eintritt ins Kloster. Seine Augen, abwesend und streng wie die seines Vaters, waren die ersten, die Nigels erwachender, wandernder Blick bemerkt hatte. Es war nicht zu sehen, was im Kopf dahinter vorging.

»Von dieser Zeit an waren wir seine Männer... wir wußten, wann man in Lincoln losschlagen wollte. Wir wollten zusammen mit Janyn nach der Trauung nach Norden reiten – doch Roswitha wußte nichts davon! Und nun haben wir verloren. Die Nachricht kam zu früh durch...«

»Sprecht nun über den Todestag«, sagte Hugh, der neben Leoric stand.

»Ja – Clemence. Beim Abendessen verriet er uns, in welchem Auftrag er unterwegs war. Und sie waren dort in Chester, mit allen Unterführern und Vögten... sie waren schon bei den Vorbereitungen! Als ich Roswitha nach Hause brachte, sagte ich es Janyn und bat ihn, sofort einen Reiter zu schicken, der über Nacht reiten sollte, um sie zu warnen. Er schwor, daß er es tun würde... ich ging früh am nächsten Morgen hin, doch er war nicht da, er kam erst am Nachmittag, und als ich fragte, ob alles in Ordnung sei, da sagte er, es sei sehr gut verlaufen! Denn Peter Clemence läge tot im Wald, und die Versammlung in Chester sei sicher. Er lachte mich wegen meiner Angst aus. Laß ihn liegen, sagte er, wer könnte etwas herausfinden, da sind überall Fußabdrücke... aber ich hatte Angst! Ich suchte ihn, um ihn zu verstecken...«

»Und Meriet ertappte Euch dabei«, sagte Hugh sanft drängend.

»Ich hatte den Pfeilschaft abgeschnitten, damit ich ihn besser bewegen konnte. Ich hatte Blut an den Händen – was sollte er davon halten? Ich schwor, daß es nicht mein Werk war, doch er glaubte mir nicht. Er sagte, ich sollte rasch fortgehen, das Blut abwaschen und zu Ros-

246

witha gehen und den ganzen Tag bei ihr bleiben; er würde tun, was zu tun war. Zum Wohle unseres Vaters, sagte er... er setzt solche Hoffnungen in dich, sagte er, es würde ihm das Herz brechen... und ich tat, was er sagte! Ein Mord aus Eifersucht, dachte er wohl... er wußte nicht, was ich – was wir vertuschen wollten. Ich ging und ließ ihm die Schuld, die nicht seine war...«

Tränen drangen in Nigels Augen. Er tastete blind nach einer Hand, die ihn tröstend berühren sollte, und es war Meriet, der plötzlich auf die Knie sank und die seine nahm. Sein Gesicht blieb hart und streng und ähnelte mehr denn je dem seines Vaters, doch er nahm die tastende Hand und hielt sie fest.

»Erst spät am Abend, als ich zurückging, hörte ich... wie konnte ich etwas sagen? Ich hätte alles verraten, alles... Als Meriet wieder freigelassen wurde, nachdem er geschworen hatte, die Kutte anzulegen, ging ich zu ihm«, erklärte Nigel schwach. »Ich bot ihm an... doch er wollte nicht, daß ich mich einmischte. Er sagte, er sei entschlossen und bereit, und ich müßte es geschehen lassen...«

»Es ist wahr«, sagte Meriet. »Ich überzeugte ihn. Warum sollte ich Schlimmes noch schlimmer machen?«

»Doch er wußte nichts vom Verrat... ich bereue es«, sagte Nigel, der die Hand rang, die seine hielt und sich der willkommenen Schwäche überließ, die ihm einen Ausweg aus der augenblicklichen Not bot. »Ich bereue, was ich dem Hause meines Vaters antat... und vor allem Meriet... wenn ich weiterleben darf, werde ich Buße tun...«

»Er wird leben«, sagte Cadfael, der froh war, von dieser kummervollen Bettstatt in die kalte Luft des Hofes zu fliehen, wo er im silbrigen Dunst tief Luft holen konnte. »Ja, und er wird den Makel wiedergutmachen, indem er sich König Stephen zur Verfügung stellt, falls er schon wieder Waffen tragen kann, wenn Seine Majestät nach

Norden zieht. Es wird erst nach dem Fest sein; im Augenblick wird sich kein bewaffneter Arm erheben. Und obwohl ich sicher bin, daß Janyn morden wollte – es scheint so, als fiele ihm dies ebenso leicht wie sein Lächeln –, ist sein Dolch etwas abgeirrt und hat Nigel keinen ernsthaften Schaden zugefügt. Wenn wir ihn gespeist haben, soll er ruhen und das Blut ersetzen, das er verloren hat, und dann wird er bald wieder der Mann sein, der er vorher war und sich nach Kräften bemühen, den angerichteten Schaden wiedergutzumachen, Es sei denn, Ihr wollt ihn wegen seines Verrats anklagen?«

»Was ist in diesen verrückten Zeiten schon Verrat«, sagte Hugh wehmütig, »da zwei Monarchen auf dem Schlachtfeld stehen und ein Dutzend Unterkönige wie die in Chester die Gelegenheit ergreifen und sogar Bischof Henry zwischen zwei oder drei Herrschern schwankt? Nein, er soll in Ruhe gelassen werden. Er ist ein kleiner Fisch, ein halbherziger Verräter und kein Mörder – ich glaube, einen Mord hätte er nicht verdauen können.«

Hinter ihnen trat Roswitha aus der Krankenstation und hüllte in der Kälte ihren Mantel eng um sich. Sie ging mit raschen Schritten zur Gästehalle hinüber. Selbst nach der Erniedrigung, im Stich gelassen und bekümmert, war sie noch fest entschlossen, gut auszusehen; wenn sie auch an diesen beiden Männern hastig und mit gesenktem Blick vorbeiging.

»Hübsch ist sie, und einen Hübschen verdient sie«, sagte Bruder Cadfael etwas mürrisch. »Nun, die beiden verdienen einander. Sollen sie zusammenfinden oder nicht.«

Leoric Aspley bat nach der Vesper beim Abt um Audienz.

»Vater, es gibt noch zwei Dinge, die ich mit Euch besprechen möchte. Da wäre einmal dieser junge Bruder in Eurer Bruderschaft in St. Giles, der meinem Sohn Meriet

wirklich wie ein Bruder war und mehr tat als sein Bluts-
bruder. Mein Sohn sagt mir, es sei der Herzenswunsch
des Bruders Mark, ein Priester zu werden. Gewiß ist er
es wert. Vater, ich biete alles Geld, das nötig ist, um ihm
das jahrelange Studium zu ermöglichen, das ihn seinem
Ziel näherbringt. Wenn Ihr ihn führt, so will ich alles bezahlen und bleibe doch ewig sein Schuldner.«

»Auch ich habe Bruder Marks Neigung bemerkt«, sagte der Abt, »und sie gefällt mir wohl. Er hat das Herz am
rechten Fleck. Ich will dafür sorgen, daß er Fortschritte
macht und nehme Euer Angebot dankbar an.«

»Und das zweite«, sagte Leoric, »betrifft meine Söhne,
denn ich habe im Guten und im Schlechten gelernt, daß
ich zwei habe, wie ein gewisser Bruder dieses Hauses
zweimal Gelegenheit fand, mich zu erinnern; und er hatte recht. Mein Sohn Nigel ist mit der Tochter eines Anwesens vermählt, dem nun ein Erbe fehlt und wird es
deshalb durch die Heirat erben, wenn er die begangenen
und gestandenen Fehler wiedergutmacht. Deshalb habe
ich die Absicht, Aspley meinem jüngeren Sohn Meriet
anzuvertrauen. Ich will diese meine Absicht im Kapitel
bekanntmachen und bitte Euch, mein Zeuge zu sein.«

»Ich bin gern dazu bereit«, sagte Radulfus mit ernstem
Lächeln, »und ich trenne mich gern von ihm, um ihn in
einem anderen Stand außerhalb dieser Mauern wiederzusehen; denn dies hier war nie seine Bestimmung.«

Bruder Cadfael ging an diesem Abend wie üblich vor der
Komplet in seine Hütte, um nachzusehen, ob alles in
Ordnung war. Das Feuer in der Kohlenpfanne mußte
gelöscht sein oder so niedrig brennen, daß keine Gefahr
drohte; alle nicht benutzten Gefäße mußten gesäubert
werden; die angesetzten Weine mußten ordentlich gä-
ren, die Deckel auf alle Krüge gelegt und die Stopfen auf
alle Flaschen gesteckt werden. Er war müde und ruhig,
die Welt um ihn war kaum chaotischer als vor zwei Tagen, und der Unschuldige war nach vielen Mühen frei

zu gehen. Der Junge hatte seinen fröhlichen, warmherzigen, freundlichen Bruder verehrt, der dem Auge so angenehm war, so begabt und physisch so vollkommen, wie er selbst es nie sein konnte, so sehr geliebt und so zerbrechlich und verletzlich, wenn erst seine Seele ans Tageslicht kam. Die Verehrung war gewichen, doch Mitgefühl und Treue, sogar Bedauern, können ebenso starke Bande knüpfen. Meriet hatte Nigels Krankenzimmer als letzter verlassen. Seltsam, daß Leoric sehr eifersüchtig war, als Meriet so lange bei ihm blieb, an seinen Bruder gebunden, und den Vater vor ihm gehen ließ. Die drei hatten untereinander noch einige schmerzhafte Umstellungen vor sich, bis alles aufgeklärt war.

Cadfael setzte sich seufzend in seiner dunklen Hütte, in der ihm nur ein glühender Funke in der Kohlenpfanne Gesellschaft leistete. Noch eine Viertelstunde bis zur Komplet. Hugh war endlich heimgegangen und unterließ es, an diesem Abend schon Männer für den Dienst des Königs auszuheben. Weihnachten würde kommen und gehen, und Stephen würde dem Fest auf dem Fuße folgen – diese milde, bewundernswerte, lethargische Seele mit großzügigen Neigungen, die von einem krassen Verrat zu gewaltsamem Vorgehen aufgeschreckt war. Wenn er wollte, konnte Stephen sehr schnell handeln, doch sein Problem war, daß seine Feindseligkeit rasch wieder abflaute. Er konnte nicht wirklich hassen. Und irgendwo im Norden ritt Janyn Linde seinem Ziel entgegen. Zweifellos lächelte er und pfiff leichten Herzens, ohne Gedanken an die beiden toten Männer, die er zurückgelassen hatte, und ohne Gedanken an seine Schwester, die ihm näher gestanden hatte als irgendein anderer Mensch und die er dennoch abgeschüttelt hatte wie einen gerissenen Handschuh. Hugh wollte sich, wenn er mit Stephen nach Lincoln ging, besonders Janyn Linde vornehmen. Ein fröhlicher junger Mann, der auf schwere Vorwürfe antworten mußte, und der früher oder später für seine Missetaten büßen mußte. Lieber früher.

Und der Dieb Harald würde bei einem Hufschmied an der Westbrücke unterkommen, der ihn aufnehmen wollte; und sobald die unbeständige Öffentlichkeit ihn vergessen hatte, würde er in aller Stille freigelassen werden, um eine ehrliche Arbeit aufzunehmen. Nach einem Jahr und einem Tag im Schutze der Stadt wäre er ein freier Mann.

Cadfael hatte unwillkürlich die Augen geschlossen, um eine Weile zu dösen, und sich an die Holzwand gelehnt, die Beine lang ausgestreckt und die Füße eigentlich übereinandergeschlagen. Ein kalter Lufthauch störte seinen Halbschlaf, und er öffnete die Augen. Und da standen sie feierlich lächelnd Hand in Hand vor ihm, ein Doppelbild der Hingabe und Gefährten dem Alter und den Sorgen nach – der zum Mann gewordene Junge und das Mädchen, das geworden war, was sie als Knospe versprochen hatte: eine prächtige Frau. Nur das Glühwürmchen in der Kohlenpfanne beleuchtete sie, doch sie strahlten zufrieden von innen heraus.

Isouda löste sich von ihrem Spielgefährten und trat vor, um Cadfaels faltige, braune Wange zu küssen.

»Wir gehen morgen früh nach Hause. Vielleicht finden wir keine Gelegenheit, uns zu verabschieden, wie es sich gehört. Doch wir werden nicht weit fort sein. Roswitha bleibt bei Nigel und wird ihn mit sich nach Hause nehmen, wenn er wieder wohlauf ist.«

Das kleine Licht spielte auf ihrem Gesicht, das gerundet war und weich und stark, und spiegelte sich in den roten Strähnen ihrer Mähne. Roswitha war nie so schön gewesen wie dieses Mädchen mit ihrem brennenden Herzen.

»Wir lieben Euch!« sagte Isouda impulsiv, indem sie in ihrer selbstbewußten Art für sie beide sprach. »Euch und Bruder Mark!« Sie nahm einen Augenblick sein schläfriges Gesicht in die Hände und zog sich rasch zurück, um ihn Meriet zu überlassen.

Er war mit ihr draußen in der Kälte gewesen, und die

Kälte hatte eine kräftige Farbe auf seine Wangen gebracht. In der wärmeren Luft in der Hütte fiel ihm das dichte, dunkle Haargestrüpp, das glücklicherweise noch nicht zur Tonsur geschnitten war, tauend in die Stirn, und so sah er beinahe so aus, wie Cadfael ihn zum erstenmal gesehen hatte – als er im Regen vom Pferd sprang, um seinem Vater den Steigbügel zu halten, störrisch und pflichtschuldig zugleich; als die beiden, die sich so gefährlich ähnlich waren, über eine tödliche Angelegenheit uneins waren. Doch das Gesicht unter den feuchten Locken war jetzt gereift und ruhig, sogar ergeben in der Erkenntnis, daß der Mann die Last eines schwächeren Bruders tragen mußte, der seine Treue brauchte. Nicht wegen seiner verhängnisvollen Taten, sondern wegen seines armen, vergänglichen Fleisches und für seinen Geist.

»So haben wir Euch verloren«, sagte Cadfael. »Und falls Ihr wirklich einmal aus eigenem Entschluß kommen solltet, so würden wir Euch mit Freuden aufnehmen; wir können einen kräftigen Mann gebrauchen, der uns einen Teil der Last abnimmt. Bruder Jerome braucht eine kräftige Hand die sich ab und zu um seine allzu redselige Kehle schließt.«

Meriet besaß die Anmut zu erröten und den Humor zu lächeln. »Ich habe mit Bruder Jerome Frieden geschlossen. Sehr höflich und demütig; es hätte Euch gefallen. Ich *hoffe*, es hätte Euch gefallen. Er gab mir gute Wünsche auf den Weg und sagte, er würde auch in Zukunft für mich beten.«

»Hat er das!« Für einen, der mürrisch einen Angriff auf seine Person, doch nie einen auf seine Würde verzieh, war das ein großer Schritt, der ihm hoch angerechnet werden sollte. Oder freute er sich einfach von Herzen, wenn er den Teufelsnovizen gehen sah, wofür er auf seine eigene Art demütig dankte?

»Ich war sehr jung und dumm«, sagte Meriet mit der Nachsicht eines Weisen für den grünen Jungen, der er gewesen war — der Junge, der in seinem gequälten Herzen das Andenken eines Mädchens gehütet hatte, das ihn schamlos mit Mord und Diebstahl belastete. »Erinnert Ihr Euch«, sagte Meriet, »an die wenigen Male, da ich Euch ›Bruder‹ nannte? Ich versuchte wirklich, mich daran zu gewöhnen. Doch es war nicht das, was ich fühlte und was ich eigentlich sagen wollte. Und am Ende scheint es nun, als müßte ich Mark ›Vater‹ nennen, obwohl ich mein Leben lang an ihn als Bruder denken werde. Ich brauchte einen Vater, und nicht nur in einer Hinsicht. Darf ich Euch dieses eine Mal so nennen und so anreden, wie... wie ich es gern getan hätte, als...«

»Mein Sohn Meriet«, sagte Cadfael, indem er gerührt aufstand, um ihn zu umarmen und ihm den förmlichen Verwandtschaftskuß laut schmatzend auf die verfrorene glatte Wange zu setzen. »Du bist von meiner Art und sollst von mir bekommen, was immer du in Nöten brauchst. Und merke dir gut, ich bin Waliser, und das ist ein lebenslanges Band. Bist du nun zufrieden?«

Der Kuß wurde feierlich und stürmisch von kalten Lippen erwidert, die sich bei der Berührung zu brennender Hitze erwärmten. Doch Meriet hatte noch eine Bitte vorzubringen und faßte Cadfaels Hand, als er sie aussprach.

»Und wollt Ihr, solange er hier ist, dieselbe Güte auch meinem Bruder schenken? Denn er braucht sie viel dringender als ich.«

Cadfael glaubte, von Isouda, die tief im Schatten stand, ein kurzes, weiches Lachen zu hören und danach ein resigniertes Seufzen; doch wenn dem so war, dann entging es Meriets Ohren.

»Kind«, sagte Cadfael, indem er über die so beständige Treue den Kopf schüttelte, »du bist entweder ein Idiot oder ein Heiliger, und ich bin im Augenblick nicht in der Stimmung, mit einem der beiden viel Geduld zu haben. Aber um des lieben Friedens Willen will ich es tun: Ja, das werde ich! Was ich tun kann, will ich tun. Aber nun hinaus mit dir! Mädchen, nehmt ihn mit und laßt mich die Kohlen löschen und meine Hütte abschließen, denn sonst komme ich zu spät zur Komplet!«